밸러리

밸러리

사라 스트리츠베리 장편소설
민은영 옮김

문학동네

일러두기

1. 주석은 모두 옮긴이주다.
2. 본문 중 고딕체는 원서에서 이탤릭체로 강조한 부분이다.

『밸러리』는 전기가 아니며, 지금은 세상을 떠난 미국인 밸러리 솔래너스의 삶과 저작에 기반을 둔 환상문학이다. 밸러리 솔래너스에 대해 알려진 사실은 많지 않으나 이 소설은 그나마도 충실히 재현하지 않았다. 따라서 소설 속 인물들은, 밸러리 솔래너스 자신을 포함해, 모두 허구의 산물로 간주해야 한다.

이는 미국의 지도에도 적용된다. 조지아주에 사막은 없으므로.

희망은 날개 달린 것이 아니었다.

클로디아 랭킨

실험실 단지

샌프란시스코의 홍등가 텐더로인에 있는 한 호텔방. 1988년 4월, 밸러리 솔래너스는 더러운 매트리스와 오줌에 찌든 시트 위에 누워 폐렴으로 죽어간다. 창밖에서는 밤낮으로 분홍색 네온등이 깜빡이고 포르노 음악이 흐른다.

4월 30일, 호텔 직원이 밸러리의 시신을 발견한다. 경찰의 사건 보고서에 따르면, 밸러리는 침대 옆에서 무릎을 꿇은 모습으로 발견됐다. (일어서려 했을까? 울고 있었을까?) 호텔방은 완벽히 정리된 상태로, 책상 위의 서류는 가지런히 쌓여 있고 잘 접은 옷가지가 창가의 나무의자 위에 놓여 있다고 적혀 있다. 구더기가 시신을 뒤덮었으며, 사망 시점은 4월 25일경으로 보인다고 한다.

몇 주 전 밸러리가 창가에 앉아 글을 쓰는 모습을 보았다는 호텔 직원의 진술도 보고서에 포함되어 있다. 나는 책상 위에 쌓인 서류 더미, 창가 옷걸이에 걸린 은색 외투, 그리고 태평양의 소금 냄새를 상상한다. 열에 들떠 침대에 앉아 담배를 피우며 뭔가 적으려고 애쓰는 밸러리를 상상한다. 방 전체에 흩어진 초안과 원고를…… 어쩌면 떠 있을지도 모르는 해를…… 흰 구름을…… 사막의 고독을…… 떠올린다.

내가 밸러리와 함께 거기에 있다고 상상한다.

밤비랜드

서술자 우리에게 어떤 자료가 있어?

밸러리 눈과 암울한 절망.

서술자 어디에서?

밸러리 싸구려 호텔. 죽어가는 창녀들과 마약쟁이들의 종착역
이야. 최후의 장대한 치욕.

서술자 절망에 빠진 사람은 누구야?

밸러리 나야. 밸러리. 난 항상 로즈핑크 립스틱을 발랐어.

서술자 로즈핑크?

밸러리 로자 룩셈부르크.* 핑크팬서. 그녀가 가장 좋아하는 장
미는 분홍색이었어. 누군가 자전거를 타고 나가 장미 정원을
불태우네.

---

* 폴란드 태생의 독일 사회주의 혁명가, 마르크스주의 철학자, 반전운동가. '로
자'가 '장미'를 뜻하는 스웨덴어와 발음이 같아서 연상된 이름이다.

서술자 그 외엔 뭐가 있지?

밸러리 황무지에 사람들이 죽어 널브러져 있어. 그 많은 사람을 누가 묻어줄지 모르겠다.

서술자 아마, 대통령이?

밸러리 죽음은 좀처럼 대통령과 같은 자리에 있지 않아. 백악관에선 모든 활동이 멈춰버렸어.

서술자 이제 어디로 갈 거야?

밸러리 아무데도 안 가. 그냥 자겠지, 아마도.

서술자 무슨 생각 해?

밸러리 지하세계에서 온 여자들. 도러시. 코스모걸. 실크 보이.

서술자 그 외에는?

밸러리 창녀 생각. 상어 생각. 영원이 펼쳐진다는 생각에 마음이 어지러운 나.

<뉴욕>, 1991년 4월 25일

<뉴욕>에서 통신 상태가 열악한 전화로 도러시를 인터뷰한 날, 벤터의 하늘은 수면제 알약 혹은 오래된 토사물 같은 분홍색이다. 이제는 아무도 전화선을 고치러 벤터로 오지 않는다. 사막의 새들은 노후한 검은 전화선을 갉아놓아 대화를 왜곡하고, 불운한 상황에 처한 이의 역할을 고집스럽게 이어가는 도러시를 비웃는다. 도러시의 말은 바람에 날리는 포장지처럼 팔락거린다.

<뉴욕> 도러시 모런 씨?

도러시 네.

<뉴욕> 밸러리에 관해 말씀 좀 나누고 싶습니다.

도러시 네.

〈뉴욕〉 밸러리가 세상을 떠난 지 오늘로 삼 년이 됩니다.

도러시 알아요.

〈뉴욕〉 밸러리 얘기 좀 해주시죠.

도러시 밸러리……?

〈뉴욕〉 따님 말입니다. 밸러리 솔래너스.

도러시 고맙지만, 밸러리가 누군지는 나도 알아요.

〈뉴욕〉 뭐라도 얘기 좀……

도러시 밸러리……

〈뉴욕〉 밸러리는 왜 앤디 워홀을 쐈습니까? 밸러리는 평생 매춘부였나요? 항상 남자를 싫어했나요? 모런 씨도 남자를 싫어합니까? 모런 씨도 매춘부인가요? 따님이 어떻게 죽었는지 얘기해주세요. 어린 시절이 어땠는지도요.

도러시 모르겠어요…… 우린 여기 벤터에서 살았어요. 몰라요…… 사막. 모르겠어요…… 딸애가 죽고 나서 그애 물건은 전부 태웠어요…… 서류, 노트들……

(침묵)

〈뉴욕〉 그 외에는요?

(침묵)

도러시 밸러리는…… 늘 뭔가 끄적거렸고…… 자기가 작가라는 환상을 품었어요…… 재, 재, 재능은 있었다고 생각해요…… 재능은 있었어요…… 유머감각이 끝내줬거든요…… (웃는다) 누구나 그애를 사랑했죠……(다시 웃는다) 난 그애를 사랑했어요…… 1988년에 죽었죠…… 4월 25일…… 그애는 행복했다고 생각해요…… 내가 밸러리에 관해 할 말은 그게 다예요…… 밸러리는 헌신적이었고, 내가 보기엔, 하늘에 닿으려 했어요…… 바로 그랬던 것 같아요……

〈뉴욕〉 밸러리는 정신질환을 앓았나요? 70년대에 정신병원을 들락날락했다는 말이 있던데요.

도러시 밸러리는 정신질환을 앓지 않았어요. 어떤 남자와 몇 년간 함께 산 적도 있는걸요. 플로리다에서. 바닷가였죠. 앨리게이터리프. 50년대에요.

〈뉴욕〉 밸러리가 엘름허스트정신병원에 있었다는 증거가 있어요. 벨뷰병원에서 지냈다는 사실도 알고 있습니다. 사우스플로리다주립병원에서 한동안 머물렀다는 보고서도 입수했고요.

도러시 그건 사실이 아니에요. 밸러리는 정신질환을 앓은 적이 없습니다. 밸러리는 천재였어요. 화가 난 꼬마 소녀였죠. 화가 난 나의 꼬마 소녀. 정신질환은 앓은 적 없어요. 이상한 차 안에서 이상한 남자들과 이상한 경험들을 하긴 했죠. 그리고 한번은 못된 남자애의 주스에 오줌을 눈 적도 있어요. 밸러리는 작가였어요. 그건 받아 적으세요…… 이제 끊겠습니다……

〈뉴욕〉 친아버지에게 성폭행을 당했다는 주장도 있는데요. 그건 아십니까?

도러시 이제 끊겠어요…… 밸러리는 작가였다고 적으세요…… 심리학자였다고 적으세요…… 죽음이 아니라 사랑이 영원하다고 적으세요……

(통화 종료―)

브리스틀호텔, 1988년 4월 25일, 네가 죽은 날
샌프란시스코 텐더로인 메이슨 스트리트 56번지

피는 네 몸을 따라 너무나 느리게 흐른다. 너는 가슴을 쥐어 뜯으며 울고 소리치고 이불을 더듬거린다. 더럽고 오래되어 잿 빛을 띤 호텔 시트는 오줌과 토사물과 생리혈과 눈물이 섞인 고 약한 냄새를 풍기고, 통증의 금빛 구름이 네 정신과 내장을 타 고 흐른다. 방안에 들이치는 눈부신 빛줄기들, 피부와 폐에서 폭발하며 요동치고 고꾸라지고 타오르는 고통. 팔에 느껴지는 열기, 신열, 단념, 죽음의 악취. 긴 가닥과 자잘한 조각으로 여 전히 깜빡이는 빛. 도러시를 찾는 너의 손. 난 내가 싫지만 죽고 싶진 않아. 사라지고 싶지 않아. 돌아가고 싶어. 누군가의 손을, 어머니 의 손을, 여자의 팔을 간절히 원해. 아니면 아무 목소리라도. 햇빛을 점 점 가리는 이 암흑만 아니라면 뭐든 좋아.

도러시?

도러시?

사막 동물들의 절박한 비명. 조지아의 땅 위에서 타오르는 태양. 그림도 책도 돈도 미래를 위한 계획도 없는 사막의 집. 벤터의 부어오른 분홍빛 하늘이 창문으로 밀어닥치고, 다시 따스하고 촉촉하고 명랑한 기운이 모든 것을 뒤덮었다. 도러시는 여행 가방 속에서 불에 그슬린 헌 원피스들을 찾아냈고, 너희는 아마 다시 바다로 갈 모양이다. 앨리게이터리프와 가없는 하늘을 향해 단둘이서. 도러시는 거울 앞에서 빙그르르 돌고, 불붙인 담배들을 방안 곳곳에 내버려두었다. 화분 안에, 침대 옆 협탁 위에, 콤팩트 안에.

밸러리 (살갑게 픽 웃는다) 이런 방화광 같으니.

도러시 이 원피스들, 하나같이 소매에 검은 자국이 있어. 이 순백색 원피스를 좀 봐. 핵전쟁이라도 겪은 옷처럼 보여.

밸러리 엄마가 늘 조금은 핵전쟁 같았으니까.

도러시　무척이나 좋아하던 원피스를 아예 잊어버릴 수도 있다니 참 이상해. 어떻게 갖게 된 옷인지도 기억이 안 나. 단지 기억나는 건, 이걸 입으면 주변이 온통 새하얗고 씻은 듯 깨끗해졌다는 사실. 하늘, 내 숨결, 내 치아…… 내가 술집에서 촛불을 여러 개 켜놓고 잊어버리는 바람에 커튼에 불이 붙었던 때 생각나니?

밸러리　엄마가 어떤 늙은 남자의 파이프에 불을 붙여주다가 턱수염을 태운 기억은 나.

도러시　내 머리를 태운 건 기억나니?

밸러리　엄만 늘 그랬지. 나는 늘 엄마를 구하려고 물을 찾아 달려갔고. 내가 항상 엄마를 구한 기억은 나.

도러시　넌 그랬어.

비행기가 케네디공항 상공을 계속 선회하는 동안 고층건물들과 어둠 속 활주로가 내는 빛. 가동중인 공장, 해변을 따라 활강하는 서퍼, 면화가 자라는 들판, 사막, 소도시, 느리게 나아가는 뉴욕의 차량. 네 의식 속에서 희미하게 반짝이는 빛의 파편들과 기억. 바깥에는 어둠에 잠긴 홍등가, 네온 불빛, 거리에서 바람을 따라 달리는 여자들, 살갗과 생명의 불꽃, 유혹적인 미소와 울컥 게워낸 꿈들.

죽지 않아도 된다면 다시 너는 은색 코트를 입은 밸러리, 원고로 꽉 찬 손가방과 이론을 이룰 조각 개념들로 무장한 밸러리가 될 것이다. 지금 네가 죽지 않아도 된다면 네 박사학위 논문도 머지않아 완성될 것이다. 그리고 다시 40년대, 50년대, 60년대라는 시간이, 벤터와 메릴랜드와 뉴욕이 있을 테고, 너는 스스로를 믿을 것이다. 작가이자 과학자이자 나 자신이라고. 가슴속 거대한 갈증과 휘몰아치는 소용돌이, 그 신념. 5번가 건물 사이로 울려퍼지는 구호와 책상 뒤에 웅크린 워싱턴의 대통령. 네 이야기에는 오직 해피엔딩만 있다.

여자는 뭐든 원하는 대로 할 수 있다.

내가 너 사랑하는 거 알잖아.

고함이 가라앉고 열기가 증발하며 뉴욕의 냄새가 최고조에 이르러 불타오른다. 5번가는 어둠 속으로 빨려들어가 좁고 고약한 냄새가 나는 지하 터널이 되고, 남은 것은 치명적인 질병의 시큼한 맛과 끝없는 포르노 음악뿐이다. 텐더로인에는 해가 떠 있고, 얼룩진 창문에 걸린 토사물 색깔의 커튼, 첩첩이 쌓인 노트들, 의자 등받이에 걸쳐진 피 묻은 팬티, 그리고 침대 옆 협탁 위에는 네가 끝내 마시지 못할 럼 한 병이 있다. 가려움증이 온몸으로 번졌다. 그건 가슴의 통증보다, 힘겨운 호흡보다, 손과 발의 감각이 오래전에 사라졌다는 사실보다 더 괴롭다.

메이슨 스트리트는 인적이 끊겨 고함도 들리지 않고 오가는 차량도 없지만, 멀지 않은 곳에 진짜 사람들이 사는 진짜 도시가 있다. 태양과 나무, 짐받이에 책을 싣고 자전거를 타는 여자들. 거기에서 조금 더 가면 아직도 해변에 부서지는 차가운 바다가 있다. 바닷가 모래사장을 훑고 지나가는 태평양의 짭조름

한 숨결, 물속 깊이 도사린 상어들의 기대감. 익사, 질식사, 해변에 누운 강간 살해 희생자. 4월은 늘 가장 잔인한 달이었다. 햇빛이 사라졌으면, 누가 저 해와 네온사인을 담요로 가려줬으면, 저 포르노 음악을 끄고 이 불치의 병을 없애줬으면. 난 죽고 싶지 않아. 혼자 죽고 싶지 않아.

방안에 벤터와 도러시가—칠흑 같은 방안에서 후르르 타올랐다 스러지는 종이 가닥처럼—퍼뜩 나타나고, 늘 그렇듯 사막 모래가 네 눈으로 들이쳐 시야를 흐린다. 사방을 달콤하고 뜨거운 안개로 뒤덮는, 감각을 없애고 위안을 주는 마약 같은 그 모래.

그 사막에 가본 지, 그 머나먼 오지의 누추한 노란 집에 가본 지가 너무나 오래되었다. 수많은 시간 동안 태양을 마주한 바깥 현관, 한쪽 구석에 감춰진 와인 제조기, 더위가 이어지고 풀이 바싹 마르던 어느 기나긴 계절. 금빛 햇살 한 대접, 다시는 집에 돌아오기 싫어서 사막으로 도망친 그때 이전에는 늘 네 것이었던 그 빛.

기억해, 도러시?

우리 함께 강가에 갔던 때 기억해?

지붕을 열어젖힌 차, 운전석에는 새로운 남자. 바람에 펄럭이던 엄마의 스카프. 깨끗이 감은 금발. 그 노래. 앞좌석에서 노래하고 재잘거리던 엄마.

그 미친 하늘 아래 엄마와 나.

브리스틀호텔, 1988년 4월 7일, 사망 몇 주 전

침대 시트 더미 속에서 선언문이 사라졌다. 시트에는 기다란 먼지 자국, 그리고 네 질과 직장에서 흘러나온 갈색 액체 얼룩뿐이다. 고약한 냄새를 풍기며 따갑게 쏟아져나와 끝까지 너를 치욕스럽게 하는 외로움. 내게 치욕을 줄 방법이 아직 더 남아 있다면 어디 전부 해보시지. 죽음이 다가왔고 혼자라는 걸 알면서 호텔방에 누워 홀로 횡설수설하는 건 너답지 않다. 고열로 정신이 혼미해진 것이다. 너는 그저 이 방에 남고 싶을 뿐이다. 어둠의 나락으로, 숲의 냄새로, 레모네이드와 고여 있는 강물과 피크닉 담요 위로 쏟아지는 햇빛, 40년대의 그 강렬한 인공 조명 속으로 떨어지고 싶지 않아서.

우리 예쁜 밸러리

이제 식사 시간이야, 밸러리

강렬한 햇빛에 풀밭이 시들한 갈색 풀 무더기로 변해버린 강가에서 도러시는 외친다. 그 뒤에서 햇빛 기둥들이 나무들 사이로 쏟아지고, 도러시는 피크닉 음식에 달려드는 깔따구와 잠자리를 손으로 쫓아낸다. 미국이 나가사키에 핵폭탄을 떨어뜨린지 얼마 안 된, 그 시절로 다시 돌아갔다. 튀긴 닭고기 샌드위치를 뒷좌석에 싣고 지붕을 젖힌 차를 타고 달리던, 기억 속에서 완전히 사라진 그 시절. 루이스는 풀어헤친 셔츠에 반바지 차림으로 담요 위에서 몸을 뻗고 누워 있다. 밤은 짙은 푸른색으로 수정처럼 맑고, 벤터 같은 사막의 오지에는 몇 달 내내 전기가 끊기기도 하며, 아직은 강물을 마셔도 되는 시절. 루이스는 차를 몰고 방직공장들을 오가며 전선을 깔고, 너는 그를 아빠라고 부르지 않은 지 이미 오래다.

너는 다시 하얀 원피스를 입고 은색 잎 단풍나무 아래를 달린다. 정말로 너무 얇고 너무 유치한데다 속치마에 행운의 금실과 은실을 꿰매어 넣은 그 원피스를 너는 단지 도러시가 좋아하기 때문에 입는다. 운동화 속 발에 땀이 차고, 입안에서는 금속맛, 피맛과 함께 이상하고 숨막히는 무언가가 느껴진다. 달릴 때는 사방이 고요해진다. 주변의 모든 소리가 잦아들면서 남는 것은 나무에서 쏟아지는 눈부신 햇살, 가슴과 어깨가 꽉 끼는 그 운명적인 원피스가 휘감기는 느낌뿐이다.

죽은 동물들에게 침범당한 숲, 나무 사이에 질려 꼼짝 않는 부드럽고 뿌연 빛. 그런데 이제 생각해보니 나무우듬지 위에 도러시의 얼굴이 있다. 도러시는 원피스에서 섹스와 설탕 냄새를 풍기며 땀이 난 팔을 네게로 뻗고 바람에 자꾸만 뒤집히는 빛바랜 우산을 욕한다. 그녀의 손과 팔은 검버섯으로 뒤덮여 있다. 태양이 우듬지 사이로 맹렬히 이글거리고, 도러시의 눈은 네가 빠져들고 싶은 검은 호수다. 도러시는 네 원피스의 옷감을, 별과 미소와 흰 눈을 어루만지고, 네 얼굴에서 청파리들을 쫓아낸다.

도러시?

도러시?

거기 있어, 도러시?

도러시 (호텔방 창가에서) 네가 원하는 거라면 뭐든 할 거야, 나의 해바라기.

밸러리 그 흉측한 진주목걸이만 하지 않는다면.

도러시 내 하얀 진주. 내가 가장 좋아하는 진주목걸이야.

밸러리 장례식에서, 내 장례식에서는 하지 마.

도러시 뭐든 네가 원하는 대로. 모조 진주목걸이는 안 되고, 목선이 깊이 파인 옷도 안 되고, 모피도 안 되고, 화장도 안 되겠지. 뭘 입을지 말해주면 그걸 입을게.

밸러리 도러시?

도러시 응, 밸러리?

밸러리 죽는 게 너무 무서워. 혼자서 죽는 게 너무 무서워.

도러시 하늘로 갈 뿐이야, 우리 아가⋯⋯ 하늘만이 너를 너 자신 자체로서 사랑해줄 수 있을 거야. 네 노란 머리 때문이 아니라.

밸러리 내 머리는 노랗지 않은데.

도러시 알아, 하지만 신경쓰지 마. 은유일 뿐이야.

밸러리 내 머리는 노랗지 않아.

도러시 이제 그런 건 상관없어, 밸러리. 그걸 네가 뭐라 부르는지는 중요하지 않아. 넌 나의 노란 머리 소녀야.

밸러리 하지만 지금 난 흰머리가 된 것 같아. 머리숱도 줄었고. 머리가 자꾸 빠져서 자고 일어나면 시트 위에 뭉텅뭉텅 끔찍하게 쌓여 있어.

도러시 두려워하지 마, 아가.

밸러리 난 지금 너무 가벼워서, 그냥 구름이야. 손도 없어. 내 손이 미치게 그리워.

밸러리.

타오르는 햇볕이 파라솔을 뚫고 들어온다. 쇳내가 나는 정체된 갈색 강물. 강가로 나들이를 나와 여전히 더위 속에서 맥주를 마시며 담요 위에 늘어져 있는 도러시와 루이스. 트랜지스터 라디오, 물기 맺힌 치즈, 맥주 냄새를 풍기는 키스, 피크닉.

너는 혼자 강변으로 내려간다. 새까만 진흙, 질퍽한 흙탕에 잠긴 너의 발, 강물을 향해 가지를 뻗은 자작나무들, 수면에서 점점이 썩어가는 꽃가루. 그 마술 같은 빛과 질척한 수중생물들, 멀리서 들려오는 새소리, 머리 위의 육중한 뭉게구름을 너는 영원히 기억할 것이다. 나무들의 그림자는 일렁이는 초록색 그리움, 그런데 무엇을 향한 그리움인지 너는 모른다. 그저 탈주를 원하는 네 뱃속의 짐승이라는 것만 안다. 초록색 어둠을 뚫고 내리꽂히는 빛줄기, 여기가 아닌 어딘가에서 전설처럼 들려오는 노랫소리, 불쏘시개가 가득한 정원, 황무지, 평원을 누비며 사냥하는 눈표범의 도약이라는 것만 안다. 너는 단지 그 노래를 붙잡고 싶다. 그 외국어를, 강물 속에서 살아 숨쉬는 그 전설을 소유하고 싶다.

너의 발이 역한 냄새를 풍기는 갈색 진창으로 미끄러지고, 너는 그 그리움을 어떻게 따라잡을지, 잡게 된다면 어떻게 감당할지 알지 못한다. 전설과 같은 노래가 있다는 것을. 하지만 지금 여기에는 그저 초록색 어둠만 있다는 것을 알 뿐이다. 나무 꼭대기가 살랑살랑 흔들리고 사방이 햇빛으로 어룽져 너는 노곤하고 어지럽다. 강변에서 잠에 빠져들며 꾸는 꿈속에서 너는 눈 모자를 쓴 산 위로 높이 날아가고 사람들은 저 아래 산자락에 서서 박수를 친다.

네가 잠에서 깨어날 때, 루이스는 나무 아래에 있고 더위는 가셨으며, 해는 막 뜬 눈을 찌르는 빛살에 질려 있다. 매끈한 뒷좌석 표면에 들러붙은 허벅지 뒤쪽은 수초와 진흙으로 덮여 있다. 나중에 코스모걸에게 이야기할 때, 비현실적으로 강렬하던 이날의 햇빛은 어둠의 역할을 한다.

내가 일곱 살쯤 되었을 때 어둠이 내려왔어. 강변으로 피크닉을 갔지. 도러시도 있었고 루이스도 있었어. 햇빛이 너무 강해서 눈을 어디로 돌려야 할지 모르겠더라. 잠에서 깼는데 루이스가 옆에 있었어. 도러시는 보이지 않았지. 나뭇잎이 그의 손에 그림자를 드리웠어. 난 바닥에 누워 있고 루이스가 옆에 있었어. 내 원피스는 순백색이었지. 그 뒤로 난 절대로 흰 원피스를 입지 않아. 그가 내 흰 원피스 아래로 손을 넣었어. 나는 가만있었지. 가만있었어. 그러고는 어둠. 나무 사이로 내려와 그의 손을 비추던 햇빛.

맨해튼형사법정, 뉴욕, 1968년 6월 3일
기소사실인정심리*, 야간

밖에 비가 내리는 것 같지만 너는 조금도 개의치 않는다. 법원 청사 안은 날씨와 전혀 무관하고, 거기에는 석재와 목재, 짙은 색 양복들, 그리고 흰 장갑을 낀 다정하고 자그마한 교통경찰 윌리엄 슈멀릭스만 있을 뿐이니까. 질문은 죄다 틀린 것들뿐이고, 지금껏 너는 매디슨스퀘어파크에서 수많은 낯선 이 앞에서 무릎을 꿇고 그들의 바지 안에 손을 넣었다. 코스모의 노란 상의를 입었고 그 옷 밑에서 고동치는 것은 아무것도 없다.

맨해튼형사법정 데이비드 게초프 판사는 뉴욕주 대 밸러리 솔래

___
* 영미법에서 재판에 앞서 피고인을 출석시켜 공소 사실을 확인하고 알리는 절차.

너스 건과 관련해 밸러리 솔래너스를 소환합니다.

밸러리 정말 감사해요. 사람을 쏘고 이런 영광스러운 자리에 나오는 일이 내게 자주 일어나는 건 아니니까요.

맨해튼형사법정 여기서 하는 모든 진술은 나중에 당신에게 불리하게 쓰일 수 있습니다.

밸러리 당연히 그렇겠죠.

맨해튼형사법정 피의자 밸러리 솔래너스의 신상입니다. 나이: 32세. 주소지: 없음. 결혼 여부: 미혼. 직업: 미상. 피의자는 자신이 작가라고 말합니다. 전과 없음. 1936년 4월 9일, 조지아주 벤터 출생.

밸러리 이봐요, 잠깐만, 미스터. 당신은 사랑에 대해 뭘 알죠?

맨해튼형사법정 당신은 살인, 혹은 살인미수 혐의를 받고 있으며, 아직 공소가 제기되지는 않았습니다.

밸러리 아하.

맨해튼형사법정 오늘이 무슨 요일인지 압니까?

밸러리 사격 연습을 더 했어야 한다는 건 알아요, 미스터.

맨해튼형사법정 여기가 어디인지는 압니까?

밸러리 지금 눈에 보이는 것들로 미루어 판단하자면, 내가 있고 싶은 곳은 아니군요.

맨해튼형사법정 변호인은 선임했습니까?

밸러리 아뇨, 하지만 역사의 뒤안길에 있게 된다 해도 이의는 없어요.

맨해튼형사법정 변호인이 필요합니까?

밸러리 키스가 필요해요.

맨해튼형사법정 변호인이 필요한지 묻고 있습니다.

밸러리 총알이 빗맞아서 유감이에요. 그 일을 되돌리도록 도와줄 수 있다면 기꺼이 변호인을 선임하겠어요.

맨해튼형사법정 왜 앤디 워홀을 쐈는지 기억합니까?

밸러리 불행히도, 난 살짝 필요 이상으로 많은 걸 기억하는 경향이 있어요. 그리고 이번 경우에 대해 말하자면, 내 인생을 과도하게 쥐고 흔드는 누군가가 있었고 난, 간단히 말하자면, 거기에 적응하기가 좀 힘들다고 느꼈어요.

맨해튼형사법정 왜 앤디 워홀을 쐈습니까?

밸러리 SCUM의 후원 단체에 가입할 생각이 있다면 내 선언문을 읽어보세요. 선언문을 보면 내가 누군지 알 거예요.

맨해튼형사법정 어제 5번가에서 교통경찰에게 자수했죠? 왜 그랬습니까?

밸러리 혼자 있고 싶지 않아서요. 정말 지쳤거든요. 그리고 윌리엄 슈멀릭스, 그 사람은 정말 착해 보였어요. 영리한 것 같기도 했고. 그렇게 조그만 경찰관은 본 적이 없는데, 그래도 날 체포할 순 있더군요.

맨해튼형사법정 변호인에 관해 마지막으로 묻겠습니다. 피고측 변호인이 필요할 겁니다. 변호인을 선임할 여력이 있습니까?

밸러리 난 나를 직접 변호하고 싶어요. 다른 많은 일과는 달리, 이 일은 내 유능한 두 손에 맡길 거예요.

벤터, 조지아주, 1945년 여름
전쟁이 끝나고 남자들이 공장으로 돌아온다

집안 곳곳의 전략적 위치에 타로 카드가 부채처럼 활짝 펼쳐져 있다. 도러시는 모든 것이 좋아질 거라고, 이 집에 아이들이더 태어날 거라고, 사막의 꽃들이 새로 피어날 거라고 예측한다. 이 심란한 집구석도 밝아지고, 루이스는 먼산만 바라보지않고, 저멀리 모래와 돌과 무자비한 태양뿐인 곳에서도 포도나무와 야생동물이 살아남을 수 있을 거라고. 루이스만 있으면 행복하고 분주한 도러시는 마침내 해바라기와 콩을 키워낼 수 있으리라 확신한다. 루이스만 있으면 도러시는 온 집안을 비누로적시고, 밤중에 침대 시트와 잠옷을 빨고, 시리얼과 우유와 시럽으로 아침식사를 차리고, 끝없이 새로운 일을 벌인다. 부엌에서목욕하기, 익살스러운 모자 만들기, 유리병에 죽은 나비 모으기,

지붕에 태양광판 설치하기, 와인 제조기에 새로운 맛 더하기, 밸러리가 다른 곳에서 경험할 다양한 미래를 몽롱하게 꿈꾸기. 도러시가 그 새까만 눈으로 너를 바라보면 네 안에서는 산들바람이 일어난다. 도러시는 너를 특별한 자양분과 특별한 책과 특별한 놀이가 필요한 바꿔치기한 아이, 경마에서 내기를 걸지도 않았는데 돈을 딴 것처럼 뜻밖이지만 은밀히 원했던 낯선 존재라고 여긴다.

도러시 아홉 살밖에 안 됐는데 전국에서 가장 예뻐.

밸러리 예쁜 사람은 우리 도러시야.

도러시 루이스는 내가 아름답다고 생각해. 난 죽을 때까지 계속 아름다움을 지킬 작정이야. 시간의 행진을 받아들이지 않을 거야. 내 얼굴이 전쟁터처럼 보이게 되는 걸 용납하지 않을 거야. 내가 환히 빛나는 동안엔 루이스가 내 곁에 있겠지. 환히 빛나야 한다는 걸 잊지 마, 밸러리. 절대로 잊으면 안 돼.

밸러리 엄만 환히 빛나.

도러시 하지만 노력이 필요했어. 아름다움은 거저 생기는 게 아니야. 예쁜 눈은 공짜가 아니란 말이야. 네 생일에는 뭘 갖고 싶니?

밸러리 엄마요.

도러시 (팔을 활짝 펼친다) 생일 축하해.

밸러리 그리고 루이스와 함께 살지 않으면 좋겠어.

도러시 (풀이 죽어 양팔을 축 늘어뜨린다) 네 아빠야, 밸러리.

밸러리 아빠 맞겠지. 하지만 난 루이스가 싫어.

도러시 그이가 없으면 난 아무것도 아니야.

밸러리 알겠어.

도러시 네가 없으면 미국은 아무것도 아니야.

그리고 너는 루이스의 차를 타고 강에서 돌아오지만, 루이스는 없고 도러시와 너뿐이다. 도러시는 달콤한 와인과 담배로 거칠어진 목소리를 최대한 높여 계속 노래를 부른다. 도로와 포플러나무, 전신주, 새카만 그림자들이 뒤로 사라질 때 도러시는 쏟아지는 폭포수처럼 노래를 부르며 백미러로 너의 눈을 똑바로 응시한다. 갓길에 죽어 있는 동물들의 사체—여우, 개, 뱀—가 휙휙 지나가고, 사막의 집 바깥현관에서는 루이스가 두 사람이 집으로 돌아오고 도러시가 다시 술집으로 일하러 가기를 기다린다. 뒷좌석에서는 커다란 절망의 피눈물이 흐르는데, 루이스와 도러시와 밸러리 솔래너스의 단순한 진실은 피할 길이 없다. 루이스가 없으면 도러시가 부서지고, 도러시가 없으면 밸러리가 부서진다. 그래서 도러시는 세상에 대해 다 알면서도 알고 싶지 않아서 계속 노래하고 운전한다. 휘파람을 불고 콧노래를 부르고 백미러로 알 수 없는 눈길을 보내면서, 모든 걸 얻고 아무것도 잃지 않는 일이 가능하기를 소망한다.

도러시

도러시

어두워지기까지는 오랜 시간이 걸린다. 집에 돌아와 보니 누군가 네 뱀가죽 수집품을 가져가버렸다. 사막의 개였을 것이다. 도러시가 호피 무늬 원피스에 호피 무늬 가방을 들고 술집으로 간 뒤, 루이스는 바깥현관의 그네에 누워 맥주를 마시고, 벌레로 뒤덮인 밤은 별도 전등도 없는 칠흑이다. 그는 마지막으로 닭고기 수프를 퍼서 뜰로 나간다. 마지막으로 네게 집밖으로 나오라고 외친다. 손에 맥주를 든 채로 너는 햇볕에 달궈져 아직 뜨거운 모래 위를 천천히 걷고, 그 열기가 네 모든 생각을 태워 없앤다. 바깥이 캄캄할 때 너는 죽은 것과 다름없다.

나중에 그는 담배를 피우며 밤공기와 섞이는 연기를 바라본다. 어둠이 물러가고 암탉이 깨어나자 그는 짐을 싸서 멀리 떠난다. 도러시가 마침내 집에 돌아오고, 밤새워 일해 피곤한 그녀는 바깥현관에 앉아 담배를 피우면서 여명 속을 날아가는 새의 소리를 듣는다. 그런 다음 집안을 천천히 걸어다니는데, 이미 알면서도 알고 싶지 않은 채로 고함을 지르고 울면서 그의 빈 서랍들을 뒤지지만 그의 옷은 전혀 없다. 싱크대 밑 양철 케이크 상자 안에 돈도 없으며 버려진 결혼반지만 햇빛 속에 놓여 있다. 히로시마에서는 도망치다 타들어간 사람들의 흔적이 건물 벽에 영원히 남았다. 나중에 너는 코스모에게 그 일에 대해 이렇게 말한다.

그다지 특별하진 않아. 그냥 도러시가 차를 몰고 시내로 나가면 종종 루이스가 바깥현관의 그네 위에서 날 강간했을 뿐이야. 밤하늘에서 한들거리는 나무 꼭대기가 보였고, 그네 의자가 저항하듯 삐걱거린 건 기름칠이 필요해서였고, 뜰에 있는 전등에 갈아끼울 새 전구는 언제나 목이 빠져라 기다려도 오지 않았지. 루이스는 운동을 좀 했어야 했는지, 내 위에서 용을 쓸 때 팔의 군살이 출렁거렸고 두툼한 가슴은 내 얼굴을 숨막히게 눌러댔어. 그는 눈물과 욕정으로 뒤죽박죽된 고뇌 덩어리, 그리고 그네의 쿠션 커버는 도러시가 밤마다 빽빽이 수놓은 분홍색 야생 장미 무늬. 나는 그 장미와 하늘의 별을 헤아렸지. 온몸의 살은 햇볕에 바싹 마른 풀 같고 어둠은 늑장을 부리는데 눈은 시리고 따가웠어. 깊은 잠에 빠진 사막의 개들은 바람을 따라 달리고 하늘의 별들은 죽은 지 오래일 때 나는 내 조그만 보지를 돈도 안 받고 빌려줬지. 끝나고 나면 그는 늘 울면서 내 머리에 붙은 껌딱지를 떼어주려 했는데 그게 왜 항상 내 머리에 붙어 있었는지는 나도 모르겠어. 그 야생 장미들, 그 피의 장미, 죽음의 장미를 세고 있으면 늘 껌이 입에서 흘러나갔지. 끝나고 나면 내 머리에선 멘톨 향이 나고 그의 셔츠에는 껌 자국이 남는데, 밤하늘의 별들은 아직도 죽어 있고 남은 구름이 머리 위에 떠 있는 나무들에 걸리면, 루이스는 가장 끈적거리는 멘톨 덩어리를 잘라냈어. 그는 한참 동안 줄담배를 피웠고 나는 그가 버린 꽁초를 피웠지. 우리는 주변에서 찍찍거리는 도마뱀붙이들의 소리를 함께 들었어. 이제 울 일이 뭐가 남았겠어. 미국은 앞으로도 날 계속 강간할 테고 아버지들은 모두가 자기 딸들을 강간할 거라는 사실이 아니라면 말이야. 대부분이 그럴 테고 소수만 그러지 않을 텐데 왜 그러는지는 확실하지 않아. 세상은 언제나 회귀를 향한 기나긴 갈망이긴 하지만.

맨해튼형사법정, 1968년 6월 3일

심리는 짧은 정회 후 다시 이어진다. 네가 법정의 질문에 "적절히" 그리고 "명확히" 대답하지 않아서 심리가 잠시 중단되었다. 천장 위로 은색 구름이 그림자처럼 휙 지나간다. 풍선인지, 아니면 은색 쿠션인지, 아니면 여자 화장실에서 빠져나와 떠다니는 거울인지 확실하지 않다. 온갖 몽상들과 함께 내달리는 몽상, 시간을 벗어난 거울들의 땅, 주변의 대리석 바닥에서 입을 벌리는 검은 구덩이들, 그리고 하늘에서 떨어지는 무수한 은색 가발들. 법정 안에서는 소리가 우렁우렁 울리고 각기 다른 종류의 거무스름한 목재로 만든 방청석이 끝없이 줄지어 있으며 누군가가 계속 네 팔을 붙들고 있다. 앤디는 죽음에 집착한다. 그는 전기의자와 자살과 우그러진 자동차들을 스크린인쇄한 그림을 좋아한다. 코스모라면 그의 가짜 예술과 이 법정의 심리를 비웃었을 것이다. 심리 과정은 그의 은색 가발을 네 목구멍에 쑤셔넣는 듯 느껴진다.

맨해튼형사법정 피의자 밸러리 솔래너스는 자리에서 일어나주세요.

밸러리 기억하세요, 나는 이곳에서 유일하게 정신이 온전한 여자라는 걸.

맨해튼형사법정 당신은 변호인을 선임할 권리가 있습니다. 변호 비용을 대주겠다는 사람들이 있어요. 출판사 올림피아프레스의 소유주 므슈 모리스 지로디아스가 변호 비용을 대겠다고 제안했습니다.

밸러리 그 사람의 변호사는 원치 않아요. 나는 옳은 일을 했어요. 전혀 후회하지 않습니다. 이유는 아주 많아요. 내가 총질하는 일은 자주 일어나지 않아요. 괜히 한 일이 아니라고요. 그들이 내 손발을 꽁꽁 묶어서 기분이 별로였어요. 그들은 뭔가 날 망가뜨릴 짓을 하려 했다고요.

맨해튼형사법정 피의자의 진술을 모두 삭제하세요.

밸러리 아무것도 삭제하지 말아요. 전부 기록되어야 해요. 다시 말하겠습니다. 계속해서 다시 말할 겁니다. 몇 번이든 다시 말할 수 있어요. 난 옳은 일을 했어요. 전혀 후회하지 않습니다. 이유는 아주 많아요. 내가 총질하는 일은 자주 일어나지 않아요. 괜히 한 일이 아니라고요. 그들이 내 손발을 꽁꽁 묶었고, 그건 아주 불쾌한 경험이었어요. 그들은 뭔가 날 망가뜨릴 짓을 하려 했다고요. 그걸 의사록에 전부 기록하기 바랍니다.

맨해튼형사법정 피의자의 진술은 기록되지 않을 겁니다. 심리를 종결하고 휴정하겠습니다. 피의자는 정신감정을 위해 정신과 치료 시설로 이송됩니다.

밸러리 이런 식으로 삭제되고 검열당하기를 거부합니다.

맨해튼형사법정 피의자는 퇴정하세요.

밸러리 내 말이 의사록에 실리기 전엔 아무데도 안 가요.

맨해튼형사법정 추후 통지가 있을 때까지 휴정하겠습니다.

밸러리 내 진술을 전부 의사록에 기록할 것을 요구합니다. 내 진술이 기록되었다는 사실을 확인할 때까지 법정을 나가지 않을 거예요.

법원의 결정: 피의자의 모든 진술을 기록에서 삭제한다. 정신감정을 위해 밸러리 솔래너스를 벨뷰병원으로 이송한다.

벤터, 1945년 여름

세상은 언제나 회귀를 향한 기나긴 갈망이다. 강, 벤터, 나무 꼭대기, 피의 장미. 다시는 돌아오지 않을 그 하늘. 강물에 비친 성긴 구름 조각들, 탁한 물속의 검은 가지들. 컴컴한 물에 뿌리가 삼켜진 채 우듬지를 물에 담그고 싶어 강물을 향해 휘어진 나무들, 옷을 입은 채로 강물로 걸어들어가는 도러시. 도러시는 자기가 가진 가장 예쁜 물건들로 단장했다. 눈부시게 새하얀 원피스, 벤터의 어느 술집에서 훔친 아스피린 알약 모양의 명품 가방. 스카프 아래로 보이는 완벽한 곱슬머리, 얼굴 위로 빛나는 태양. 도러시가 원피스 차림으로 강물로 걸어들어갈 때 속옷과 눈으로 물이 흘러든다. 바닥이 발에 닿지 않을 때까지 걸어들어간 도러시는 수영을 하지 못해 깊은 물속으로 속수무책 빠져들면서 모든 것을 얻고 아무것도 잃지 않기를 꿈꾼다(루이스

50

를 얻고도 너를 잃지 않기를, 루이스를 잃고도 자신을 잃지 않기를).

너는 언제나 루이스가 떠난 것이 네 탓이 아니기를 소망할 테고, 도러시가 강물로 걸어들어가면 언제나 그녀를 구할 것이다. 도러시를 강가로 끌어낼 때 그녀의 창백한 손 위로 햇빛이 부드럽게 어룽진다. 너는 그녀를 아름다움이라고는 전혀 없고 정체된 물의 악취와 헌 속옷들과 낯설고 매캐한 화학약품 냄새뿐인 강둑으로 끌어올린다. 높이 솟은 나무들의 검은 그림자에서 햇빛을 피하며 도러시가 다시 깨어나기를 기다리는 동안 추위가 온다. 주근깨로 덮인 도러시의 창백한 손이 밤의 식물들처럼 펼쳐졌다 닫히며 천천히 움직이기 시작한다. 원피스는 진흙과 모래로 얼룩졌다. 정신을 차린 도러시는 물과 모래와 와인과 파이와 알약과 피를 토해낸다. 분홍빛으로 얼룩덜룩한 가슴팍이 거칠게 들썩이는데, 호흡은 차갑고 파랗다. 원피스는 영영 망가졌으며 얼굴 전체에 화장이 번졌다. 그때 도러시는 강물 속에 있는 동안 누군가가 그녀의 핸드백을 물속에 던져버렸다며 운다. 익사조차 잘해내지 못했기에 수치심으로 비참해져서 네 손을 잡은 채로.

도러시 미안해, 밸러리, 우리 아기. 내가 그 파이를 안 먹었어야 했는데.

밸러리 옷을 입은 채 물에 들어가지 말았어야 해.

도러시 (눈을 감고 네 얼굴을 만지작거린다) 자유낙하.

밸러리 그게 무슨 말이야?

도러시 빛을 향해 자유낙하. 도러시는 이제 나한테 죽은 사람이
야. 눈부시게 빛나. 눈부시게 빛나. 난 항상 그럴 거야. 행복
하게. 아주 행복하게. 행복하고 자유롭게.

밸러리 무슨 헛소리야, 도러시는 아직 안 죽었어. 여기 있잖아.
변함없이 멀쩡하고 하나도 바뀌지 않았어. 손에 토사물이 묻
었네. 어서 씻고 그만 횡설수설해. 강물 속에서 시인이 된 건
아니잖아.

도러시 난 강물 속에서 아무것도 아닌 존재가 되었어. 내 원피
스 어때?

밸러리 망할 원피스. 더러워. 빨아야겠다. 그리고 화장도 엉망
진창이야.

도러시 난 멍청이야.

밸러리 정말 멍청이야, 도러시.

둘은 손을 잡고 집으로 걸어간다. 도러시는 제 몸과 원피스를
달콤하고 어두운 강물에 씻었다. 사막의 집에는 수많은 작별 편
지가 있다. 도러시는 분홍색 종이에 작별 편지 수백 장을 쓰고
이별 키스로 밀봉한다. 밸러리, 내 사랑. 네게는 내가 여기에 없는 편
이 더 나을 거야. 그런 다음 집 뒤편으로 가서 전부 태우고 이제
다시는 그런 짓을 하지 않겠다고 제 가슴에 대고 맹세하며, 전
혀 위험하지 않다는 듯 연기를 보고 웃어댄다. 그러다 다시 원

피스 소매에, 스카프에, 코트에, 탁자보에 불을 붙인다. 술집 커튼에, 상점의 물건에 불을 붙이고, 모르는 사람의 집에 따라가 그의 장미 정원을 몽땅 태운다.

브리스틀호텔, 1988년 4월 9일, 너의 생일

서술자 생일 축하해, 밸러리.

밸러리 그건 장례식 꽃이야?

서술자 잘 몰라. 그저 이 꽃들이 좋아서 가져온 거야. 냄새가 진짜 좋아, 생일 냄새. 원한다면 장례식 꽃이 될 수도 있어.

밸러리 난 꽃을 좋아하지 않아.

서술자 목련 한두 송이일 뿐이잖아.

밸러리 난 종교적인 장례식을 원하지 않아. 내 모습 그대로 매장되면 좋겠어. 죽은 뒤에 내 몸을 태우지 않으면 좋겠어. 죽은 뒤에 어떤 남자도 내 몸을 만지지 않으면 좋겠어. 내 은색 코트를 입은 채 묻히고 싶어. 내가 죽은 뒤에 누군가가 내 노트들을 읽으면 좋겠어.

서술자 내 꿈의 자질은—

54

밸러리 —그리고 감성에 빠진 젊은 여자나 가짜 작가가 죽어가는 나를 소재 삼아 소설을 끄적거리는 걸 원치 않아. 난 네게도 내 자료들을 살펴보라고 허락하지 않았어.

(침묵)

(서술자가 꽃을 만지작거린다.)

서술자 바닷소리 들려?

밸러리 바닷소리는 들리는데, 난 듣기 싫어.

(또 침묵)

밸러리 난 점심시간에 맨해튼의 레스토랑들에 들어가 쫓겨날 때까지 선언문을 읽곤 했어.

서술자 상상된다. 사람들이 좋아했어?

밸러리 당연히 좋아했지! 엄청나게 좋아했지. 여기에 나 말고 누가 살지?

서술자 약쟁이와 노숙자. 매춘부. 에이즈 환자. 받아주는 병원이 없는 정신질환자. 병든 여자 노숙자.

밸러리 그런 사람들 좋아해?

서술자 모르겠어. 그런 사람들을 만난 적이 없어.

밸러리 그들에게 우린 곧 다시 나갈 거라고 말해. 내가 바다 소풍을 기획할 거라고 말해. 죽어가는 창녀들을 위해 산들바람이 불어오는 파라솔 아래에서 여름 음료를 마시는 하루.

서술자 내 꿈은 이 이야기에 다른 결말을 내는 거야.

밸러리 넌 진짜 이야기꾼이 아니잖아.

서술자 알아.

밸러리 그리고 이건 진짜 이야기도 아니고.

서술자 알아. 그런데 상관없어. 그냥 여기에서 잠시 너와 함께 앉아 있고 싶을 뿐이야.

밸러리 더 할 이야기가 별로 없어.

서술자 네가 죽는 세상에서 살고 싶지 않아. 다른 결말들, 다른 이야기들이 반드시 있을 거야.

밸러리 죽음은 모든 이야기의 결말이야. 해피엔딩이란 없어.

(침묵)

서술자 난 그냥 너와 이야기하고 싶을 뿐이야, 밸러리.

밸러리 그리고 난 이렇게 죽고 싶지 않고.

벤터, 1946년 6월
철강 노동자들이 파업중이고, 석탄 광부들이 파업중이고, 철도 노동자들이 파업중이다

너와 도러시는 부엌에 있다. 날은 덥고 끈적거리며 검은 파리들이 사방에 들끓는 여름이 끝없이 이어지는 중이다. 루이스가 떠난 뒤 처음 맞는 이 여름에, 도러시가 매달아놓은 파리 끈끈이의 밀림을 피해 식탁의 네 자리로 가려면 너는 고개를 수그려야 한다. 도러시는 침대에서, 검은 강물에서 나와 새 비닐 가방을 샀다. 전에 쓰던 가방은 물 얼룩이 져서 야생 장미 한 다발을 꽂아 창틀에 세워두었다. 뜰의 꽃은 다 죽었지만 도러시는 눈부신 절망의 빛을 내며 다시 요리를 하고 다시 웃는다.

도러시 다 먹어, 우리 귀여운 망아지. 그러면 키가 클 거야.

밸러리 저 파리 끈끈이로 엄마가 잡으려 하는 건 파리야, 사람이야?

도러시 사내들.

밸러리 이젠 질린 거 아니었어?

도러시 남자는 많지, 남자는 많아.

밸러리 맞아.

도러시 어떤 남자들은 조심해야 해.

밸러리 맞아.

도러시 남자라고 다 돼지는 아니야.

밸러리 아니지.

도러시 네 아빠는 돼지야.

밸러리 맞아.

도러시 여자는 뭐든 원하는 대로 할 수 있어. 그리고 내가 널 사랑하는 거 알지?

밸러리 응.

도러시 좋아. 이제 다 먹어. 그 파리 조심하고.

사막의 전등. 머리칼에 과산화수소수를 바르고 알루미늄포일로 감싸 햇빛을 반사하며 현관에 앉은 도러시, 손에 들린 여성 잡지, 광택이 나는 지면들, 몽상. 너는 고층건물을 생각하며 나무 아래를 걷는다. 거대한 미국의 나무들, 둥치들 사이의 눈 멀고 피 흘리는 그림자, 기억 속에서 네 손을 덮는 루이스의 금발, 햇빛, 휘발유 매연, 팔이 따끔따끔 저리는 느낌. 너는 타자기 꿈을 꾼다. 마침내 도러시에게서 타자기를 얻어내 사막에서 멀리, 더럽고 초라한 벤터의 삶에서 멀리 떠나는 꿈을 꾼다. 네 손은 저 밖 고속도로로 너를 데려갈 검은 열쇠들 위로 튀는 불꽃이다.

도러시는 주부가 되기를 꿈꾸지만 더이상 돌볼 사람이 남지 않았다. 그녀는 스쳐가는 사람 아무에게나 주부 행세를 한다. 술김에 결혼하고 나서 이혼해야 할 때는 시장과 실랑이를 벌인다. 기나긴 40년대. 전쟁중 여자들이 공장에 다니던 초기를 지나, 완벽하게 굴곡진 몸매와 곱슬머리와 무릎까지 오는 베이비돌 원피스로 이루어진 인조적이고 비현실적인 시대가 펼쳐진 십 년. 머지않아 모든 이의 깜빡거리는 새 텔레비전에서 〈아빠는 만물박사〉가 방영될 것이다. 전후의 계획들, 전후의 번영. 도러시는 여러 술집에서 바 의자를 빙빙 돌리며 앉아 피스 담배를 피우면서 오만하고 끈질기게 주절거린다. 나가사키와 히로시마에 원자폭탄이 떨어져 십만 명이 타죽었다고, 대통령은 국민에게 말했다. 도러시는 텔레비전도 자존감도 없고, 대통령과 백악관을 너무 사랑해서 눈에 눈물이 고인다. 술집에서 아무것도 아닌 일에 마구 불평을 늘어놓다 쫓겨나 사막을 비틀비틀 걸어 집에 돌아오면 핸드백 안에는 훔친 재떨이와 맥주잔이 가득하다.

집 주변의 전선이 끊겨 전기가 들어오지 않고, 도러시에겐 지속적인 기준점도 없다. 해질녘에 남자가 나타나면 도러시는 의견을 깡그리 바꾼다. 공화당, 민주당, 전쟁 지지, 전쟁 반대 등등 원피스나 팬티를 갈아입듯 의견을 바꾼다. 하루에도 몇 번씩, 필요할 때마다. 남자들의 고약한 농담에 미친개 같은 목소리로 폭소하며 온 집안을 알랑거리는 걸걸한 웃음소리로 가득 채운다. 하늘은 깜짝 놀랄 정도로 집 가까이 내려앉고, 나중에 너는 코스모걸에게 이렇게 이야기한다.

석양이 지면 도러시의 망가진 뜰에 자란 식물들이 불꽃처럼 빛났고 흰 철판은 환한 빛을 쏟아냈어. 사막에 좌초된 배는 없었고 도러시의 검은 눈과 검은 원피스 위로 거대한 유리 덮개*가 덮여 있었지. 기억이나 두려움은 어디에도 없고 조금은 어린 시절 같기도 했지. 하늘이 폭발하지 않는, 우리 둘 중 누가 생일을 맞을 때마다 내가 분홍색 소원 쪽지를 꽂아둔 오렌지나무와 사막 나무들만 있는, 모든 소망이 아직 이루어질 가망이 있던 유치한 어린 시절. 아직 우리는 말없고 어둡고 성마른 사막 동물로 변하지 않았어. 내가 생일을 맞은 아이인 동안에는, 아이들이 존재하는 동안에는.

---

* 미국 시인 실비아 플라스는 소설 『벨 자』에서 자신이 겪는 우울증을 '종 모양 유리 덮개(bell jar)에 덮인 듯한 기분'이라고 표현했다.

도러시는 잃어버린 옛날 편지와 기억을 찾아, 이미 떠나버린 남자를 찾아 침실을 샅샅이 뒤지지 않을 때는 먼 곳만 하염없이 바라본다. 도러시는 비운의 구름, 진창의 악취다. 썩어드는 물이 모든 가구와 모든 움직임과 모든 방을 뒤덮고, 너와 파리들 말고는 아무도 도러시 옆에 머물고 싶어하지 않는다. 도러시는 파리 끈끈이를 다는 일 말고는 아무것도 제대로 하지 못하고 달콤한 와인을 너무 많이 마시고 사람들의 신경을 건드려 걸핏하면 싸움에 휘말린다. 그러고는 분홍색 편지지에 긴 글을 쓰고 훔친 시든 장미 한 다발을 너와 함께 자전거 짐받이에 묶은 뒤 사막을 가로질러 달려가 용서를 구한다.

아직 또렷하고 아름다운 지평선은 세상이 시작되고 끝나는 지점에서 울타리이자 경계를 이룬다. 이제 루이스가 없으니 산은 높고 따뜻하고 다정한 짐승이다. 너는 모래와 하늘이 맞닿은 선에 그의 노란 포드 자동차가 나타날까 늘 두려워할 것이다.

사막의 시간은 몹시 느리게 흘러간다. 나무 사이에서 부스럭거리며 반짝이고 불타는 잠자리, 지평선을 지나가는 트럭, 멀리서 들려오는 사막 개의 울부짖음이 영원처럼 이어지는 유년기. 너는 집 뒤에서 호스와 휘발유를 가지고 뱀과 큰 곤충들을 찾아다닌다. 도러시는 햇빛 속에서 너무 오래 잠든 나머지 과산화수소수를 바른 머리칼이 엉망이 된다. 침실의 화장 거울 앞에서 울며 엉킨 머리를 빗자, 브러시에 토사물 같은 푸르스름하고 안쓰러운 머리칼 뭉텅이와 함께 그녀의 자긍심과 기쁨도 함께 뽑혀 나온다.

도러시 (손에 머리칼 뭉텅이를 들고) 내 머리, 밸러리!

밸러리 사고뭉치.

도러시 난 머리 빼면 아무것도 아닌데……

밸러리 꼭 작은 군인 같아, 머리칼이 그래서. 아니, 머리칼이 없

어서. 내 용감한 군인. 내가 도와줄게, 망가진 머리칼을 잘라
내자.

도러시 (울부짖는다) 난 작은 군인처럼 보이기 싫어. 지저분한 작
은 군인처럼 보이기는 절대로 싫어.

밸러리 엄마는 눈 때문에 꼭 영화배우 같아. 눈꺼풀에 그 파란
걸 칠하면.

도러시 루이스가 곧 나타날 텐데.

밸러리 루이스 꿈은 그만 꿔.

도러시 그건 아이섀도라는 거야. 네 아빠잖아, 밸러리. 난 네 아
빠 얘길 하는 거야.

밸러리 그 사람은 기억 안 나. 땅딸막하고 입냄새가 고약하고
이가 못생긴 금발 남자였다는 거밖엔.

도러시 그이는 굉장히 잘생긴 남자였어.

밸러리 난 그 사람이 죽었다고 생각해, 돌리. 전선에 감전되어
죽었다고 생각해. 상관없어, 돌리. 하느님만이 엄마를 금발
때문이 아니라 엄마 자체로서 사랑해줄 수 있어. 아래쪽 털을
그렇게 염색하지 않은 걸 다행이라 생각해.

도러시 아래쪽 털이 아니라 정말 다행이야.

밸러리 도러시.

도러시 응?

밸러리 난 엄마가 아름답다고 생각해.

네 얼굴과 어깨에 머무는 도러시의 차가운 손, 와인 향을 풍

기는 따뜻하고 축축한 숨결, 식탁 가장자리에 아슬아슬하게 놓인 담배 한 대, 원피스 소매에서 나는 숯냄새. 아주 짧은 순간, 너는 여전히 품에 안긴 도러시와 그녀의 멘톨 향과 주근깨가 난 매끈한 피부를 느낄 수 있다. 깨진 거울 같은 도러시의 웃음.

도러시는 탈색으로 손상된 머리칼에 스카프를 두르고 술집을 전전한다. 초록빛 금발의 잔해 끄트머리는 검게 탔다. 하이힐을 질질 끌고 다니며 생활에 필수적인 도움을 요청하는 도러시. 전기는 다시 들어오지 않는다. 도러시는 계속 돈을 내고, 전화를 걸고, 불평하고, 수화기에 대고 욕지거리를 하지만 전기는 다시 들어오지 않는다. 집에 와서 전선까지 올라가려 하는 연인은 없고, 전기회사는 도러시의 끊임없는 호통에 질렸다. 도러시는 자전거를 타고 공중전화를 오가며 뜨겁고 간절한 목소리로 모두에게 애원한다.

그들은 늘 한두 번쯤 되돌아온다. 영원히 사라지기 전에, 타이어 마찰음과 함께 떠났다가 다시는 돌아오지 않는 그날까지. 몇 번쯤 되돌아와 그녀의 머리칼 깊이 손을 넣고 부드러운 회한에 잠겼다가 그 따뜻한 배를 도러시에게서 영원히 떼어낸다. 그러면 도러시는 다시 힘들여 촛불로 자신을 태우고 긴 분홍색 편지들을 쓰고 자전거 짐받이에 너를 태운 채 사막을 건너 뒤쫓아 간다.

집에는 이제 돈이 전혀 없고, 바깥에서 하얗고 뜨겁게 빛나는 태양과 도러시가 추억이 깃든 물건들을 태우는 휘발유 통들만 남았다. 부엌 라디오는 영원히 켜져 있고 도러시는 주방세제가 묻은 머리칼을 음식 위에서 빗어대며 립스틱은 늘 입술 선을 살짝 벗어나게 바른다. 세월이 흐른 뒤 메릴랜드에서 너와 코스모는 립스틱을 항상 입술 선을 벗어나게 바르는 것은 정치적 행위라고 의견을 모은다. 도러시는 정치를 전혀 모르지만 립스틱과 미래에 대해서는 모르는 것이 없다. 그녀는 계속해서 청파리들을 내리치고, 계속해서 그 깊은 눈빛을 하고 있다. 라디오에서 대통령이 연설하고 도러시는 너의 빛나는 미래를 예언한다. 밸러리 진 솔래너스는 미국의 대통령이 될 거야, 하면서 다시 행복에 겨워 전율하는 꿈을, 전처럼 속옷의 짜릿한 냄새가 집안을 지배하는 꿈을 꾼다. 도러시는 강가에서 노닐던 시절을 끊임없이 생각한다. 해가 높이 떠서 바르르 떨고 물에서 쇠와 썩은 플랑크

톤 냄새가 나는데 강물이 유독물질로 오염되었다는 사실은 아직 아무도 모르던 시절, 루이스와 함께 풀밭에 누워 맥주 냄새 풍기는 키스에 너무 깊이 빠져 익사할 것만 같았던, 자신이 집과 장미로 가득 채운 냉장고를 가진 여자가 되는 상상을 하던 그 시절을.

밸러리 수프에서 맹물맛이 나.

도러시 쉬잇! 지금 라디오 듣고 있잖아.

밸러리 라디오에서 뭐라고 하는데?

도러시 대통령이 원자폭탄을 하나 더 떨어뜨렸어. 핵폭탄을 비키니섬에. 젠장 아무것도 없는 곳에.

밸러리 왜?

도러시 몰라. 작년에는 8월 6일에 폭탄을 떨어뜨렸지. 전쟁은 사실상 끝났어.

밸러리 동물들도 죽었어?

도러시 모든 게 죽었지. 나무도. 꽃과 풀과 아이들까지 전부.

밸러리 대통령은 이름이 뭐야?

도러시 해리.

밸러리 똥을 누는 그 사람의 뚱뚱한 엉덩이가 상상이 돼. 생김새는 어때?

도러시 턱수염이 있고, 안경을 썼고, 똥구멍에 똥이 묻었어.

밸러리 맞아.

도러시 넌 나의 대통령이야. 나의 꼬마 아가씨 대통령.

밸러리 파이가 먹고 싶어. 맹물 수프가 아니라.

도러시 곧 돈이 생길 거야. 루이스가 돌아오면.

밸러리 루이스는 돌아오지 않아. 지금 전쟁이 벌어지고 있어?

도러시 전쟁은 없어.

밸러리 전혀?

도러시 멀리 어딘가엔 있을 수도 있지. 작은 전쟁. 하지만 여기선, 미국에선 아니야. 작년엔 전쟁이 있었지. 언젠가 술집에 가서 밤새 앉아 있었던 것 기억나니? 난 흰 원피스를 입고 있었지. 루이스도 있었고. 전쟁이 끝났었어. 그날 밤엔…… 우린 오후에 소식을 들었어. 그날 밤엔 다들 집에 가기 싫어했지. 루이스가 내게 장미를 사줬어. 모두가 보는 데서 내게 키스했고. 그이는 우리 모두에게 키스했어.

밸러리 지금 전쟁이 일어나고 있지도 않은데 우린 왜 전쟁 수프를 먹는 거야? 내가 미국 대통령이 되어야겠어.

도러시 넌 꼭 될 거야. 고약한 꼬마 대통령. 작가도 되어야 한다는 걸 잊지 마.

밸러리 난 이미 작가야.

브리스틀호텔, 1988년 4월 10일

잊힌 장소와 말들의 구름이 조그맣게 피어오르는 가운데 코스모걸이 춤추며 지나간다. 호텔의 침대는 네가 끝내지 않은 모든 일, 잘못한 모든 일로 이루어진 불타는 사막이다. 네가 잊어버린 모든 것과 작별하지 않은 모든 시간으로 이루어진 천길만길 바닷속이다. 너는 코스모의 숨결이 빛나는 푸른색이었다는 것을 잊었고, 잠에서 깨기 전에 잠결에 네 등에 입을 맞추고 네가 가장 좋아하는 문장을 몽롱하게 중얼거리던 코스모를 잊었다. 우리 사회에서 가장 착한 여자들은 미쳐 날뛰는 섹스광들이야.

잠든 너는 메릴랜드 꿈을 꾸다 어둠 때문에, 곁에 있는 죽음 때문에, 검은 나무들과 검은 눈밭이 소용돌이치는 불타는 심연 때문에 깨어난다. 남성절단결사Society for Cutting Up Men라고 불리던 조직은 지금 존재하지 않으며 전에도 존재한 적이 없다. 남은 거라곤 자기절단결사Society for Cutting Up Myself뿐이다. 무수한 회원을 확보한 이 국제조직은 절대로 활동을 멈추거나 사라지지 않을 것이다.

너는 작은 손거울을 들여다본다. (코스모는 네 거울들과 네 입술에 키스했다. 너의 책 모든 페이지에 립스틱 키스를 남겼다. 마지막으로 메릴랜드에서 만났을 때는 욕실 거울에 피로 제 이름과 네 이름을 나란히 썼다.) 거울 안에 냄새가 지독한 낯선 사람이 있다. 잊지 말고 편지해, 밸러리. 편지 잊으면 안 돼. 너는 갖은 약속과 유토피아적 시각을 내팽개친 뒤 오래도록 편지를 쓰지 않았다. 청록색 휴대용 타자기를 어디든 지니고 다니던 시절, 절대로 타자기를 팔지 않겠다고 다짐하던 시절로부터 수십 년이 지났다.

밸러리를 용서했다면……

……어떻게 한 번도 보러 오지 않은 거야?

기침을 하면 손에 피가 묻는다. 은색 코트 속에서 밖으로 나가려는 심해 생물이 비명을 지른다. 깃털도 피부도 없는 새 모양 괴물이 쪼고 물어뜯고 버둥거리고 있다. 배가 아프고 부지직거리고 은색 코트는 오줌에 젖어 축축하고 차갑지만, 그래도 너는 그것을 사랑한다. 어쨌든 지금 죽는다면 너는 은색 단추가 달린 은색 옷을 입은 채 죽고 싶다. 어쨌든 죽는다면 코스모의 손을 잡은 채 죽고 싶다. 코스모가 마지막으로 네게 한 말은 "날 여기 남겨두지 마"였다. 네가 마지막으로 메릴랜드에 돌아가는 기차를 탔을 때 하늘은 무겁게 내려앉았고 네 호피 무늬 모피 코트는 두려움에 젖어 축축했다.

로버트 브러시가 울면서 전화를 걸었고, 너는 실험실로 달려가 동물들을 전부 풀어주었다. 그 동물들이 밖에 나가면 오래 살아남지 못한다는 걸 너는 안다. 알비노 토끼들은 곧바로 죽을 것이다. 나무 사이에 숨고 눈 밑에 숨어 실험실 밖 공원에 이상한 형체들을 이룰 것이다.

누군가 네 이름을 부르고 네 팔을 만진다. 너는 느린 동작으로 유니버시티파크를 가로질러 걸어간다. 바람이 살짝 몰아치고 꽃과 새로 내린 눈 냄새가 나고 하늘에는 죽은 얼굴들이 가득 떠 있는데, 네가 오직 원하는 건 눈 위에 구멍이 열려 그곳으로 빨려들어가는 것이다. 용서가 무슨 소용이지? 죽음이 곧바로 따라온다면?

코스모?

코스모걸?

깃털 같은 빛의 베일이 방안에 길게 늘어진다. 진눈깨비가 내리고 들판에 생명의 기운이라고는 없는 4월은 가장 미친 달이다. 네가 다시 눈을 뜨면 탐스러운 흰 백합 꽃다발이 저쪽 창가에 놓여 있고, 너는 그런 비싼 꽃을 누가 갖다준 것인지 이해할수가 없다. 누군가 네 방문을 두드린 지는 아주 오래되었고, 네가 백합을 좋아한다는 사실을 아는 사람은 이제 없다. 난 죽고 싶지 않아. 그리고 지금 죽어야 한다면 어떤 남자도 내 시신을 만지지 않았으면 좋겠어.

천장은 너를 집어삼키려는 눈들과 손들이 유영하는 화폭이다. 창가의 꽃으로 손을 뻗으며 너는 백합과 행복의 향기를, 그녀의 코트와 원피스에서 나던 희미한 탄내와 백합 향을 기억한다. 침대는 낯선 목소리와 장소가 소용돌이치는 구렁텅이인데, 너는 다시 그녀의 목소리를 듣고 싶은 마음이 간절하다. 전 세계에서 가장 뛰어난 창녀, 우주의 지배자, 사랑하는 코스모걸. 너는 흰 눈과 타자기 소리가 그립다. 눈을 뜨자 코스모걸은 손에 책을 든 채 머리칼에 햇볕을 받으며 창가에 앉아 있고, 다시독하고 가느다란 시가를 피우는 코스모걸의 얼굴 주변에 연기 구름이 일어난다. 그녀에게는 언제나 축하할 일이 있다.

코스모 뭐라고 했어?
밸러리 꽃은 네가 보낸 거야? 내게 주는 꽃이야?

코스모 꽃은 없어. 네가 보는 건 헌 침대 시트야. 내가 새 시트로 갈아줬잖아. 시트에 피와 고름이 묻어서 너무 더럽더라.

밸러리 아 그래. 내 선언문 좀 읽어봤어?

코스모 (가느다란 시가를 창틀에 대고 끈다) 너무 좋아.

밸러리 좋아?

코스모 다 알면서.

밸러리 단지 시트일 뿐이어도 괜찮아. 너한테서 꽃향기가 나. 총격 사건 이후에 올림피아프레스가 내게 묻지도 않고 선언문을 출판해버린 거 알아?

코스모 난 네가 출판을 원한 줄 알았어.

밸러리 모리스와 폴이 선언문 덕분에 큰돈을 벌었어. 내가 앤디일로 정신병원에 들어갔으니 모두가 그걸 읽고 싶어했지. 십년 뒤에 내가 직접 선언문을 출판했을 때는 아무도 관심을 보이지 않았어.

코스모 내가 선언문을 좀 읽어줄까?

밸러리 내가 점점 사라지는 동안 그걸 읽어줘.

코스모 (선언문을 펼친다) 이 사회에서 삶이란 잘해봐야 끔찍하게 지루한 것이며 사회의 어떤 측면도 여성과는 무관하므로, 공공의식과 책임감이 있고 짜릿함을 즐기는 여성들에게 남은 할일이란 정부를 무너뜨리고 화폐제도를 없애고 완전한 자동화를 도입하며 남자라는 성을 파괴하는 것뿐이다.

밸러리 남자라는 성을 파괴하는 것뿐이다.

코스모 이제는 남성의 조력 없이(사실상 여성의 조력 없이도)

재생산과 여성만을 생산하는 일이 기술적으로 실현 가능하다. 우리는 당장 이를 실행해야 한다.

밸러리 우리는 이에 즉시 착수해야 한다.

코스모 즉시. 남성의 유지는 재생산이라는 의심스러운 목적에도 기여하지 않는다. 남성은 생물학적 사고일 뿐이다. Y 유전자는 불완전한 X 유전자다. 즉, Y 유전자의 염색체 조합은 불완전하다. 다시 말해, 남성은 불완전한 여성, 유전자 단계에서 낙태된, 걸어다니는 낙태다. 남성은 결핍을, 정서적 한계를 의미한다. 남성성은 결핍 질환이며 남성들은 정서적 장애자들이다.

밸러리 더 뒤. 더 뒤를 읽어줘. 끝부분. 파도 부분.

코스모 하지만 이성적인 남성들은 발버둥 혹은 몸부림을 치거나 고통스럽게 호들갑 떨지 않고, 그저 느긋이 앉아 쇼를 즐기며 죽음에 이르는 파도를 탈 것이다.

밸러리 난 서핑을 정말로 좋아했어, 코스모.

코스모 쉬잇……

서술자들

A. 검은 파리가 들끓는 심장. 사막의 외로움. 돌투성이 풍경. 카우보이들. 머스탱 야생마들. 나쁜 경험들의 알파벳.

B. 산에서 피어나는 파란 연기. 나는 이곳에서 유일하게 정신이 온전한 사람이다. 진짜 카우보이는 없었다. 진짜 사진들은 없었다. 나는 진공청소기로 모든 방을 청소했다. 그런데도 먼지가 있었다. 모든 창문을 닦았다. 그런데도 숨을 쉴 수가 없었다. 건물 문제 같았다. 햇볕이 파라솔을 뚫고 이글거렸다.

C. 미국영화. 카메라의 거짓말. 세계문학의 거짓말. 미국은 비현실적인 파란 산맥과 사막 풍경을 배경으로 한 엄청난 모험이었다.

D. 영화는 사막에서 촬영되었다. 야생마떼를 뒤쫓는 헬리콥터들. 여자는 대본 내용을 이해하지 못했다. 자신의 대사를 기억하지 못했다. 대사는 늘 약간 가식적이었다. 남자들은 자기 어머니에게 흡수되는 경향이 있었다. 내가 옆에 있으면 남자들은 행복해한다. 그렇다고 내가 행복하다는 뜻은 아니다.

E. 앤디 워홀의 〈남자, 그리고 자전거 소년인 나〉. 반골, 변방 언어, 비명, 자살의 이야기. 돌이켜봐도 비극적 운명으로 느껴지지 않는, 이 모든 압도적인 변신과 편법. 여자는 고층건물들 사이에서 가슴속 울분을 터트렸다. 죽음의 들판은 그녀의 것이었다.

F. 사막을 배경으로 한 이야기가 있어야 한다. 전기가 들어오지 않았다. 전화선도 없었다. 이야기는 어떻게 전개되어야 할까? 금발의 죽은 이들이 끝없이 나올 것이다.

G. 이야기들. 과다 복용. 수면제. 모든 것은 종말에 다다른다.

H. 죽은 나무들. 죽은 이야기들. 잠깐 흥분을 가라앉혀. 애, 넌 흥분을 좀 가라앉혀야 해.

I. 밸러리. 매릴린. 로슬린. 울리케. 실비아. 도러시. 코스모

걸. 일종의 미친 천재. 그 여자는 제정신이 아니다. 이는 우리가 그녀의 기억을 싹 지워버릴 거라는 뜻이다. 전기 충격, 약물 주입, 구속복, 엘름허스트정신병원.

J. 난 병들었고 죽을 날만 기다리고 있다는 걸 기억해. 나는 이곳에서 유일하게 정신이 온전한 여자라는 걸 기억해. 그 남자가 내 희곡들을 가져가 죽여버렸다는 걸 기억해. 그것들은 이미 죽은 상태였어, 아가씨. 내 희곡은 죽은 상태가 아니었어. 당신 희곡은 이미 죽어 있었다고, 아가씨. 그 남자가 내 희곡들을 죽였다는 점도 의사록에 기록하기 바랍니다. 무슨 의사록 말이야, 아가씨?

K. 그들은 몇 시간째 기다렸다. 세트장 위의 강렬한 조명. 물방울무늬가 있는 조그만 흰 원피스. 장대하고 유구한 이야기였다. 처음부터 네게 결말을 말해줄 수도 있었다. 다르게 끝날 수도 있었다. 다른 서술자들이 있다. 해피엔딩도 있다.

L. 실험. 말馬. 일몰.

M. 너는 내가 만난 가장 슬픈 소녀 같아. 어둠 속에는 길이 없어. 말해줄 건 없어. 내가 얼마나 슬픈지 말할 수 없어. 그 얘기는 할 수가 없어. 네 생각 밖에서 생각하기는 불가능해.

N. 조각 글들과 신체 조직으로부터의 강박적인 소환. 고통의 병. 방어와 패배. 미소와 눈물. 우울. 당시에 그 문제에 대해 이야기하려는 건 8월의 뉴욕에 내린 눈에 대해 이야기하려는 것과 같았다.

O. 그 글을 눈이라고 부른다면 검열받지 않을 것이다. 한껏 감상적이고 지저분해도 될 것이다. 사실 그거야말로 이상이었다. 무슨 소용이 있었나? 더러운 글만 있었는데. 무슨 소용이 있었나? 더러운 여자들만 있었는데. 깨끗하지 못하고 과장되고 지나치게 율동적인. 나는 티끌 하나 없는 흰 종이와 깨끗하고 오점 없는 사람들을 꿈꾸었다.

P. 도피 반응을 보이는 소설. 고통의 전시. 그 문장들은 텅 비었다. 수사적 서투름. 전염성 강한 우주.

Q. 지금쯤 세상 모든 사람이 날 사랑하겠지. 내 모든 걸 빼앗아 가, 어서, 그게 내가 원하는 바야. 나는 원하는 걸 한번 얻으면 다시는 원하지 않는다. 내 심장은 몇 번이나 부서질 수 있을까? 나는 이곳에서 유일하게 영혼이 없는 사람이다. 처음부터 네게 결말을 말해줄 수도 있었는데. 내게서 모든 걸 빼앗아 가, 어서, 그게 내가 원하는 바야.

R. 나는 죽은 이들을 위해 쓴다. 모두 다 죽었다 해도 무슨 상

관인가?

S. 여자는 계속 죽어 있다. 언제나 죽은 상태일 것이다. 내가 생각하는 사람은 그녀뿐이다. 거짓말. 내 바람은 그녀와 함께 있는 것뿐이다. 쓰레기. 서술자가 거짓말을 한다 해도 무슨 상관인가? 누가 이야기를 하든 그게 무슨 상관인가?

T. 검은 피갑의 암컷 메뚜기들과 비명을 지르는 태아들. 너는 글을 써서 가부장제에서 빠져나갈 수 없다. 영화를 찍어서 빠져 나갈 수도 없다. 너는 사막에 홀로 서서 겁에 질려 운다. 너는 네 생각 밖에서 생각할 수 없다. 그건 그 인물의 구조가 아니다. 거대한 패권. 유배된 언어의 죽음.

U. 아빠의 착한 딸들이 단결한다. 저 백인 쓰레기 미국 여자 는 너무 폭력적이고 순진하지 않아? 선언문을 들고 신경질적으 로 날카롭게 고함치는 저 끔찍한 여자 말이지? 그나저나 무슨 말을 하려는 거지? 저 깊고 동물적인 목소리로 무슨 말을 하려 는 건지 하나도 들리지 않아.

V. 여자는 말한다. 난 당신들이 끊임없이 날 찾는 꿈을 꾼다.

W. 어둠 속에서 돌아가는 길을 어떻게 찾지?

X. 어둠. 정적. 사막은 대답하지 않는다.

Y. 여자는 말한다. 별을 따라가. 길 잃은 고속도로.

Z. 끝까지 그걸 따라가.

벤터, 1948년 여름

다시 사막의 부엌에 있는 도러시와 밸러리. 도러시는 부엌을 돌아다니며 바닥과 찬장과 보이는 모든 것을 청소한다. 커다란 검은 스카프를 두르고 새로 다림질한 치마를 입고서 비탄의 흔적을 완전히 씻어 없애고 있다. 레드 모런이 그 냄새를 맡을 수 없도록, 이라고 그녀는 말한다. 인성으로 보아 레드 모런은 재앙에 가깝지만 도러시는 다시 행복해져서 소매에 불을 붙이지 않고도 방마다 촛불을 켜고, 사막 동물들을 박제해 못을 박아 벽에 걸고, 여우 목도리를 팔아 핸드백에 지폐를 가득 채우고, 와인을 마시지 않으면서 라디오 음악을 틀어놓는다. 그러는 내내 주근깨투성이 손은 너의 얼굴 주위를 맴돈다. 잠시도 멈추지 않고 나중에 네 꿈에 자꾸만 나타날 그 손짓.

도러시 주부들은 다들 비누를 좋아해.

밸러리 아.

도러시 주부들은 오래된 불행을 씻어내고, 자기 딸들을 사랑해.

밸러리 하지만 도러시는 주부가 아니잖아. 바텐더잖아. 일하는 여자.

도러시 그렇게 너무 영리하게 따지는 거 아니야, 밸러리. 꼬치꼬치 따지는 건 바보스러운 자기주장 방법일 뿐이야. 난 엄밀히 말해 주부는 아니겠지만 주부가 된 기분이야. 결혼 생활이 행복하고 딸이 있어 행복한 주부. 파리 끈끈이와 파리채로 이 망할 것들을 막아내지. 비누로. 과산화수소수로. 세탁세제로. 모런이 너한테 한 제안에 언제든 답해도 된다는 거 알지, 밸러리?

밸러리 나는 계속 아버지 없이 살 생각이야.

도러시 모런의 제안은 착한 소녀를 위한 착한 제안이야.

밸러리 착한 소녀는 없어.

도러시 네가 착한 소녀지.

밸러리 착하지 않은 소녀는 없어.

도러시 음, 어쨌든 그건 좋은 제안이야.

밸러리 엿같은 제안이야, 도러시.

도러시 내가 비눗방울을 좀 만들었어. 부엌에 어서 가봐.

밸러리 난 비눗방울 가지고 놀 나이가 아니야. 그리고 엄마는 확실히 너무 늙었고.

도러시는 창문 안팎으로 떠다니는 비눗방울을 파리채로 잡으려 한다. 무슨 주문에 걸리기라도 한 양 강박적으로 집을 청소하다, 뒷마당에서 비눗방울을 들고 고물과 쓰레기 사이로 너를 쫓아다닌다. 그러다 땅에 떨어진 잠자리들과 거품이 꺼진 비눗방울이 낭자한 모랫바닥에 너와 함께 쓰러진 뒤, 웃음을 터트리고 담배를 피우면서 네 얼굴에 몰려드는 파리떼를 손으로 치우고는 모든 게 해피엔딩으로 마무리될 거라고 예언한다. 너의 가망 없는 야생동물, 너의 불타는 천국.

도러시는 레드 모런과 재혼했다. 가무잡잡하고 뚱뚱한 남자 모런은 수면제를 사탕처럼 입에 넣고 위스키 말고 다른 술은 마시지 않는 걸 자랑으로 여긴다. 그는 너를 가톨릭 학교에 보내고, 네게 아빠라고 불리고 싶어하며, 주유소에서 휘발유와 신문은 안 팔고 내리 앉아서 낮잠만 잔다. 머리 위에서 선풍기가 비행기처럼 돌아가는 와중에 모런은 계산대에서 늘어져 자고 차를 몰고 온 손님들은 그대로 지나가버린다. 너는 방과후에 남자애들을 데려가 담배를 훔치고 그의 휴대용 술병에 오줌을 눈다. 모런과 도러시는 침실에서 블라인드를 내린 채 몇 시간이고 틀어박혀 있고, 집안은 어둡고 싸늘하고 비좁으며, 언제든 부엌 한가운데에 알몸으로 서서 냉장고를 뒤지는 모런과 맞닥뜨릴 수 있다. 도러시의 몹쓸 취향과 판단력은 여전하다.

도러시는 옆방에서 신음한다. 레드 모런과 도러시는 침대 시트와 햇빛에 둘러싸여 있고, 너와 장미 벽지만이 그들을 볼 수 있다. 무릎을 꿇은 모런의 거대한 몸이 흔들린다. 털이 무성한 배가 팽팽하게 긴장하자 도러시는 몸이 터질 듯이 쾌락에 떤다. 모런이 도러시의 몸 위에서 방망이처럼 끈덕끈덕 움직이는 동안 도러시는 창문 밖으로 흩날리는 크림색 커튼을 응시하며 누워 있다. 곧이어 그는 침대 위에서 무릎을 꿇고, 네 발로 엎드린 도러시는 사막의 개처럼 뻣뻣하게 긴장한다. 도러시의 마르고 빛나는 몸이 절정에 올라 바르르 떤다. 그녀의 벌어진 입이 얼굴에 난 상처 같아서, 너는 파리들과 함께 거기 서서 땀과 멍한 눈빛으로 진동하는 구덩이를 바라보기보다는 가서 그 상처를 치료해주고 싶다. 그리고 숲속까지 너를 따라올 그들의 냄새. 오래된 생선이나 햄버거처럼 시큼하고 들척지근한 그 냄새.

밸러리 나는 솔래너스라는 이름을 그대로 쓸 거야.

도러시 아빠 이름이 딸에게로 가면 참 아름답지.

밸러리 바닷새를 의미하는 이름이라서 계속 쓰겠다는 거야.

도러시 네 아빠는 언제든 널 찾을 수 있겠구나.

밸러리 난 아빠가 없어.

도러시 내가 너 사랑하는 거 알지?

밸러리 알아.

브리스틀호텔, 1988년 4월 11일

네가 다시 깨어날 때 방안 전체에는 햇빛이 점점이 퍼져 있다. 창가에서 어른거리고 깜빡이는 빛이 디스코 조명인지, 벽지에 펼쳐진 초소형 네온사인 도시들 혹은 작은 놀이공원들인지 너는 잘 알 수 없다. 어쩐 일인지 이번에는 복도와 거리가 조용해서 들리는 거라곤 조명등이 부드럽게 윙윙거리는 소리와 과부하된 전기가 작동하는 소리뿐이고, 커튼 뒤로는 뿌연 하늘 한 조각이 보인다. 창가에는 누군가가 갖다놓은 듯한 은여우 털, 혹은 여우 목도리 같은 게 있는데, 한 여자가 끊임없이 뿜어대는 멘톨 담배 연기가 방안을 흐릿하게 가린다. 여자의 손에서 은색 실이 번쩍인다.

도러시?

도러시 내 예쁜 설탕 덩어리.

밸러리 뭐하는 거야?

도러시 행운의 실을 꿰매고 있지.

밸러리 어디에?

도러시 네 은색 코트에.

밸러리 너무 늦었어.

도러시 금색과 은색 실. 네 옷에 늘 꿰맸던 행운의 실이야.

밸러리 이젠 너무 늦었고, 그게 효과가 있었던 적도 없어. 엄마의 운세 카드처럼.

도러시 내 예언이 맞을 때도 있었어.

밸러리 헛소리. 지금은 카드에 뭐라고 나왔는데?

도러시 너는 죽지 않을 거라고. 사랑은 영원하다고. 5월이나 6월에 네가 은색 코트를 입고 다시 밖에 나갈 거라고. 바로 그 옷에 내가 행운의 실을 꿰맨 거야. 다 괜찮아질 거야. 넌 그걸 믿어야 해.

밸러리 엄마의 예언은 실현된 적이 없어.

도러시 된 적도 있어.

밸러리 담배 끄고 예언대로 된 사례를 하나만 대봐.

도러시 날 아름답다고 생각하는 남자는 많았어. 그리고 난 그들이 앞으로도 그렇게 생각할 거라고 예언했지.

밸러리 그런데 이젠 못생기고 구부정한 할망구가 됐잖아. 피부는 버석거리고 이도 다 상했고 손은 니코틴으로 찌들었어.

도러시 (손가락을 벌리며 손을 바라본다) 레드 모런은 내가 아름답다고 했어. 미스터 에민도 내가 아름답다고 했고…… 모두가 그렇게 말했는데…… 그나저나 내가 말했던가? 모런이 끔찍한 폐병에 걸려 죽었다고?

밸러리 그래, 말했어.

도러시 난 모든 일이 순조롭다고 생각했어. 우리가 잘살 거라고. 그런데 그이가 갑자기 콜록거리기 시작했고 그 소리 때문에 난 밤잠을 설쳤어. 날마다 병원으로 면회하러 갔지. 주유소에서 일한 게 잘못이야. 내가 그동안 내내 말했거든. 주유소엔 유독한 매연이나 가스나 빌어먹을 것들이 가득하다고.

밸러리 그 인간이 엄마 옷을 다 자르고 머리채도 잡아 뽑아버렸잖아.

도러시 뭐라고 했어?

밸러리 기억이 체망 사이로 다 새어나갔나요, 도러시. 머릿속에 든 거라곤 달콤한 와인뿐이네.

도러시 이젠 아무 기억도 안 나, 밸러리.

밸러리 난 다 기억해.

도러시 그래, 대단히 고맙구나. 네 그 영리한 뇌에 사진처럼 기억되겠지. 난 언제나 멋진 일들만 기억하기로 했어…… 집 위로 낮게 나는 분홍색 플라밍고떼 같은 구름…… 다시 돌아오지 않을 그 하늘…… 연과 비눗방울…… 독립기념일을 위해 손수 지은 성조기 무늬 속치마…… 그걸 입은 내 모습은 환상적이었지.

밸러리 '환상적', 도러시.

도러시 아, 그래. 넌 언제나 말을 중요시했어. 난 언제나 다른 생각거리가 많았고.

밸러리 예를 들면, 난 앨리게이터리프를 기억해. 그 바다······

도러시 맞아. 내 카드에 그게 나왔어. 해변에 있는 너와 나. 양산들. 끝없이 펼쳐진 모래사장.

밸러리(쇳소리를 띤 웃음을 터트린다) 그다음엔 어땠지, 도러시? 그때 무슨 일이 있었어, 도러시?

도러시(바늘을 위아래로 점점 더 빨리 움직인다) 기억 안 나. 기억 안 나는 일들이 내겐 아주 많아. 내 손에 대해서도 생각해본 적 없어. 맞아, 밸러리. 담배 연기 때문에, 그리고 지금은 밤이라서 완전히 누렇지. 니코틴 때문이야. 하지만 지금은 밤이잖아. 이제 넌 잠자리에 들 거야, 우리 아가.

밸러리 난 아기가 아니야. 그리고 정말로 실재하는 해변이 있어. 답장 없는 편지도 많아. 우리가 해변에서 살았어? 엄만 내 질문에 답해야 해.

도러시 난 이제 바느질에 집중할 거야. 그리고 넌 이제 잠에 집중할 테고. 잘 자, 꼬마 밸러리.

밸러리 어디서 지랄이야, 돌리.

바다

브리스톨호텔, 1988년 4월 12일

서술자 내가 서류 정리를 도와줄 수 있어. 캄캄한 곳에 누워 있
지 않게 전구를 갈아줄 수도 있어. 잠시 일으켜세워줄 수도
있고.

밸러리 고맙지만 난 이대로 괜찮아. 그리고 혼자 누워 있는 편
이 낫겠어. 그래도 하려던 건 계속해. 실컷 한번 해봐. 그동안
난 잘 거야.

서술자 매춘에 대해, 미국의 여성운동에 대해 더 얘기해야 해.
네가 해방 프로젝트와 어떤 관련을 맺었는지 조금 더 말해줘
야 해.

밸러리 내가 해야 하는 일이란 없어. 난 여기 누워 기다리며 내
가 삶을 택하는지 죽음을 택하는지 봐야 한단 말이야. 내 심
장은 아직도 뛰고 있어. 내 마음엔 아직도 미움이 가득해. 아

직 네가 보여. 너의 그 서류도. 그건 내가 아직 죽지 않았다는 뜻이야.

서술자 원본 자료에 가까워지고 있어.

밸러리 내가 그 자료야?

서술자 한 가지 종류만 있는 건 아닌데…… 넌 이 소설의 주제 거든. 난 너의 작업이 감탄스러워. 네 용기가 감탄스러워. 난 선언문이 작성된 맥락에 관심이 많아. 너의 삶. 미국의 여성 운동. 60년대.

밸러리 창녀 자료. 씹질 자료.

서술자 그 맥락이—

밸러리 —맥락 같은 건 없어. 모든 사안은 그 배경에서 떼어내 고 봐야 해. 참고할 기준이 있으면 인과관계가 너무 명쾌히 설명되어버려. 구매자, 판매자, 느슨한 자지들, 헐렁한 보지 들. 이건 완전히 분리될 수 있는 현상의 문제야.

서술자 난 네 세계에 관심이 많아.

밸러리 이건 내가 살고 싶은 세상이 아니야. 매릴린 먼로. 실비 아 플라스. 신데렐라. 강간당하고 살해당해 해변에 누워 있는 이들. 나는 죽어가는 동물들을 안고 도로시가 있는 사막의 집 으로 달려갔어. 그 동물이 살기로 할지 죽기로 할지 결정하기 를 기다렸어. 동물들은 때로 죽음을, 때로는 삶을 선택했지. 그 동물은 어차피 해가 지기 전에 죽을 거대한 잠자리일 때도 있었어. 난 항상 그런 식이었어. 늘 결정하기가 힘들더라고. 삶도 죽음도 아니었지. 근데 지금부터는 죽음밖에 없을 것 같

아. 음, 어쨌든 반드시 따르게 될 결정이지. 영구적인 속성이
있는 결정.

서술자 선언문에 대해 말해줘. SCUM에 대해서도.

밸러리 반폭력 국제조직이야. 유토피아, 대중운동, 지구 전체로
천천히 넓게 퍼져나가는 시끌벅적한 움직임. 어떤 조건, 태
도, 도시를 활보하는 방식. 늘 지저분한 생각, 지저분한 옷,
지저분하고 저열한 의도.

서술자 회원수는 얼마나 돼?

밸러리 알 수 없어.

서술자 어떤 회원들이야?

밸러리 세뇌에 찌든 수백만 멍청이들이 제정신을 차릴 거라는
희망을 품고 기다리기엔 참을성이 없는 전 세계의 오만하고
이기적인 여성들. 각국에 있는 우주의 지배자들…… 전 세계
의 여성들, 혹은 그냥 밸러리 혼자……

서술자 그럼 너는?

밸러리 사막의 고독.

서술자 손 잡아도 돼?

밸러리 안 돼.

서술자 네가 자는 동안 옆에 앉아 있어도 돼?

밸러리 난 병들었고 죽음을 기다리고 있다는 사실을 기억해. 나
는 이곳에서 유일하게 정신이 온전한 여자라는 걸 기억해.

서술자 널 사랑해.

밸러리 지랄하고 있네.

벤티, 1951년 2월
미국 정부는 라스베이거스 인근 네바다사막에서 핵실험을 실시한다

태양이 빛나고 번뜩이던 지난여름은 거듭된 도망과 화해로 뜨거웠고 도러시는 수많은 밤과 밤비랜드를 누비며 달렸다. 나무들은 검고 음침하며, 도러시의 죽은 사막 동물들은 집 뒤편에서 썩고 있다. 도러시가 어둠 속으로 사라지자 모런은 그녀가 돌아오기를 간절히 바라며 온 집안을 이리저리 떠돈다. 그는 울다가 도러시의 작별 편지들을 훑으며 며칠을 멍하니 앉아 있는다. 빨지 않은 속옷과 오래된 통조림 음식과 동물 사체의 냄새가 진동할 때 도러시가 마침내 네게 전화를 건다. 떨리는 목소리가 시내에서 뻗어나온 불량한 전화선에 실려 지직거린다. 이번에 모런은 도러시의 얼굴을 기름통에 짓찧으려 했다.

도러시 딸아, 난 정말로 멍청해. 모런이 얼마나 덜떨어진 놈인
지 오래전에 알았어야 했는데. 내 꼴이 처참해. 얼굴이 시퍼
레졌어. 내 눈. 그 자식이 옷을, 내 흰 원피스를 갈기갈기 잘
라버렸어.

밸러리 안녕, 도러시.

도러시 난 정말 멍청해. 너무 순진해.

밸러리 맞아, 정말이야.

도러시 난 멀리 떠날 거야. 널 데리고 갈 거야.

밸러리 나만 여기 남긴 싫어.

도러시 내 흰 원피스 좀 찾아볼래? 잠옷만 입고 돌아다니고 싶
진 않아. 정신병자처럼 보이잖아.

밸러리 모런이 잘라버렸다고 엄마가 말했잖아, 흰 원피스.

도러시 젠장. 깜빡했어. 그 자식 정말 싫다. 난 쓸모가 없어.

밸러리 엄마는 모런보다 영리해.

도러시 맞아.

밸러리 모런보다 영리하긴 어렵지 않지.

도러시 바다로 가자, 우리 딸.

밸러리 난 언제 떠날까?

도러시 원피스. 네가 다른 원피스를 가져오면 되겠다. 샴푸도.

밸러리 정말 돌았나봐. 그럼 지금 잠옷만 입고 있는 거야?

도러시(키득거리다 훌쩍거린다) 그런 것 같아…… 어이없는 몰
골이야. 잠옷에 부츠 차림. 핸드백도 없고, 아무것도 없어. 아

가. 내 예쁜 설탕 덩어리. 네 물건도 가져와야 해. 책도 가져
와. 읽을거리를 많이 가져와. 내가 새 책도 사줄게. 네가 좋아
하는 건 뭐든 사줄게. 바다로 가서 내가 돈을 구할게.

앨리게이터리프, 플로리다주, 1951년 3월
해변, 플라밍고파크

앨리게이터리프에서 하늘은 네 원피스와 핸드백과 머리로 파고드는 치유의 빛으로 반짝인다. 해변 위로 헬리콥터들이 선회하고 너는 내내 플라밍고파크 아래에 있는 분홍색 안전요원 탑 근처에서 벗어나지 않는다. 밤마다 어둠이 내리고 피서객들이 사라진 뒤 해변이 텅 비면 도러시는 탑 아래에 야간 쉼터를 짓는다. 별이 빛나는 하늘이 까만 담요처럼 네 위로 서서히 가라앉는다.

도러시의 팔에서 멍이 희미해지고 그녀는 해변에서 멀리 나가 파도를 탄다. 수면 아래로 가라앉으며 바다의 힘으로 변신할 수 있기를 소망한다. 해변으로 돌아올 때 도러시는 주근깨투성이고 행복하다. 다시 수선한 흰 원피스가 물가에 놓여 표백되고 있고, 네 샌드위치에서는 모래가 씹힌다. 도러시는 눈길을 레이더처럼 돌려가며 낯선 이들 중에 매력적인 사람이 있는지 탐지하느라 여념이 없고, 너는 악어와 상어와 거대한 뱀을 추적하지 않을 때는 근처 담요 위에서 피크닉을 즐기는 사람들의 대화를 엿듣는 데 열중한다.

도러시는 가장 아름다운 모습으로 해변에 있다. 그녀가 물가에 놔둔 네 책들은 모래가 묻어 버석거리고 짠물에 닿아 우그러진다. 모래가 네 눈에 들어가고 머리카락은 소금기 때문에 엉겨붙는다. 하지만 너는 폴로셔츠를 입고 해안로를 따라 검은 차를 천천히 몰고 다니는 이들 외에 다른 상어라곤 찾지 못했다. 도러시는 불타는 눈으로 너를 바라본다.

도러시 이야기 하나 해줘.

밸러리 책 읽는 중이야.

도러시 벤터 이야기를 해줘, 밸러리.

밸러리 선글라스를 벗으면 이야기해줄게. 그 선글라스를 쓰면 엄마가 거대한 파리처럼 보인단 말이야.

도러시(머리를 네 무릎에 얹는다. 파라솔이 바람에 흔들린다) 내가 파리에 대해 어떻게 생각하는지 알잖아, 우리 딸.

밸러리 옛날 옛적에 멍청이, 깡패, 사기꾼, 소도시 창녀들을 거느린 소도시 포주들이 우글거리는 더러운 소굴이 하나 있었어. 그런데 도러시라는 작은 소녀가 나타났어. 이어서 밸러리라는 작은 소녀가 또하나 나타났지. 해는 늘 빛났고 두 소녀는 웃으며 담배를 피웠어. 도러시는 여우 목도리를 만들었지. 밸러리는 책을 썼어. 벤터의 남자들은 술집을 기웃거리는 털보원숭이떼로, 자존심과 주먹과 조그만 성기를 애지중지했지. 아주아주 작고 귀여운 성기. 거기엔 사막과 작은 집과 욕조가 있었어. 사막엔 여자들이 아주 많았지. 아니, 사막에 여자들이 아주 많기를 두 사람은 바랐지. 거기엔 도러시와 밸러리가 있었는데……

(침묵)

밸러리(도러시의 머리칼을 어루만진다) 잠들었어?

도러시 듣고 있어.

밸러리 엄마 머리칼에 또 피가 묻었어.

도러시 난 잠들었어.

주위의 바다는 천둥처럼 우르릉거리고, 말은 파도 속에 삼켜지며, 눈이 멀 만큼 흰 빛은 더 부드러운 무언가로 변한다. 하늘과 모래는 어둑한 분홍빛으로 바뀌고 곧 피서객들이 사라지면 해변은 다시 텅 빌 것이다. 도러시가 눈을 뜬다.

도러시 그러다 어떻게 됐어?

밸러리 그러다 악당들이 모두 사라져. 누가 그들의 뇌와 신경조직과 성기를 제거하거든. 도러시와 밸러리와 다른 여자들과

여우들과 책들과 타자기들은 앨리게이터리프로 가. 그리고
영원히 행복하게 살지. 다시는 돌아가지 않아.

도러시 사랑해, 밸러리. 널 너무나 사랑해서 심장이 터질 것 같아.

밸러리 그럼 모런은?

도러시 (멍한 눈으로 수평선을 바라본다) 그이에겐 절대로 돌아가
지 않아.

밸러리 좋아.

도러시 절대로 돌아가지 않는다고 우리 엄마 무덤을 걸고 맹세
할게.

밸러리 도러시는 엄마가 없잖아. 자기한테 없는 걸 걸고 맹세할
순 없어.

이글거리는 태양과 하늘에서 빙빙 돌며 우짖는 갈매기들 아래에서 너는 해변을 따라 걸으며 유리와 조개껍데기를 찾고, 도러시는 정신 나간 원피스 차림으로 드라이브를 나갔다. 플라밍고파크 밖에서 실크처럼 부드러운 한 소년이 상어 사진들을 팔고 있다. 너는 죽은 뱀상어 사진 한 장과 그의 모랫빛 정강이를 찍은 폴라로이드 사진을 얻는다. 모래 위 돌멩이들이 피부의 반점처럼 보이고 바다 위로는 날마다 다른 구름이 떠간다. 어느 날 아침, 잠에서 깨자 모래 위에 꾸러미가 하나 있다.

밸러리 이게 뭐야?

도러시 열어서 봐.

밸러리 내 거야?

도러시 지금 열어. 안 그러면 내가 열 거야.

밸러리 이게 뭔데?

도러시   타자기용 잉크 띠야.

밸러리   무슨 타자기?

도러시   너한테 타자기를 주려고.

밸러리   언제?

도러시   돈만 생기면 즉시. 비싼 차를 타는 돈 많은 남자들이 생기면.

밸러리   비싼 차에서 나오는 타자기는 갖고 싶지 않아.

도러시   하지만 내가 주근깨투성이 가슴에 작은 작가님을 품어 키웠으니, 책임을 좀 져야지.

도러시는 제대로 된 책을 읽어본 적이 없다. 잡지를 읽거나 요리책에 나오는 케이크 조리법 정도는 읽지만, 베이킹을 즐기지도 않을뿐더러 할 줄 아는 요리도 없다. 앨리게이터리프에서 도러시는 생일을 한번 더 맞이한다. 우울한 날일 수도 있었지만 나이에 대한 그녀의 거짓말은 갈수록 제멋대로다. 공식적으로는 서른이 채 안 되었다고 말하면서 매년 생일마다 나이를 점점 더 낮춘다. 바닷가에서 맞이하는 생일날 도러시는 너와 함께 서점으로 가서 생일을 기념하는 책을 고른다. 해변로에서 야자수와 구름의 흐릿한 그림자가 거대하고 초조한 동물처럼 너희를 따라온다. 짭짤한 바람이 해변 끝자락에서 방향을 틀어 돌아오면 더 뜨겁고 더 짭짤해진다. 단순한 것이어야 해, 도러시는 말한다. 영화처럼, 립스틱처럼, 매릴린처럼.

두꺼운 분홍색 책이다. 도러시는 그것을 바닷가에서, 해안로에서, 호텔 단지에서 보물처럼 안고 다닌다. 그러다 며칠 내내 해변에 누워 훑어보지만 읽지는 않는다. 요란한 바닷소리는 최면 효과가 있고, 깊고 푸른 위안을 주는 대서양은 도러시의 넋을 빼앗는다. 그녀는 모래 위를 불안하게 오가며 핸드백을 절박하게 뒤지다가 몇 번이고 모래 위에 가방 속을 비워내고 소지품을 살핀다.

도러시 뭘 읽고 있니?

밸러리 몰라. 내 책은 표지가 없어서.

도러시 난 내 책을 가지고 잠깐 술집에 갈 거야. 책 읽기엔 거기가 더 좋을지도 몰라.

밸러리 (책에서 눈을 떼지 않은 채) 그렇게 해, 도러시.

도러시 오늘은 공중전화에 안 가. 그이에게 할 말이 없으니까. 우린 돌아가지 않아. 절대로.

밸러리 엄만 가슴을 걸고 맹세했어.

도러시 (옷의 목선 부분을 찡그린 눈으로 바라본다) 알아.

밸러리 전부 아니면 전무.

도러시 (눈과 눈썹이 햇빛에 씰룩거린다) 전부지. 난 전부를 선택했어. 널 선택했다는 뜻이야. 끝. 완전한 끝. 결말이 나온 책. 이젠 술집에 갈게. 이 책이 좋아. 책이란 게 참 흥미롭고, 정말로 중요하다는 생각이 들어. 보기엔 그렇지 않을 수도 있겠지만 말이야. 내가 책에 관심이 없어 보일지 몰라도 실은 관심 있어. 난 집중할 거야. 모든 게 겉보기와는 달라. 밸러리……

밸러리?

밸러리 알아, 돌리. 어서 가. 나 책 읽고 있잖아.

너는 바닷물이 스며 우그러진 책들을 계속 읽고, 도러시는 계속 선글라스 뒤로 사라지며 자꾸만 잊는다. 도러시는 늘 타들어가는 담배를 모래 위에 놔둔 채 잠에 빠져들고, 그녀의 꿈은 물속의 검은 나무들과 계속 하강하는 검은 불빛에 잠식된다. 앨리게이터리프의 해변에서 까무룩 잠들 때 도러시는 이제 더이상 누군가의 어머니로 살고 싶지 않은 사람의 꿈을 꾸고, 잠에서 깰 때는 매번 가슴이 답답하고 입에 찝찔한 침이 고여 있다. 모래 위를 손으로 더듬는 그녀의 꿈속과 물속 세상에 말라비틀어진 망아지는 없다. 곧 죽을 줄 알면서도 버티며 제 어미 옆에 딱 달라붙어, 털 위에 새겨진 투명무늬 같은 어미의 따뜻한 젖맛을 탐하다 계속 발길질을 당하고 입안에는 검은 개미만 가득한 망아지. 도러시는 책을 들어 읽으려 해보지만 바다 때문에 집중할수가 없다. 그다음에는 손거울과 손톱 다듬는 줄과 담배 때문에. 그리고 무엇보다 네 등뒤에서 네 책을 몰래 훔쳐보느라.

도러시 너는 계속 읽고 또 읽는구나. 지금쯤이면 아는 게 굉장히 많겠다.

밸러리 도러시, 이건 그냥 소설이야.

도러시 나도 너처럼 집중할 수 있으면 좋겠다. 난 늘 다른 걸 생각하게 돼. 글자가 종이 위에서 헤엄치기 시작하지. 가슴속 심장도 이상하게 고동치고 말이야.

밸러리 모런에게 돌아가지 않을 거지?

도러시 절대로.

밸러리 확실해?

도러시 우리 엄마 무덤을 걸고……

밸러리 도러시는 엄마가 없잖아. 그 사람은 자기 딸을 사막에 버렸잖아.

도러시 장담할게, 우리 딸. 난 멍청한 여자가 아니야.

밸러리 (웃으며 도러시의 머리칼을 쓰다듬는다) 맞잖아.

도러시 그래, 맞아. 하지만 내 머리카락과 가슴과 다리를 걸고 맹세해.

밸러리 난 모런에게 돌아가지 않을 거야.

도러시 (살짝 미소짓는 태양) 나도 안 가. 네가 가는 곳이 어디든 나도 갈 거야.

도러시의 머리칼이 바람에 날려 자꾸만 눈으로 들어간다. 얼마 지나지 않아 그녀는 다시 술집에 가 있다. 바람은 잦아들지 않고, 태풍과 허리케인과 상어의 습격에 관한 보도가 나온다. 밤이 되자 도러시는 해변 술집의 텔레비전 앞에 딱 붙어 앉아 있다. 바람이 잘 매만진 머리와 좋은 결심을 망가뜨린다. 모래와 소금기와 태양은 위로와 흥분을 동시에 안겨주고, 바다는 결국 그녀의 화장을 온통 망쳐버릴 것이다.

뉴욕주대법원, 1968년 6월 13일
멤피스에서 마틴 루서 킹 주니어 피살, 로스앤젤레스에서 로버트 케네디 피살

뉴욕주와 토머스 디킨스는 뉴욕주 대 밸러리 솔래너스 사건의 심리를 통지한다. 너는 경찰차를 타고 뉴욕 교외를 지나간다. 그 아름다운 자동차 여행을 하는 동안, 하늘은 자존감도 없이 피에 물든 구름과 함께 경기를 일으키고, 너는 차를 태워준 값을 하겠다고 제안한다. 너는 비용을 치르는 데 익숙하다. 씹 한 번에 10달러, 빨아줄 땐 5달러, 주물러줄 땐 2달러예요. 하지만 이번 관광은 뉴욕주가 비용을 낸다. 심심한 감사를 드려요, 미스터. 지옥으로 돌아가는 환상적인 여행이었네요.

주대법원 범행 서술. 원고측의 앤디 워홀은 안 돼, 안 돼, 밸러리!

하지 마! 제발, 밸러리, 하면서 무릎을 꿇고 애원했다고 합니다. 피고는 미스터 워홀의 동료인 폴 모리시 역시 총으로 쐈습니다. 목격자 비바 로날도가 여러 번 간청하자 솔래너스는 말없이 엘리베이터를 타고 그 자리를 떠났습니다. 몇 시간이 흐른 뒤 솔래너스는 5번가의 교통경찰 윌리엄 슈멀릭스에게 자수했습니다. 앤디 워홀은 현재 콜럼버스-머더카브리니병원에서 인공호흡기에 의지하고 있습니다. 워홀이 의식을 회복할지, 회복한다면 어떻게, 어떤 상태로 회복할지는 아직 확실하지 않습니다. 기소 죄목이 살인미수인지 살인인지도 아직 확실하지 않습니다. 피고인의 변호는 이전에 뉴욕주에서 임명한 변호사 대신 플로린스 케네디 변호사가 맡게 되었습니다. 미스 케네디는 수임료 없이 미스 솔래너스를 변호합니다. 미스 솔래너스는 공소 사실을 부인도 시인도 하지 않은 상태입니다.

(침묵)

주대법원 변호인은 피고인에게 증언을 요청하시겠습니까?

플로린스 케네디 아뇨. 피고인은 심신이 미약한 상태입니다.

밸러리 내 심신은 온전해요. 지금처럼 온전하게 느껴진 적 없었다고요.

플로린스 케네디(속삭인다) 온전하다는 거 알아요. 하지만 그렇게 말해봐야 법정에서 얻을 게 없어요.

밸러리 이기느냐, 역사에서 사라지느냐.

플로린스 케네디(법정을 향해) 저희에게 시간을 좀 주시겠습니까,

미스터 디킨스?

밸러리 지금 저 판사를 딕*이라고 불렀어요?

플로린스 케네디 판사 이름이 디킨스예요, 밸러리. 법정에서 디킨스 말고 다른 호칭은 쓰지 않아요.

밸러리 내 법정에서는 그를 딕이라고 하죠.

플로린스 케네디 법정에서는 말하지 말라고 부탁했잖아요. 이제부터는 판사를 토머스 디킨스라고 부르세요, 밸러리.

밸러리 기억해요, 나는 이곳에서 유일하게 정신이 온전한 여자라는 걸.

플로린스 케네디 알아요, 밸러리. 당신은 페미니스트운동의 가장 중요한 대변인 중 하나예요.

밸러리 케네디, 당신은 바로 그 케네디와 친척인가요? 매릴린의 케네디?

플로린스 케네디 이제 조용히 해요, 밸러리.

밸러리(속삭인다) —딕—딕—딕—

(침묵)

플로린스 케네디 본 변호인은 1936년에 조지아주 벤터에서 태어난 밸러리 진 솔래너스가 의학적으로 부적격한 상태라고 공표해주시기를 요청합니다.

(침묵)

밸러리 난 부적격하지 않아요, 케네디.

---

* Dick. '성기' 혹은 '불쾌한 놈'을 뜻하는 비속어로도 쓰인다.

플로린스 케네디 알아요, 밸러리.

밸러리 그러면 왜 저 사람에게 그렇게 말하라고 하는 거죠?

플로린스 케네디 당신이 자유롭기를 바라니까요, 밸러리.

밸러리 부적격은 자유가 아니야. 병원은 자유가 아니야.

플로린스 케네디 교도소보다는 병원이 낫죠.

밸러리 하지만 병든 게 아니란 말이야.

플로린스 케네디 이건 법이에요, 정의가 아니라.

밸러리 사방에 법이 있네. 내 옆만 빼고 모든 곳에.

(침묵)

주대법원 인정합니다, 미스 케네디.

(침묵)

주대법원 휴정하겠습니다.

주대법원과 토머스 디킨스 판사는 네가 심신미약 상태라고 선언한다. 이후로 너는 독자적인 법적 판단 능력이 없다고 간주되며, 엘름허스트정신병원으로 이송되어 다음 재판을 기다리게 된다. 나중에 너는 살인미수, 괴롭힘, 불법무기소지 혐의로 재판을 받는다.

앨리게이터리프, 1951년 4월
도러시의 책은 계속되고, 대서양이 줄곧 몰아친다

검은 거울 같은 바다. 도러시는 파라솔 그늘에서 자면서 네 손을 잡는다. 소금기 밴 파도가 해변을 휩쓸고, 바닷새들은 공허한 울음을 내지르며, 천길만길의 바닷물이 부글거리고 탄식한다. 해변의 책(분홍색)은 펼쳐진 채 모래와 바람과 바닷물을 받아낸다. 책장이 우그러지고 햇볕에 바랬으며 글자가 물에 씻겨 지워진 곳도 있다. 도러시는 아직도 겨우 11쪽에 머물러 있다. 결말을 먼저 읽어 연인들이 오해 끝에 헤어진다는 사실을 이미 알고 있다. 도러시는 그 책이 자기 이야기라며 크게 상심하더니 더는 읽지 못한다. 대신 머리칼을 젖히고 스카프를 넘기며 바다와 하늘 사이를 재빠르게 훑어본다.

실크 보이가 물가를 지나간다. 플라밍고파크에서 탈출한 플라밍고 새끼를 운동복 윗도리 속에 품고 있다. 길고 쌀쌀한 오후 내내 그는 네 비치 타월 옆에 앉아서 노트에 쓴 글을 읽는 너의 목소리를 듣는다. 나중에 네 옷에는 플라밍고 깃털이 잔뜩 붙어 있다. 썩은 해초와 빛나는 초록색 조개껍데기들이 물가로 떠밀려온다. 방직공장들에서 흘러나온 오수 때문에 해수욕을 할 수 없을 때도 있다. 수영복에서 화학물질과 썩은 해조류 냄새가 난다. 지난 몇 주 내내 도러시는 공중전화와 해변의 술집 사이를 바삐 오갔다. 몇 시간 동안 서서 모런과 다투다가 수화기를 쾅 내려놓은 뒤 다시 전화를 걸어 목욕가운 소매에 대고 엉엉 울면서 전화 부스 안을 절망으로 가득 채운다. 도러시는 다시 촛불로 자신을 태우기 시작한다. 원피스의 소맷부리가 늘 검게 그을려 있다. 그녀는 또다시 팔이 멍들고 속옷이 찢긴 채 차 밖으로 내던져진다. 햇볕 아래에서 너무 오랜 시간을 머문 너의 피부는 분홍색에 물집투성이다.

도러시는 계속 잊는다. 처음에는 자기가 한 약속을 잊고, 그러다 제 자식을 잊는다. 분노에 차고 햇볕에 그을린, 책만 생각하는 그 아이를 잊은 뒤에는 마침내 자기 자신을 잊는다. 모런은 훔친 메르세데스를 타고 앨리게이터리프로 달려오고 그의 손은 다시 도러시의 머리칼 속에서 뛰노는 야생동물이 된다. 도러시는 해안로를 따라 사슴처럼 달린다. 자기 이름을 잊고 바닷가에서 보낸 길고 행복했던 봄을 잊는다. 남은 기억은 벤터에서 모런과 숨죽여 지르던 비명뿐이다. 남은 기억은 그의 죽은 장미들, 그의 혀, 배와 배가 맞닿는 뜨거운 감촉뿐이다. 도러시는 모래 위에 놓인 책을 잊는다. 물가에 버려진 채 사랑의 상실을 이야기하는 분홍색 종잇조각들을 잊는다. 바람이 책장을 몇 번 넘기고 어느 밤에는 별들이 책 속 이야기를 읽는다. 그뒤 마침내 그 책은 바닷속으로 사라진다.

양복을 입고 싸구려 애프터셰이브를 흠뻑 바른 모런이 눈을 빛낸다. 네게 인사하는 그의 손이 바르르 떨린다. 도러시는 새 상아색 원피스를 선물 받고, 차 뒷좌석에는 광택이 도는 포장지로 싸고 실크 리본을 묶은 꾸러미가 하나 있다. 연한 파란색 타자기, 일본제 로열100이다. 훔친 메르세데스가 텅 빈 도로를 달려 숲을 지나고 사막을 가로지를 때, 나무 꼭대기 사이로 보이는 하늘은 흐릿하고 잠잠하다. 좌석은 뜨겁고 햇볕에 표면이 갈라져 있다. 도러시는 위험 따위 존재하지도 않는 양 담배 연기 속으로 악당 같은 웃음을 내뱉으며 머리칼을 젖힌다. 너는 타자기를 두드린다. 그 소리는 기쁨의 소리이며 뒷좌석 선반 위에 부채처럼 펼쳐진 종이들은 신비로울 만큼 아름답다. 너는 타자기가 너무 좋아서 돌려줄 수가 없다. 이날은 1951년 4월 9일, 너의 열다섯번째 생일이다.

생일 축하해, 우리 딸 밸러리.

엘름허스트정신병원, 뉴욕, 1968년 7월 2일

닥터 루스 쿠퍼는 엘름허스트정신병원의 상담실에서 흰 레이스 커튼 뒤에 앉아 생각에 잠겨 있다. 닥터 루스는 앤디 워홀과 그의 무의식에 대해, 인공호흡기를 단 그의 털 없는 몸에 대해, 소란을 피우고 흐느끼는 환자가 없는 세상에 대해 꿈꾼다. 깔끔하게 정돈한 금발 웨이브를 머리에 얹고, 반지를 끼지 않은 서늘한 손으로 네 손을 잡고서 네가 말하는 내내 놓지 않는다. 닥터 루스 쿠퍼와 함께하는 자리에는 수많은 질문이 있다. 대화가 오가며 지난 몇 주간 너를 꽁꽁 동여맸던 침묵이 스르르 풀리고, 의사의 의도가 바로 그것일 거라고 너는 추측한다. 왜 그랬나요, 밸러리? 무슨 생각을 한 건가요, 밸러리? 앤디 워홀이 죽어간다는 걸 알아차렸나요?

너의 대답.

첫째. 몰라요.

둘째. 몰라요.

셋째. 죽어간다는 게 무슨 뜻인지 몰라요. 우린 모두 죽어가요.

병원 복도에 앉아서 기다리는 환자들은 모두 이미 죽은 사람 같다. 눈빛이 불안하게 흔들리는 창백하고 퉁퉁 부은 사람들, 물에 빠진 채 병원 기구들을 이용해 자위중인 사람들, 대소변 냄새를 풍기는 늙은 여자들. 너는 이 가망 없는 사람들에게 이 것 말고 다른 일은 일어나지 않을 거라고, 그들의 차례는 돌아 오지 않을 거라고, 의사는 늘 시간이 없을 거라고, 방문객들은 면회 시간이 언제인지 잊어버릴 거라고 말해줄 수 있다. 정신병 원은 그들의 종착역, 마지막 저장소라고 말해줄 수 있다.

물에 빠진 사람들은 어서 자신의 차례가 오기를 바라고 너는 네 차례가 오지 않기를 바라며 모두가 희망을 품고 기다리는 동 안, 너는 닥터 루스의 상담실 밖에 있는 조난자 무리에게 「똥구 멍이나 쑤셔라」의 일부를 낭독해준다. 제대로 듣는 사람, 눈빛 이 불안하게 흔들리지 않는 사람은 눈이 파랗고 머리를 깨끗이 감은 신입 환자 하나뿐이다. 너는 가슴에 피가 맺히도록 그들에게 알려주고 싶다. 의사의 상담실은 밖으로 나가는 길이 아니라는 것, 엘름허스트에서 나가는 길은 상담실, 진단서, 의사들을 거치지 않는다는 것을.

밸러리 (닥터 쿠퍼를 만나러 들어가는 길에) 여러분 모두 정신 바짝 차려야 해요. 저기 머리에 까치집 얹은 당신, 실내장식에 대고 방아 찧기 좀 멈춰요. 알아요, 그게 여기 남자들이랑 떡치는 것보다 훨씬 짜릿하다는 거. 하지만 어쨌든 여기서 나가고 싶다면 멈추란 말이에요. 그리고 거기 당신은 오줌, 토 냄새 좀 풍기지 마요. 나가고 싶으면 그건 아주 빌어먹을 전략이에요. 비누칠 좀 하고 자기를 존중하라고요. 기억해요, 아가씨들. 섹스는 그저 골칫거리일 뿐이고 우리는 의미 없는 섹스에 허비할 시간이 없어요. SCUM이 미래라는 걸 기억해요. 미래는 이미 여기에 와 있다는 걸 기억해요.

닥터 루스 쿠퍼 안녕하세요, 밸러리.

밸러리 포기는 답이 아니고 지랄이 답이야.

닥터 루스 쿠퍼 앉으세요.

밸러리 근사한 방을 쟁취한 걸 축하합니다, 닥터 루스 쿠퍼. 하지만 선생은 바깥 대기실의 상황을 온전히 파악하지 못한 듯해요. 밖에 나가보긴 했는지 모르겠네. 아마 선생은 뒷문을 이용하겠죠. 바깥의 처참한 꼴을 직시하느니 커튼 옆에서 납작 웅크리고 있고 싶을 수도 있고. 저들이 원하는 건 여기 들어와 선생의 축복과 용서와 계속 병들어 있으라는 허가를 받는 것 뿐이에요. 임상적인 죽음을 선생은 어떻게 정의하는지 모르 겠군요. 틀림없이 수련 기간에 자세히 고찰해본 문제일 텐데. 산 죽음, 겉보기의 죽음, 뇌의 죽음, 기타 등등, 기타 등등.

닥터 루스 쿠퍼 앉으세요, 밸러리.

밸러리 나가서 환자들을 본 적은 있어요? 견학 일정을 좀 잡으 셔야 할 것 같네요.

닥터 루스 쿠퍼 내 이름은 닥터 루스 쿠퍼이고, 이 병원에서 당 신을 담당할 겁니다.

밸러리 대단히 감사하지 않군요. 「똥구멍이나 쑤셔라」는 어쨌 든 저들을 웃게 만들긴 했어요.

닥터 루스 쿠퍼 「똥구멍이나 쑤셔라」?

밸러리 내 희곡.

닥터 루스 쿠퍼 그렇군요. 어떤 내용이죠?

밸러리 남자를 혐오하는 걸인, 본기라는 사람 이야기예요.

닥터 루스 쿠퍼 그 희곡은 당신에 대한 건가요, 밸러리?

밸러리 그 진료 보고서는 나에 대한 건가요?

닥터 루스 쿠퍼 그 희곡 이야기를 해봐요.

밸러리 나쁜 예술은 아니에요, 피 흘리는 내 뇌일 뿐. 그 여자는 절대로 돌아오지 않을 것 같아요.

닥터 루스 쿠퍼 누구?

밸러리 본기. 내 글. 내 희곡. 내 인생.

닥터 루스 쿠퍼 좋아요, 밸러리. 당신이 왜 여기에 있는지 얘기해볼까요? 앤디 워홀이 머더카브리니병원에서 아직 의식을 회복하지 못했다는 사실은 알 거예요. 그 사람이 살 수 있을지는 아직 확실치 않아요. 내가 이해한 대로라면 당신은 그의 흉부, 복부, 간, 비장, 식도, 폐를 쐈어요.

밸러리 빗맞혀서 유감입니다. 빗맞힌 건 부도덕한 일이었어요. 사격 연습을 더 해야 했어.

닥터 루스 쿠퍼 우린 지금 사람 얘기를 하고 있어요. 죽어가는 사람에 대해서요. 왜 그랬나요? 왜 앤디 워홀을 살해하려 했어요?

밸러리 누구나 죽어요. 이 나라 사망률은 100퍼센트예요. 우린 모두 사형선고를 받았고, 유일하게 영속적인 건 소멸뿐이에요. 우린 모두 사라질 테고, 죽음은 모든 이야기의 결말입니다. 죽음은 당신도 이깁니다, 의사 선생.

엘름허스트정신병원, 1968년 7월 13일

맨해튼의 법정이 기다리는 진단서 작성을 위해 닥터 쿠퍼는 계속해서 새로운 면담을 진행한다. 난 진단서 따위 없어도 돼요. 메릴랜드대학교 학위가 있거든요. 내 진단서는 내가 직접 쓸게요. 내 진단은 바로 이겁니다. 존나 빡침. 열받아서 지랄 염병. 몸 팔이. 남자 혐오자. 매일 지옥에서 눈뜨는 나날이 악몽 같다.

닥터 루스 쿠퍼 왜 앤디 워홀을 살해하려 했나요?

밸러리 앤디가 아직도 병원에서 죽는 척 연기하고 있나요?

닥터 루스 쿠퍼 아직도 위독한 상태예요. 그래서 당신 상황 역시, 과장이 아니라, 위독합니다. 당신에게 불리한 상황이에요, 밸러리.

밸러리 난 예쁜 아이였어요. 미국에서 가장 예쁜 아홉 살 소녀였죠. 앨리게이터리프에서 가장 빠른 서퍼였고요. 메릴랜드에서는 최우수 학생이었어요.

닥터 루스 쿠퍼 그런데 왜 앤디 워홀을 쏜 거예요?

밸러리 사람 쏜 적 없어요, 닥터 쿠퍼?

닥터 루스 쿠퍼 없어요.

밸러리 쏘고 싶었던 적도 없고?

(침묵)

닥터 루스 쿠퍼 아뇨, 없어요.

밸러리 그 말 안 믿어요.

닥터 루스 쿠퍼 우리 대화의 주제는 내가 아니에요. 왜 앤디 워홀을 쐈어요?

밸러리 사람들은 그 여자에게 계속 물어요. 남자가 계속 저 여자의 바람을 저버리고 제일 좋아하는 원피스를 찢어버리는데 그녀는 왜 떠나지 않는 걸까? 더 적절한 질문은 이건데 말이죠. 저 여자는 왜 가는 걸까? 갈기갈기 찢긴 원피스를 꿰매려 하지 않고 그냥 벗어던지는 여자들이 있다면 선생이 연구할 대상은 바로 그들이에요. 피난민 종족을 연구하세요. 자꾸만 실험 범위 밖으로 벗어나는 실험실 쥐들을 연구하세요. 불친화성 혹은 대체 친화성이 선택의 문제라고 믿어 자기 종족을 떠나는 실험실 동물들. 외계인으로 변신한 포유류. 미래의 생명체. 초월의 가능성은 끝이 없죠.

닥터 루스 쿠퍼 주제를 벗어났군요. 우린 앤디 워홀에 대해 이야기하고 있었죠. 왜 당신이 그를 쐈는지 얘기하고 있었어요.

일단은 그 주제에 집중해줬으면 해요. 자기 얘기와 유년기 얘기는 나중에 할 기회가 있을 거예요.

밸러리 난 지금 앤디 워홀에 대해, 관심을 더 끌고 싶어서 총상을 입은 척하는 그의 행동에 대해 얘기하고 있어요. 그 질문은 틀렸어요. 옳은 질문은 이거죠. 그 여자는 왜 총을 쏘지 않지? 도대체 왜 총을 쏘지 않지? 그 여자의 모든 권리가 공격받고 있었어요. 강간당한 여자 아기나 강간당한 여자 동물과 같은 상태. 그런데 왜 그들은 총을 쏘지 않나요? 난 정말이지 모르겠어요, 닥터 쿠퍼. 내가 안다면 우린 여기에 앉아 있지 않겠죠. 문명의 절반이 무릎을 꿇고, 무기 산업은 매달 제3세계가 진 빚의 총액을 상향하는 매출을 기록하고 있죠. 포르노 산업을 제외하더라도 말이에요.

브리스틀호텔, 1988년 4월 13일

서술자 우리에겐 어떤 자료가 있지?

밸러리 고속도로. 트럭. 미국.

서술자 그 외에는?

밸러리 바다 자료.

서술자 바다 얘기를 해줘.

밸러리 앨리게이터리프. 대서양. 흰 모래, 흰 조약돌. 강철과 안
개처럼 보이는 빛나는 수면. 갈색 해조류. 해변의 파라솔들.
여행객. 나와 도러시의 해변. 나중에는, 사막에 있는 도러시.
도러시는 책을 끝까지 읽지 않아.

서술자 그다음엔?

밸러리 번쩍이는 카메라를 들고 해변을 배회하는 작은 수컷 해
마. 그와 나와 요란한 파돗소리가 있어.

서술자 자료에 대해 조금 더 말해줘.

밸러리 그 자료의 제목은, **그녀는 오지 않는다.**

벤터, 1951년 6월

도러시와 모런은 녹초가 되어 꽃무늬 침대에 누워 있다. 도러
시는 와인에 취해 깊은 잠에 빠졌다. 항상 음식 꿈을 꾸는 사람
처럼 밤을 야금야금 씹어 없앤다. 젖혀져 올라간 잠옷 아래로
검고 부어오른 은밀한 부위가 드러난다. 모런은 두툼한 손을 도
러시의 배 위에 돌처럼 올려놓았다. 그녀의 검버섯 덮인 피부는
하늘과 나무들 위로 드리운 커튼이다. 너는 집에 있는 돈을 샅
샅이 찾아내고 옷가지 몇 개와 사진 몇 장, 와인 한 병과 담배
한 갑, 노트들과 도러시의 원피스 한 벌, 트랜지스터라디오를
챙긴다. 그리고 너의 로열100 타자기도.

벽지는 누렇게 변했다. 시간과 햇빛 때문에, 더러운 창문과
나쁜 음식으로 채워진 절망적이고 즐거운 나날들로 인해, 오랜

세월과 수많은 파리 때문에. 네 얼굴에 올려진 도러시의 따뜻한 손. 거대한 나무 그림자 사이의 도러시 얼굴. 오후에 네가 학교에서 돌아오면 달콤한 와인을 잔뜩 마시고 네 침대에 누워 있던 도러시. 파리 끈끈이와 비누를 들고 악당 목소리로 말하는 도러시. 난 선택하고 싶지 않아, 밸러리. '전부 아니면 전무'는 싫어. 꼭 해야 한다면 전부를 택할 거야. 난 너를 선택할 거야, 밸러리. 그리고 모런을 선택할 거야, 밸러리.

네가 물건을 챙겨 도망칠 때, 와인과 땀 냄새, 정열로 고동치는 그들의 공포영화 같은 사랑의 악취가 쉰내 나는 벽처럼 두 사람을 둘러싸고 있다. 바깥의 하늘은 불타는 분홍색이고 뜰 곳곳에 희미한 별이 떠 있다. 아침햇살을 듬뿍 받은 바깥현관 의자 옆에 놓인 유리잔과 술병들. 너는 마지막으로 현관문을 쾅 닫고, 마지막으로 사막을 건너간다. 루이스가 자취를 감춘 사막, 강물에 유독물질이 흐르고 도러시가 배회하다 원피스 소맷자락을 태운 사막, 너와 도러시가 하늘을 머리에 인 채 손을 맞잡고 쏘다닌 사막. 나중에 너는 화이트 간호사에게 이렇게 말한다.

나는 사막에서 도망쳤어요. 집으로 가는 길을 찾지 못했어요. 온통 냉정한 청상어들뿐이었어요. 나는 병든 아이였죠. 루이스를 갈망했어요. 그 찌릿함을. 다리와 팔이 따끔거리는 그 감각을 갈망했어요. 나를 사랑하는 건 불가능했죠. 걸어서 사막을 건넜어요. 너무 밝고 하얗고 외로운 그 사막에서 나는 내 물건을 챙겨서 떠났어요. 가슴속에 있는 모든 것, 내 심장, 도러시, 깜빡이는 불빛이 비명을 질러댔어요. 수프 그릇과 전날 마신 술병이 식탁에 그대로 있었어요. 와인 얼룩, 더러운 행주, 도러시의 분홍색 편지들, 비닐 식탁보 위에서 서로를 쫓는 벌레들. 비와 물과 휘발유와 오래된 와인 냄새가 났어요. 도마뱀 한 마리가 모런의 낡은 위스키잔 안에 서서 날 바라보고 있었어요. 그날은 바람이 불었죠. 난 도마뱀을 점퍼 안에 넣고 달렸어요.

미국, 로드무비
1951년 5월~1952년 10월

하늘이 피부색 커튼처럼 너와 조지아 위로 내려온다.

너는 특별한 목적지 없이 그저 멀리 떠나가는 중이다. 고속도로, 사막, 트럭, 숲. 조지아를 지나니 앨라배마, 버지니아, 플로리다, 그리고 필라델피아가 나오고, 너는 차편과 돈과 햄버거를 구걸하며 트럭을 갈아타고 차가 없을 때는 걷는다. 길가에서 배기가스 꽃들이 춤추며 스쳐가고 가끔 판잣집들, 부서진 자동차 잔해들과 흙길, 휘발유 냄새와 고속도로가 스쳐지나가면 벤터가 번뜩 떠올랐다 사라진다. 밖에서 바람이 소용돌이치고, 너는 더러운 청바지 차림으로 타자기에 집중하며 밖으로 지나가는 미국, 그 깜깜한 소도시들과 레이스 커튼 뒤의 주부들, 교회 신자들로 이루어진 풍경을 보지 않는다. 애틀랜틱시티. 볼티모어. 워싱턴. 리치먼드. 노퍽. 포츠머스. 윌밍턴. 찰스턴. 잭슨빌. 키웨스트.

백악관에서는 새로운 전쟁과 새로운 가족제도가 기획되고, 대통령은 거대한 책상에 앉아 미국에 대해 숙고한다. 도러시는 사막에서 대통령에게 계속 팬레터를 보낸다. 하늘은 차갑고 번개가 번쩍이는데 주유소에서, 휴게소에서, 모텔에서 잠에서 깨면 언제나 누군가가 네 손에 쥐여준 음료수나 샌드위치가 있다. 기사들은 네게서 특별한 것을 원하지 않고 너와 함께 있기를 좋아하며 네가 어디에서 왔는지 상관하지 않는다. 수백 마일을 달리며 수백 가지 다른 모습의 미국을 지나가는 동안 네가 잠을 자거나 평온히 일하게 내버려둔다. 너는 때로 누구는 손으로 해주고, 누구는 네 팬티나 바지에 대고 자위하게 해주기도 한다. 그보다 더 나아가는 일은 절대로 없으므로 대수롭지 않다. 가장 좋은 시간은 길가 카페에서 기다릴 때다. 쫓겨날 때까지 서류를 정리할 수도 있고 너의 세탁기, 즉 세제와 뜨거운 찻물을 넣은 양철통을 이용해 빨래를 할 수도 있다. 너는 머리를 항상 깨끗이 감는다. 밤에 화물칸에서 잠들면 모래와 장미 벽지가 꿈속을 가득 채운다. 도러시가 너를 안고 사막을 건너고, 도러시가 눈물을 흘리며 너를 따라 미국을 횡단하고, 도러시가 너를 찾아 집으로 데려간다. 그중 가장 아름다운 꿈은 도러시가 팔에 예전의 성姓을 범퍼 스티커처럼 문신으로 새겨넣고, 원피스 속 왼쪽

가슴에는 네 이름을 조난신호처럼 새겨넣은 꿈이다. 밸러리. 바
닷새. 솔래너스.

건축가들

A. 육체는 건물의 일부다. 건물이 사람을 창조한다. 육체, 표면, 미국.

B. 사람이 없는 글은 상상할 수 없다. 건물은 사람이 살기 전에는 존재하지 않는다. 의류, 예술의 열등한 형태, 건축가의 기원. 건축가들. 서술자들. 나는 한결같이 표면에 주목한다. 글에 주목한다. 모든 글은 허구다.

C. 표면, 옷, 여성성. 도시를 누비고 다니는 여자들 무리. 대중을 상대하는 여자들, 대중을 상대하는 홍보 활동. 거리의 사랑. 볕 좋은 행복한 거리. 통제된 매춘.

D. 창가에서 어슬렁대지 마. 거리를 오가며 배회하지 마. 여자들과 무리 지어 돌아다니지 마. 거리에서 모르는 남자들에게 말 걸지 마. 여자들은 언제 밖을 나다닐 수 있지? 절대로 안 돼. 미국 전역에 강간의 바람이 불고 있다.

E. 이성애 신경증. 포스트모던 기생충들. 섹스를 많이 경험해야만 안티섹스가 될 수 있다. 마틴 루서 킹 주니어는 어둠에 대고 말한다. 블랙팬서 당원들은 가만히 앉아서 기다린다. 마지막 연설에서 그는 온건하고 상냥하며 더는 두려워하지 않는다. 내가 사라져도 당신은 나를 그리워하지 않을 거야. 내가 여기에 없어야 당신에게 더 좋을 거야. 아마존 여전사의 오디세이.

F. 실내는 여성성과 성애로 이루어져 있다. 장미와 보지들. 남성의 장식은 제거된다. 그는 검은 양복이다. 그는 도시의 검은 자동차다.

G. 그 여자는 환상적인 흰색 모피 옷을 입었다. 여자는 미인 대회에 참가하고 싶어했다. 여자는 조각상처럼 보이고 싶어했다. 미스 아메리카. 금발의 역사. 창녀의 역사. 세계에서 가장 멋지고 오래된 직업.

H. 미스 아메리카 대회의 출범과 선거법 개정은 같은 해에 이루어졌다. 1952년에, 솔트레이크시티 출신의 콜린 허친스는

미스 아메리카 역사상 가장 키가 크고 가장 무겁고 금발이 가장 빛나는 참가자였다. 선거법 개정안이 시행되었고, 남자들은 공장으로 돌아갔으며 새로운 세계 전쟁들이 시작되었고 첫번째 물결은 바다에 삼켜졌다.

I. 욕구와 본능의 신비로운 본질, 그 엄청난 규정 불가능성. 신경증, 문화, 무감각, 언어적 스타일, 도착, 극도로 유아적인 아동의 성. 수많은 퇴행 현상과 병리적 도착증은 유년기에 뿌리를 둔다. 전체를 아우르는 이론을 창안할 필요 없이 성적 현상들을 기록하고 목록화하는 일은 이제 더이상 가능하지 않다. 아이와 어머니 사이의, 영아와 수유자 사이의 삶을 위협하는 유대. 개정판 성 이론. 이봐요, 잠깐만, 미스터.

J. 집안에 햇빛이 들어오지 않는다. 빛이 없다. 내겐 인공적인 육체가, 인공적인 갈망이 있다. 의사들은 내게 말한다. 이건 어떤 상태가 아니라 육체적 장애입니다. 남성혐오는 당신을 파괴할 겁니다. 당신은 반사작용을 보이지 않고, 영양 결핍 상태이며, 곤경에 처했어요. 남성혐오는 곤경과 같습니다.

K. 바다가 미래 계획에 미치는 영향. 그는 그 여자에게 집착하며 언제나 그녀를 그리거나 촬영하고 싶어했다. 그것은 몸부림이자 진행중인 계약이었다. 그는 바다에 있는 그 여자의 집을 함부로 건드린다. 은밀한 전투. 그는 바다에서 심장마비로 죽기

를 꿈꾸었다. 혹은 상어에게 공격당해 죽기를. 전사처럼.

L. 그 여자의 눈 속에는 긴 시간이 담겼다. 검은 옷을 입은 남자들 무리. 그녀는 얼마나 많은 사람과 씹했는가? 나는 모른다. 너는 얼마나 많은 사람과 씹했지? 천 하룻밤.

M. 나의 가장 섹시한 특성은 언제나 열성적이라는 것. 나는 지칠 줄 모른다. 정액을 사랑한다. 자지를 사랑한다. 상대가 누군지, 무엇인지, 어디에서 어떻게 하는지는 중요하지 않다. 난 그냥 아주 좋아할 뿐이다. 나의 가장 섹시한 특성은 언제나 열성적이라는 것. 나는 지칠 줄 모른다.

N. 언어의 사악한 구조. 그것은 질병이었다. 정신 나간, 완전히 부적절한 슬픔 반응이었다. 나는 크게 웃으며 곧장 빛으로 날아갔다. 적절한 반응을 해야 하는 문제 같은 건 없었다. 그녀의 목소리만 빼고 모든 것이 블랙홀로 빨려들어가 사라졌다. 후회한들 무슨 차이가 있나?

O. 날 멋대로 불러. 넌 내 진짜 이름을 절대로 알지 못할 거야. 연극조의 태도. 무대 꾸미기. 소멸.

P. 차편이 필요해? 난 죽음 기계야. 도시에는 몇몇 중립적인 사람들이 있어. 벽장 밖으로 나가기 싫어. 난 신중해. 여기 어둠

속에 있으니 좋아. 전등갓, 벽, 집, 도로, 주州. 나는 표면을 다뤄. 거리는 은유이면서도 꽤 현실적이야. 바다처럼. 저 깊고 푸른 물은 언제나 저기에 있어. 죽음은 언제나 옆에 있지. 나는 자다가 한밤중에 깨. 홀로.

Q. 비밀이 가득한 집이었다. 별이 가득한 하늘. 별과 미소를 지닌 어머니들.

R. 흰색 실내. 누가 꾸몄나? 흰색은 무엇을 상징하는가? 금발의 여자, 여자들의 건물, 세계박람회. 백악관. 흰 피부, 깨끗하고 흰 생각들이다.

S. 미국 여자. 미인 대회의 역사. 괴물 쇼. 천사 스네이크걸 snakegirl. 여기로 와서(CUM) 이 여자의 아름다운 몸과 추한 얼굴을 보라. 뱀의 얼굴. 흰 서커스, 백인 대통령. 미국은 백인 대통령의 통치를 받는다. 인간과 유인원 사이 어딘가에서 멈춰버린 남자들. 지랄 염병.

T. 아빠의 착한 딸들과 우주의 지배자들. 모두 똑같지는 않았다. 모두 백인은 아니었다. 그들 중 진짜는 하나도 없었다. 모두가 지배하고 파괴했다. 모두가 좆 빨기를 좋아했다.

U. 사실 좆 빨기는 근사한 일이긴 하다. 하루종일 자지를 빨

다는 건 매우 현실적이다. 소금과 똥과 인간과 검은 물의 맛이 난다. 다른 생각을 할 수는 있지만 아무 생각도 하지 않을 수는 없다. 10달러. 아무것도 아닌 것. 네 입속의 흰 집들. 깨끗하고 하얀 생각들.

V. 죽음은 검다. 잠은 검다. 밤은 검다. 주위가 검으면 넌 죽은 것과 다름없다. 그들이 내 몸을 태우지 않으리라는 것을 알고 싶다. 내 모습 그대로 땅에 묻히고 싶다. 죽은 뒤 어떤 남자도 내 몸을 만지지 않기를 바란다. 나는 알고 싶다. 내 심장은 몇 번이나 부서질 수 있을까?

W. 어떤 경험들은 중요하다. 누구랑 씹하는지는 중요하다. 네게 집이 있는지는 중요하다. 네가 백인인지, 여자인지, 혼자인지. 깃털 같은 네 손가락, 그 깃털 손가락으로 나를 어루만져 줘. 네 손가락으로 더 세게. 네 입속에 있는 그 부드러운 혀.

X. 그건 그렇게 일어났다. 누구에게나 배경이 있다. 무엇에든 시작이 있다. 모든 것은 결말에 이른다.

Y. 도시의 환영. 재생산. 기계. 이제는 인공 생식도 가능하다. 역사의 재생산. 인공적인 역사 서술. 인공적인 육체.

Z. 그것은 양육 전반의 성격을 이루었다. 벤터의 집 주변에는

잡초가 들끓었다. 방직. 표면. 글. 극장. 무대장치. 직물. 그것은 건축이 아니었다. 순백의 생각들이었다. 그것은 현실의 삶이 아니었다. 경험이었다. 직물과 같은 글의 특성. 그들은 허구적 인물이었다. 허구적인 한 소녀와 허구적인 단역들에 불과했다. 그것은 허구적 건축, 허구적 서술자였다. 그 여자는 자신의 삶을 수놓아달라고 내게 부탁했다. 나는 수놓는 사람을 믿기로 한다.

엘름허스트정신병원, 1968년 7월 29일

비가 쉼없이 내리는 여름 동안, 의사들은 진단을 위한 검사를 이어간다. 닥터 루스의 상담실 창문 밖에는 눈물과 시간과 상담 회차들이 육중한 커튼이 되어 쌓인다. 여름 폭우가 쏟아지는데도 네 환자복 안에서는 햇빛이 사악하게 터지고, 벌레들이 병원과 병원 음식 속 깊숙이 침투하며, 그동안 너는 담배 여러 개비에 불을 붙여 책상 모서리에 아슬아슬하게 놓아둔다.

닥터 루스 쿠퍼 우리 병원 사람들은 당신 편이에요, 밸러리.

밸러리 아, 네.

닥터 루스 쿠퍼 우린 경찰과 아무런 관련이 없어요.

밸러리 경찰 호모 새끼들.

닥터 루스 쿠퍼 마음이 괴롭다는 거 알아요, 밸러리.

밸러리 괴롭지 않아요.

닥터 루스 쿠퍼 울어도 돼요.

밸러리 우는 게 아니에요.

닥터 루스 쿠퍼 울음은 아름다울 수도 있어요.

밸러리 우는 게 아니라고요, 뇌가 피를 흘리는 거지.

닥터 루스 쿠퍼 손수건 여기 있어요, 밸러리.

밸러리 고마워요, 하지만 우는 건 나답지 않아요.

닥터 루스 쿠퍼 좋아요, 울지 않을 때는 무슨 생각을 해요?

밸러리 나쁜 예술을 했다는 후회. 내 생각에 울 만한 일이라곤 그것뿐이에요.

닥터 루스 쿠퍼 담배를 한 번에 한 대씩만 피우면 어떨까요, 밸러리?

밸러리 그래, 어떨까요? 재판은 언제예요?

닥터 루스 쿠퍼 나중에.

밸러리 앤디는 병원에서 죽은 척 연기하고 있나요?

닥터 루스 쿠퍼 어머니 얘기를 좀 하고 싶어요.

밸러리 난 병들지 않았어요.

닥터 루스 쿠퍼 도러시 얘기를 좀 해보죠.

밸러리 그러면 담배를 피워도 되나요?

닥터 루스 쿠퍼 네.

밸러리 두 대를 피워도 되나요?

닥터 루스 쿠퍼 일단은 한 대만. 이제 내 말을 들어봐요.

밸러리 도러시는 언제나 두 대를 피웠어요.

닥터 루스 쿠퍼 그렇군요. 내가 당신의 상황을 어떻게 보고 있는 지 말해볼게요.

밸러리 아니면 더.

닥터 루스 쿠퍼 더?

밸러리 담배 말이에요. 어서, 쿠퍼. 내가 누구인지 말해봐요. 난 점쟁이가 익숙하거든요.

닥터 루스 쿠퍼(빙긋 웃다가 진지해진다) 난 당신이 망상 속에서 살고, 지금은 편집증 유형의 조현병적 반응을 나타내고 있다 고 생각해요.

밸러리 그렇군요. 난 남자들의 명백한 열등성에 대해 말해줄 수 있어요. 자연의 진정한 질서에 대해. 수컷 쥐는 개입할 필요 도 없어요. 쥐 여자들은 자기들끼리 쥐 아기를 만들 수 있거 든요. 내 실험실 연구에 대해 말해줄게요.

닥터 루스 쿠퍼 당신은 가혹하고 굳세고 냉소적인 인간혐오자로 보이려고 힘겹게 노력하고 있지만, 사실은 겁에 질린 우울한 아이일 뿐이에요.

밸러리 맘대로 불러요. 선생은 내 진짜 이름을 절대로 모를 거 예요.

닥터 루스 쿠퍼 내가 받은 인상은 그렇습니다. 겁먹은 어린아이. 두려움과 자기혐오로 똘똘 뭉친.

밸러리 내가 받은 인상은 선생이 겁먹은 명예 남성이라는 겁니 다. 내가 받은 인상은 선생의 노력이 전적으로 무의미하다는 거예요. 내가 받은 인상은 선생이 좆이나 빠는 멍청이라는 거예요. 하지만 그건 선생 잘못이 아니죠. 다 가부장제에 억눌린 불행한 환경 때문이니까.

닥터 루스 쿠퍼 그래서 우린 지금 깊은 우울증과 심각한 파괴적 행동 가능성을 지닌 편집증 유형의 조현병적 반응에 대해 이야기할 거예요.

밸러리 나는 병들지 않았어요.

닥터 루스 쿠퍼 심각하게 병들었어요, 밸러리. 그렇다고 해서 당신이 재능 있고 당찬 여성이 아니라는 뜻은 아니지만.

밸러리 이건 병이 아닙니다. 다시 말할게요. 내 상태는 의학적인 상태가 아니에요. 오히려 극도로 명료한 상태, 모든 말과 사물과 신체와 정체성을 밝게 비추는 완전한 백색 조명등과 같은 상태예요. 손만 뻗어도 닿는 곳, 소리치면 들리는 곳으로 조금만 움직여도 모든 것이 달라 보일 거예요, 닥터 쿠퍼. 당신이 내리는 이른바 진단은 대중 정신병의 체계 안에서 여성의 위치를 정확히 묘사합니다. 조현병, 편집증, 우울증, 파괴적 행동 가능성. 가부장제 안에서 모든 여자는 조현병, 편집증, 우울증이 단연코 개인의 의학적 상태에 대한 묘사가 아니라는 사실을 알아요. 그건 인구 절반의 두뇌 능력에 대한 상시적 모욕에 기반을 두고 강간 위에 구축된 사회구조와 정부 형태에 대한 최종적 진단입니다.

닥터 루스 쿠퍼 난 도움을 주고 싶어요, 밸러리. 그러기 위해서는 당신을 더 잘 알아야 해요.

밸러리 나는 메릴랜드대학교의 심리학연구소 및 동물실험실에서 자격증을 받았어요. 다시 말해, 내 진단은 내가 직접 내리겠다는 거예요.

닥터 루스 쿠퍼 네, 당신이 그 학교의 우수한 학생이었다는 걸 압니다.

밸러리 그날 난 행복하기 그지없었죠. 휘파람을 불고 노래를 부르고 싸구려 와인을 마셨어요. 밝은 면을 보려고 노력했어요. 난 언제나 안쪽에 금실과 은실을 꿰맨 원피스를 입었거든요.

닥터 루스 쿠퍼 그날 얘기를 해봐요, 밸러리.

밸러리 아뇨. 자격증이란 사람들을 나누는 방법일 뿐이에요.

브리스틀호텔, 1988년 4월 14일

죽은 바닷새 냄새와 매춘의 냄새가 호텔방에 퍼진다. 창문에서 햇빛이 천천히 물러간 자리를 밤의 소리가 차지하고 사이렌이 기억을 지우는데, 너는 창가에 앉아 여러 번 글을 끄적이려 시도하다 그만두었다. 지금 글을 쓴다는 건 얼음처럼 차가운 해일에 몸을 던지고 소금과 자기혐오의 쓰라린 고통에 잠기는 일일 것이다. 그래서 너는 한 시간쯤 잠이나 자려고 누런 이불을 덮고 누워 정신을 집중한다. 다른 시절에서 밀려오는 파도 소리, 발밑의 서핑보드, 해안을 향해 달려오는 큰 파도, 파란 해파리, 영원히 서핑과 놀이를 기약하는 너희의 어린 몸, 태양과 생명의 불꽃과 피부, 그의 황홀해하는 미소.

서핑을 즐기던 시절, 너의 잠 속으로 50년대가 소용돌이치며

들어온다. 어둠이 비명을 지르는 공간에 잠시 눈이 멀 정도로 밝은 빛이 번쩍인다. 실크 보이는 매혹적인 약쟁이의 모습이다. 헝클어진 많은 머리채에는 소금기가 뱄다. 아주 오래전 너는 가장 깊고 푸른 곳으로 나가 작은 상어, 게, 해마 등의 바다 생물과 잔해를 찾아다니곤 했다. 아주 오래전 너는 누군가의 품 안에서 익사하기를 꿈꾸었다.

창녀를 양산하는 이 나라의 호텔 중에서 네가 강간당하고 돈을 받은 장소가 아닌 곳이 없다. 이런 상어의 산업에 아예 발을 디디지 않았더라면, 죽음이 이토록 빨리, 이런 식으로, 너를 향해 다가오지 않는다면 얼마나 좋을까, 하는 회한이 네 마음속에 사무친다. 잠들기 직전 네 손은 스러져가는 빛을 향해, 탁한 갈색 물속에서 아른거리는 빛을 향해 뻗어나간다.

실키?

······거기 있니, 실리 보이Silly Boy?

실크 보이(축축하고 짭짤한 그의 숨결) 나 여기 있어, 밸러리. 원한다면 네가 잠들 때까지 여기 앉아 있을게.
밸러리 부두는 해묵은 숙려熟慮를 위한 곳이야.
실크 보이 부두는 나이든 숙녀를 위한 곳이라는 말이겠지.
밸러리 나이든 숙녀와 서핑과 죽음. 미시즈 콕스는 수영장에서 연습했어. 수심이 얕은 쪽에서 출발해 최대한 멀리 나갔어.

실크 보이 100만 달러짜리 인어, 100만 달러짜리 매춘부.

밸러리 미시즈 콕스가 항상 한 말이 뭐였지?

실크 보이 난 젖으면 환상적이야, 마르면 지루한 주부일 뿐이
지만.

밸러리 너무 추워서 신부 부케가 얼어버렸어.

실크 보이 나의 예쁜 서리 부케.

밸러리 거기엔 너와 나와 바다만 있었고, 늘 여름이었지. 물속
에서 너를 쫓아가던 기억이 나. 너는 내 수중 환상이었어.

실크 보이 춥니?

밸러리 우리 아직도 결혼한 사이야?

실크 보이 아니.

밸러리 왜 아니야? 난 평생 우리가 부부라고 믿었어.

실크 보이 기억에 구멍이 많구나. 마약이 기억을 지워버렸나.

밸러리(스러지는 빛을 향해 손을 내뻗는다) 키스해줘.

실크 보이 왜?

밸러리 나한텐 그게 필요하니까. 난 죽을 거니까. 난 죽는 게
무서우니까.

실크 보이 너 냄새가 지독해, 밸러리. 네 입에서 죽음의 냄새가 나.

밸러리(손으로 이불을 뒤적인다) 키스해줘.

실크 보이 왜 나를 떠났어?

밸러리 내가 그랬어?

실크 보이 넌 날 떠났어.

밸러리 내가 그랬어? 기억이 안 나. 이제 난 잘 거야. 난 잘 거
고 꿈을 꿀 거야. 그 꿈속에서 지금은 밤이고, 난 샌프란시스
코의 호텔방에 혼자 있어. 너는 죽었고, 모든 문법이 죽음의
문제를 다루지는 않아.

실크 보이 죽음 속엔 상어가 없어. 죽음은 그냥 끝이야.

밸러리 죽음만이 유일한 해피엔딩이야.

앨리게이터리프, 1953년 12월
일본 북부와 미국 거의 전역에서 유에프오가 목격되었다

　뉴욕의 싱싱교도소에서 로젠버그 부부*가 처형된 날 아침. 실크 보이는 밤새 바깥에 나가 있었고, 목련과 야자 이파리들을 땄으며, 집에 가는 길에 모텔 밖에서 젖은 키스 몇 번과 가짜 신음을 팔고 나서, 미시즈 콕스의 파트너를 만나러 커피숍에 찾아갔다. 그리고 거기에서 생일선물을 수거했다. 푼돈과 누군가 주문해놓고 찾아가지 않은, 분홍색 마지팬으로 장식한 웨딩케이크.

　네가 끄적인 글들은 바다 저멀리 흘러간다. 글이 흘러넘쳐 네

---

*　미국의 핵무기 기밀을 소련에 넘겼다는 혐의로 사형당한 줄리어스와 에셀 로젠버그 부부.

손으로, 가구 위로, 벽으로, 이미 쓴 종이 뒷면으로 새어나간다.
너는 빈자리만 있으면 어디에든 쓴다. 너의 로열100은 앨라배
마에서 어느 상어의 손에 넘겼다. 그곳은 돈과 호사스러운 음식
이 많은 아름답고 위험한 지역이었다. 오후마다 너는 그와 함께
숲 깊숙이 들어가 새를 쏘는 연습을 했다. 그때부터 너는 무기
를 가진 상어들을 피해왔다.

앨리게이터리프, 그 덥고 짠내 나는 해안, 모든 차창에 서리
꽃이 피어나는 곳. 밤에 너는 전기의자에 앉은 에셀 로젠버그
꿈을 꾼다. 꿈속에서 그 여자는 사막에서 비키니 차림으로 혼자
울고 있다. 미국 정부에 살려달라고 애원하는 글을 강렬한 분홍
색 편지지에 끝없이 쓰고 있다.

국가(밤에 자다 불려나온 사제가 잠시 너의 손을 꽉 잡는다) 밸러리
　진 솔래너스, 이 소년을 받아들이겠습니까?
밸러리　네…… 그러겠습니다. 그리고 언제나 사랑하겠습니다.
국가　이 소녀, 밸러리 솔래너스를 받아들이겠습니까?
실크 보이　네, 밸러리를 두렵게 하는 모든 것으로부터 보호하겠
　습니다. 밸러리와 함께라면 저는 더이상 두렵지 않습니다. 밸
　러리가 울면 손을 잡아주겠습니다.
(웃기지 마, 실리 보이.)
(웃기지 마, 국가.)
(웃기지 마, 하느님.)

바다　153

(강가에서 모든 것을 보고만 있는 하느님이라면, 당신도 웃기지 마.)

밸러리 됐어요. 보호 따위 필요 없어요. 필요했던 적도 없고, 앞으로도 필요하지 않을 거예요. 내가 실크 보이를 보호하겠습니다.

국가 밸러리 진 솔래너스는 그의 사랑의 맹세를 받아들입니까?

밸러리 아뇨. 나는 늘 스스로 잘 챙겼습니다. 바로 그거예요. 나는 남자도, 국가도, 사제도, 하느님도, 아버지도, 돈도 필요 없어요.

국가 받아들입니까, 아닙니까?

밸러리 아닙니다.

실크 보이 밸러리, 그건 지금 중요하지 않아. 난 네가 있는 곳에 같이 있고 싶고, 네가 울 때 손을 잡아주고 싶을 뿐이야.

국가 이 소년이 사랑의 맹세를 하는데, 받아들여요, 아니에요?

밸러리 안 받아들여요, 말했잖아요. 실크 보이가 내가 시키는 대로 해야 그를 받아들일 거예요.

실크 보이(사제에게) 밸러리 말대로 하세요.

국가 음.

실크 보이(너에게) 어서, 밸러리. 네가 시키는 대로 말할게.

밸러리 좋아…… 나, 비치 보이는 밸러리 진 솔래너스를 받아들여 제 그림자 안에서 살게 하고 사랑하겠습니다. 밸러리는 나의 경찰관이자 나의 전사이며…… 나의 밤을 지키는 개입니다.

실크 보이 좋아…… 나, 비치 보이는 밸러리 진 솔래너스를 받아들여 제 그림자 안에서 살게 하고 사랑하겠습니다. 밸러리는 나의 경찰관이자 나의 전사이며…… 또 뭐였지?

밸러리 나는 너의 밤을 지키는 개라고.

실크 보이 나는 당신의 밤을 지키는 개입니다.

밸러리 당신은…… 당신은이라고 해야지. '나는'이 아니라.

실크 보이 당신은 나의 밤을 지키는 개입니다, 밸러리.

앨리게이터리프, 1953~1954년
비키니환초에서의 새로운 핵실험

모래 언덕 너머로 해가 저물고 캠핑장 사무실의 텔레비전 화면이 깜빡거린다. 오리발과 물안경을 착용한 너는 실크 보이가 샴페인과 사탕과 말아 피우는 담배와 깨진 물안경이 든 비닐봉지를 들고 해변의 파라솔들 사이에서 나타나기를 기다리고 있다. 미시즈 콕스는 너에게 사탕과 담배를 더 챙겨주었다. 미시즈 콕스는 너무 멀리 헤엄쳐가지 말라고, 거대한 백상어와 범고래와 엄청나게 큰 뱀상어가 있다고 경고했다.

미시즈 콕스는 새 담배에 불을 붙인 뒤 네 옆에서 캠핑 의자에 앉아 옛날 상어 이야기들을 들려주고, 네가 돈을 내지 않고도 원하는 것을 먹게 해준다. 겨자를 치고 오이피클을 넣은 햄버거와 김빠진 코카콜라. 상어는 없어요, 미시즈 콕스, 바다와 별들과 열 가지 꽃들과 해피엔딩만 있을 뿐이죠. 서퍼들은 물을 가르며 내달리고 실크 보이는 항상 늦는다. 미스터 비온디의 집에 가면 늘 너무 오래 있게 된다.

미시즈 콕스 네 남동생 얘기를 좀 해봐.

밸러리 해마예요. 동물 사진가죠. 행복한 아이.

미시즈 콕스 그래, 너희는 남매로구나.

밸러리 맞아요. 그애가 저보다 일 년 늦게 태어났죠. 4월 9일에요. 저랑 같은 날이지만 딱 일 년 후였어요. 도러시는 쌍둥이를 원했어요. 잘 맞춰 애를 배려고 신경을 썼어요. 도러시는 우리를 쌍둥이 아들들이라고 불러요.

미시즈 콕스 언제 돌아올까?

밸러리 도러시 말인가요? ……언제든. 도러시는 공중전화로 전화를 걸 때마다 새로운 날짜를 말하지만, 우리는 여기에 있고 싶다고 말해요.

미시즈 콕스 그럼 돈은?

밸러리 도러시가 계속 보내줘요.

미시즈 콕스 그애 이름은 뭐니?

밸러리 실크 보이.

미시즈 콕스 진짜 이름 말이야. 진짜 남자애 이름 말이야.

밸러리 그애는 그냥 실크 보이예요.

미스터 비온디가 침실의 블라인드를 내리면, 해변과 하늘과 빛은 사라지고 실크 보이가 이불 밑에서 웃음을 터트린다. 눈과 가장 가까운 피부, 손목과 사타구니의 피부는 반투명하다. 그는 늘 킬킬거리고 립스틱 키스를 퍼붓고 온 마음을 다한다. 미스터 비온디, 그리고 그를 울게 하고 웃게 하고 하느님과 어머니와 영원을 외쳐 부르게 하는 그 보드라운 피부. 미스터 비온디는 그 크고 아름다운 집에서 소년의 머리칼 깊숙이 손을 넣은 채 신음하며 다시 절정을 느낄 필요가 없기를, 소년이 떠나지 않기를 소망한다. 마침내 그 어린애 같은 입에 사정하고 나면 그는 다시 절정을 원하고, 흠뻑 빠져들기를 원하고, 소년에게 녹아 흘러들기를 원한다.

미스터 비온디는 돈과 외로움에 잠겨 있다. 그는 영영 다른 데로 가버리려 하는 그 매혹적인 손을 붙잡으려 애쓰고, 주머니에 늘 더 많은 돈을, 더 많은 약을 지니고 있다. 나중에 그가 입술이 부은 채로 일광욕실에 서서 손을 흔들 때 목욕가운이 풀어져 열리고, 그는 소년과 바다 앞에 알몸으로 서서 애원한다. 그의 얼굴은 죽은 흰 나무들의 숲 같은데, 소년은 손을 비틀어 빼낸 뒤 판자 길을 따라 달려가버린다.

마침내 소년이 돌아왔을 때, 해는 저물었고 미시즈 콕스는 가게를 닫았으며 너는 바깥의 판석 위에서 잠들어 있다.

이제 해변에는 인적이 끊겼고 해수욕객들은 돌아갔으며 파라솔들은 치워지고 없다. 여기에선 해안에 부서지는 파도가 너무 거세서 아무도 휴가를 즐길 수 없고 안전요원 탑에는 항상 검은 깃발이 나부낀다. 실크 보이는 빈병을 주우며 해변을 걷고, 그 어린 수집가 겸 일꾼이 바삐 움직이는 동안 너는 며칠 내내 누워서 유에프오를 찾는다. 텅 빈 캠핑장에서 너희는 남은 트레일러들 사이를 돌아다닌다. 은은히 빛나는 초록색 맥주병들과 모닥불 잔해와 트레일러 위로 내려앉는 비 말고는 아무것도 없다. 카드 게임도 마약 게임도 이제는 효과가 없고, 실크 보이는 좁은 등을 돌린 채 앉아서 파이프를 피우며 불평하고 네 눈을 피한다. 그가 트레일러 안에 있으면 글을 쓸 수가 없다. 너는 실크 보이가 나가서 미시즈 콕스와 대화나 나누기를 바란다. 너는 혼자 있기를, 벤터의 집에 있기를, 돈과 집과 새 로열100을 갖기를 소망한다. 미시즈 콕스는 무척 친절하지만 다른 모든 이처럼 바보다. 트레일러 밖의 바다는 칙칙한 잿빛이고, 실내에 있는 너희의 물건은 죄다 눅눅하고 악취를 풍긴다. 천장에 매단 줄에는 사진과 쪽지와 빨아 널어놓은 속옷이 줄줄이 걸려 있다. 관광객들이 돌아오면 너희는 트레일러를 떠나 바다로 돌아갈 것이다. 비온디의 별장에도 다시 불이 켜질 것이다.

하늘 아래로 구름이 천천히 흘러갈 때, 실크 보이와 너는 갈대밭에 누워 있다. 바다 말고는 사방이 고요하고, 가방 안의 대마초는 피워도 피워도 끝이 없다. 그는 이제 몸을 팔지 않고 빈병들을 현금으로 바꾸거나 술집에서 잔돈을 구걸하기만 하며, 도러시는 너를 데리러 오지 않는다. 실크와 파티용 색테이프 같은 그의 피부, 그는 아직도 수컷 해마들과 사진 현상액이 있는 자신만의 실험실을 원하고, 길거리와 해변에서 하는 일로 너희 둘이 먹고살 수 있기를 바란다. 밤에 둘은 서로에게 안겨 누운 채 미래를 계획한다. 앨리게이터리프 위로 밤이 지나가면 그는 다른 소년, 다른 시간, 다른 시작을 소망한다.

밸러리 네가 결심할 수 없는 건 없어. 네가 그걸 알았으면 좋겠어. 절대로 되돌릴 수 없는 건 없어.

실크 보이 죽음은 되돌릴 수 없어. 성별은 되돌릴 수 없어. 배경

은 되돌릴 수 없어. 운명도 마찬가지. 사랑도 마찬가지. 처형
된 사람들은 돌아오지 않아. 나는 나쁜 경험들의 알파벳이야.

밸러리 넌 알파벳도 모르잖아.

실크 보이 A······ 앨리게이터리프Alligator Reef. B······ 소년boy.
C······ 갈망Cravings. D······ 죽은 나무Dead trees. 죽은 숲. 죽은
갈매기. 몰락Downfall. E······ 전기의자Electric chair. F······ 엉망
진창Fucked up. 빌어먹을 엉망진창Fucking fucked up. 잊힌
Forgotten. 엉망진창이 된 미래Fucked-up future. 거짓 신원False
identity. 영화Film. 깃털Feathers. G······ 아무것도 아닌 일에 슬
퍼함Grieving over nothing. 늘 길을 잃음Getting lost all the time.
H······ 매춘부Hooker. 가망 없음Hopeless. 언제나 약에 취함High
all the time. 아무것도 아닌 일에 행복함Happy about nothing. 털 없
음Hairless. 무해함Harmless. 마른기침Hacking cough. 마른 대마초
기침Hacking hash cough. 대마초 매춘부Hash hooker. 매춘부 아이
Hooker kid. 창녀Whore. I는?

밸러리 창녀는 W로 시작해, H가 아니라. I는?

실크 보이 알았어. I······ 게으른Idle. 불가능한Impossible. J······
미련퉁이Jackass. K······ 심장을 바로 때리는 키스Kisses that hit
you right in the heart. L······ 실패자Loser. M······ 미스터 비온디
Mr. Biondi. N······ 밤Night. O······ 아웃사이더Outsider. 오럴섹스
Oral sex. P······ 문제. Q······ Q로 시작하는 단어는 하나도 몰
라. Q로 시작하는 단어는 없어.

밸러리 Quoailler.

실크 보이 난 스페인어 몰라.

밸러리 프랑스어야. 꼬리를 끊임없이 탁탁 치다. Querelle도 있지. '언쟁'이라는 뜻이야.

실크 보이 Q······ 프랑스어 단어들. 프렌치 키스. R······ 진짜 소년Real boy. S······ 해마Seahorses. 수컷 해마. 몰락의 길On the skids. T······ 씹 한 번에 10달러Ten for a fuck. 선더버드 Thunderbird. U······ 수중 생각Underwater thoughts. 난장판Unholy mess. 지하세계Underworld······ V······ 밸러리 진 솔래너스Valerie Jean Solanas. W······ 황무지Wasteland. X······ X 유전자. Y······ Y 유전자. Z······ 얼룩말Zebras. 네 피부의 얼룩말 줄무늬. 텔레비전에 나오는 얼룩말.

밸러리 네 불행한 운명과 지하세계에 집착한다고 자유로워지진 않아. 원하면 스스로 모든 걸 통제할 수 있어.

실크 보이 꽃. 태양. 어스름.

밸러리 어스름 속에 존재하는 방법은 아주 많아. 성별은 감옥이 아니야. 그건 기회야. 이야기하는 방법들이 다를 뿐이야. 너만의 이야기를 글로 써봐.

실크 보이(웃음을 터트린다) 난 글을 못 써.

밸러리 그렇다고 끝장은 아니지. 내가 글쓰기를 가르쳐줄게.

그리고 집에 있는 도러시에게 전화할 때.

바다만 있는 배경, 바람에 날려 땅에 떨어진 전화선 안에서 몸을 비틀고 안간힘을 쓰는 무시무시한 전화 속 존재들, 아무 말도 할 수 없고 끊지도 못하는 너. 수화기에 대고 담배 연기를 내뿜는 도러시의 숨결. 도러시는 오래도록 말이 없다가 가끔 너의 이름을 속삭인다. 밸러리 진이니?

커다란 검은색 수화기, 그 절망감, 눈으로 세게 들이치는 모래. 이런 대화를 나눌 때 도러시의 목소리는 물속에 있는 것만 같다. 소금, 쇠, 거짓말, 그리고 멘톨의 냄새.

도러시는 때로는 울고, 때로는 긴 독백으로 사막의 생활을 이야기한다. 실크 보이는 전화박스 밖에 앉아 기다린다.

앨리게이터리프, 1955년 겨울
히로시마의 아가씨들이 무료 성형수술을 받기 위해 뉴욕에 도착하다

해변을 따라 백상어의 차가운 숨결이, 시가와 돈의 강렬한 냄새가 불어닥친다. 파라솔들은 사라진 지 오래고 갈대에는 서리가 내려 이제 해변에서 자기는 불가능해졌다. 너희는 미스터 비온디의 일광욕실에 원하는 만큼 머물 수 있다. 집에는 음식도 있다. 빵, 스파게티, 감자, 통조림들, 그리고 약. 소년은 머리칼에 소금 결정이 엉겨붙은 채로 하루종일 거울 앞에 앉아서 모든 거울에 입을 맞추며 립스틱 키스를 남기고 립스틱으로 이렇게 적는다. 밸러리 진 솔래너스는 미국의 대통령이 될 것이다. 그는 베란다에서 갖가지 색깔의 작은 해마들을 말려 분류하고 정리한 수집품들을 정돈한다. 어떤 해마들은 새끼주머니에 해마 아기들을 품고 있고, 어떤 해마들은 마치 새끼들 때문에 눈물을 쏟은 것처럼 쪼글쪼글하게 졸아들었다.

실크 보이 이 조그만 아빠는 새끼주머니에 아기를 둘이나 데리고 있어.

밸러리 개자식은 언제 돌아와?

실크 보이(해마들을 만지작거리며) 그 사람 이름은 미스터 비온디야. 아기 해마가 하나는 크고 하나는 작네. 엄마들은 전혀 개입하지 않아. 엄마들은 재빨리 떠나버리지. 갖가지 수중 업무, 수중 환상.

밸러리 내 말 들어, 셜록. 우리에겐 문제가 있어. 해마와는 상관없는 문제. 해마보다 더 큰 문제.

실크 보이 네가 작은 수컷 해마라면 좋겠어. 내가 그 조그만 새끼주머니 안에서 살 수 있게.

밸러리(해마 몇 개를 집어 해마 목소리로 말한다) 지금 우리는 개자식의 집에서 살고 있어. 그리고 지금 나는 우리가 여기서 나갈 수 있을지 모르겠어…… (해마들을 그의 얼굴 앞에 들이댄다)…… 이건 개자식이야. 이건 약쟁이 소년…… 그리고 이건 밸러리…… 옛날 옛적에 야비한 상어 아저씨가 살았는데, 그 아저씨는 순진한 약쟁이 소년들을 사랑했어…… 피학적이고 미련한 매춘 소년들……

실크 보이(너의 손을 비틀어 해마들을 가져간다) 그만해. 그러면 부서진단 말이야.

밸러리 이 해마 문제는 다음에 해결해야 할 거야. 나는 더이상 여기서 살고 싶지 않아. 너도 그럴 거고.

실크 보이 미스터 비온디가 없으면 대학 학비를 벌지 못해.

밸러리 그건 진짜 대학 학비가 아니야. 비온디 개자식의 돈으로 학교에 간다면 우린 거기서도 매춘부일 뿐이야.

이제 캠핑장 화장실에는 임시 암실이 없다. 그는 미스터 비온디의 집에 자기만의 작은 암실을 차렸다. 그는 미스터 비온디에게서 원하는 것 대부분을 얻는다. 어둑한 불빛 아래에서 밤새 일할 수 있는, 진짜 장비를 갖춘 진짜 방. 그가 너를 안으로 들여주면 너는 작은 손전등을 들고 담요를 뒤집어쓴 채 앉아서 책을 읽고 그가 떨어뜨리는 사진들을 품평한다. 미스터 비온디가 여행에서 돌아오면 실크 보이는 위층의 커다란 꽃무늬 침실로 옮겨간다.

강추위가 닥치고, 상어들은 침실을 드나들며, 작은 정원에 검은 잎들이 떨어진다. 밤에 너는 담요를 두르고 바깥현관 의자에 누워 미래를 계획하며 미국의 모든 대학교에 우편을 보내 교육 자료를 요청한다.

혹은, 도러시에게 보낼 테이프를 녹음한다.

해변에 눈이 내리고 모래사장과 안전요원 탑과 파라솔 위로 서리가 얇게 앉았다. 너는 바다의 소리를, 그다음에는 해변에 내리는 눈의 소리를 녹음한다. 지글거리고 이상하지만 아름다운 소리다. 조용히 하라는 명령을 받은 실크 보이는 해변 가장자리를 따라 소리 없이 돌아다닌다.

나중에 너는 카세트에서 자기테이프를 꺼내 조지아로 보내는 선물을 장식하는 데 사용한다. 선물 상자에는 모래와 바다 장난감, 그리고 조개껍데기와 해초와 불가사리와 갈대가 들어 있다.

그리고 짙은 남빛 야자수들 사이를 내달리는 바람도 조금 넣는다.

브리스틀호텔, 1988년 4월 15일

서술자 죽은 사람이 다시 혼잣말을 해.

밸러리 뭐라고 하는데?

서술자 온갖 이야기를 해. 그 여자가 이렇게 말하네. 그건 가정
일 뿐이야. 또 이렇게도 말해. 그건 가정이 아니야. 자기는 숫
자 계산을 좋아하지 않는다고 말해.

밸러리 숫자 계산…… 외상 사절, 할인 사절. 외상 사절, 할인
사절. 난 숫자 계산이 싫어. 패 지어서 영역 싸움도 하지 마.
그건 나빠.

서술자 침대 시트 좀 갈아달라고 할게. 음식도 좀 가져오라고
하고.

밸러리 누구한테 말해?

서술자 직원. 내가 네 서류와 아이디어를 정리해볼게. 원한다면

대신 메모도 해줄게. 아니면 선언문을 크게 읽어줄게.

밸러리 이 호텔에는 직원이 없어. 난 이제 메모를 하지 않아. 그
러지 말고, 아까 창가에 앉아서 무슨 생각을 했는지 말해봐.

서술자 아마 네 생각을 했을 거야.

밸러리 넌 존재하지 않는 사람을 사랑하게 되었구나.

서술자 가상의 연애. 모래 위에 있다가 사라지는 소녀, 내 어머
니의 유년기, 내 아버지의 상심.

밸러리 그건 네 죽음 자료가 아니잖아. 네 씹질 자료도 아니고.

서술자 손 잡아도 돼?

밸러리 넌 이걸 낭만적으로 묘사하고 감상적으로 다루고 있어.
노트들은 벤터의 뒷마당에서 불에 타 없어질 거야. 죽음 자료
는 토사물, 설사, 가래, 그리고 두려움일 뿐이야. 여기 앉아서
기다려봤자 소용없어. 죄다 허무 자료일 뿐이니까. 전부 사라
질 거야.

서술자 이 이야기에서 네가 살아남지 못한다는 건 정말 슬픈 일
이야.

밸러리 진짜 슬퍼할 거 없다니까. 이야기는 여기에서 끝나니
까, 네가 슬프다면 내가 괜찮은 조언을 해줄게. 잠잘 곳도 먹
을 음식도 없이 누더기 차림으로 거리에서 구걸하는 여자를
집으로 데려가. 쓰레기통에서 자는 중독자 여자를 집으로 데
려가. 마약에 찌든 창녀, 노숙자, 미치광이를 집으로 데려가.
지하철에서 걸음을 멈추고 정신병자 매춘부와 얘기를 나눠.
그 여자가 아무것도 아닌 일로 악을 쓰고 난리를 쳐도 가버

리지 마. 그 여자에게 어디에서 왔는지, 필요한 게 뭔지, 뭘 도와주면 좋을지, 노트에 뭘 썼는지 물어. 죽어가는 약쟁이 창녀에게 그리 관심이 많다면 말이야. 호스텔과 정신병원과 빈민가 마약 소굴, 홍등가, 교도소를 찾아가. 바깥에서 세상이 널 기다린다고, 이 친구야. 그 자료의 제목은 **그 여자는 사방에 있다.**

서술자 난 멍청하지 않아.

밸러리 특별히 똑똑하지도 않고.

앨리게이터리프, 1955년 여름

휘몰아치는 바람에 만신창이가 된 새들이 해안에 널린 채 방치되어 있고, 그는 해안을 위아래로 훑고 다닌다. 청바지는 닳아빠졌고 머리칼은 소금기에 엉겼으며 입꼬리에는 시도 때도 없이 피우는 담배가 달려 있다. 그는 새들의 사체를 갈대밭에 묻어주기 위해 모래에서 조심스럽게 들어올린다. 그의 주위로 흰 깃털들이 파르르 일어난다. 그의 품안의 흰꼬리수리와 대형 갈매기 같은 거대한 새들은 꼭 사람 아이처럼 보인다. 구름은 겨울을 나는 햇빛을 모조리 빨아들여버리고, 너는 캠핑 생활과 미스터 비온디와 아름답지만 무심한 바다의 자태가 지긋지긋해졌다. 실크 보이와 너는 가을에 잭슨빌 칼리지에 들어가기로 되어 있다. 그는 거기에서 자기가 바보처럼 보일 거라며 밤새 운다.

밸러리 그 역겨운 것들을 만지면 안 될 것 같은데.

실크 보이 이 새들이 외롭게 누워 있는 게 싫어.

밸러리 죽음은 외로운 거야. 그리고 그것들은 쓰레기일 뿐이야. 빌어먹을 시체들.

실크 보이 새들이 곳곳에 외롭게 누워 있다는 걸 알면서 가만히 있을 순 없어. 너는 괜히 옆에서 알짱거리며 빤히 쳐다보지 않아도 돼.

밸러리 네가 아무리 많은 새를 묻어준들 별 차이도 안 나. 언제나 계속 생기잖아. 냄새가 지독해. 네 손에서 죽음의 냄새가 날 거야.

실크 보이 너 같으면 내가 죽어 해변에 누워 있게 그대로 둘 거야?

밸러리(웃음을 터트린다) 멍청한 자식.

실크 보이(양쪽 겨드랑이에 갈매기를 한 마리씩 끼고) 그대로 둘 거야?

밸러리 난 절대로 네가 죽게 두지 않아. 널 반드시 학교에 보낼 거야. 우린 학생이 될 거야. 우린 이 모든 걸 감당할 거야.

실크 보이 하지만 난 바보잖아.

밸러리 넌 해안 지역에서 연구 과제를 수행하게 돼. 네 옆엔 연구 관리자이자 연구 코치인 밸러리 진 솔래너스가 있고. 난 네가 저 새들처럼 무너지게 두지 않을 거라고 내 직업을 걸고 맹세해.

실크 보이 내 머릿속엔 마약과 자지만 가득해.

밸러리 네 머릿속엔 죽은 새들이 가득해.

앨리게이터리프에서 물속의 나날은 끝나간다. 성수기를 대비해 덧문들은 열어놓았지만 관광객용 해변은 아직 텅 비었다. 물에서 해초맛이 나고 짠물에 닿으면 눈이 따갑다. 너는 잠수복혹은 청바지에 스웨터 차림으로 걸어다니고, 옆에 있는 실크 보이는 한 손에는 담배를, 다른 손에는 작고 낡은 대마초 파이프를 들고 있다. 너희 옷에는 소금기 때문에 흰색 얼룩이 있다. 네가슴에는 아직도 얼음 결정이 생기고, 그는 예쁜 드레스를 입고섬세한 손목을 드러내며 너를 쫓아 고속도로와 모래 언덕을 건넌다. 너는 책들을 읽고 또 읽는다. 책장에는 잉크로 휘갈겨쓴글씨와 하트, 키스, 별, 달 등의 그림과 여백에 잉크로 쓴 주석—**축축한 키스, 소녀들, 수컷 해마, 미래**—이 빼곡하다.

실크 보이는 기억력이 나쁘고 치아가 나쁘다. 그는 캠핑장 화장실의 사진 현상액 속에 숨어 등록을 위해 잭슨빌로 가야 한다는 사실을 자꾸만 잊는다. 출발이 임박하지 않은 것처럼 수컷 해마 사진 작업을 멈추지 않는다. 너는 밖에서 담배 이천오백 대를 피우며 화장실 문 너머로 그에게 말을 건넨다. 분홍색 암실 조명 속에서 그는 행복하고, 나무 사이에 맨 빨랫줄에 사진을 걸기 위해 밖으로 나올 때는 환한 만족의 빛을 띤다. 사진에 담긴 피사체는 너, 대서양, 게, 불가사리, 핸드백, 그리고 해변에 밀려온 죽은 고양이 새끼 등이다.

실크 보이 넌 우리가 학교에 들어가기도 전에 그 책들을 닳도록 읽겠다.

밸러리 그냥 재미로 읽는 거야. 배우는 건 아무것도 없어.

실크 보이 난 초조해지면 어떻게 책을 읽어야 하는지 잊어버려. 해마에 관한 그 책도 일부분만 반복해서 읽어. 그러다 약간 흥분하면 집중하는 것도 잊어버리고, 그러면 단어들은 아무런 의미가 없어져.

밸러리 내가 계속 옆에 있을 거야.

실크 보이 하지만 네가 다 읽고 나면 책이 남아나지 않을 거고, 그러면 난 읽을 게 없겠지.

밸러리 가방은 다 쌌어?

실크 보이(바닷물 사진을 바라보며) 너 혼자 가, 밸러리.

밸러리 왜?

실크 보이 네가 가서 서류를 받고 이런저런 일을 처리하는 게 나아. 난 불안해져서 말을 더듬고 서류를 뒤죽박죽 잘못 쓰고 말 거야. 그럼 우리 정체가 탄로나겠지. 그리고 우린 돈이 더 필요하잖아.

밸러리 네가 개자식을 사랑하는 것 같다는 생각이 들 때가 있어.

실크 보이 일을 망칠까봐 무서울 뿐이야.

밸러리 두려울 건 하나도 없어.

실크 보이 비온디가 어제 플라밍고 한 마리를 차로 들이받았어. 집에 돌아가서 보니 차에 피가 묻었더라. 나도 여기에 있기 싫어.

밸러리 어리석은 귀염둥이.

한쪽 어깨에 문어 한 마리를 걸친 소년이 이에 립스틱이 묻은 채로 문가에 서 있다. 실크처럼 부드럽고 가망 없는, 50년대의 소년. 해변에 여름비가 주룩주룩 내린다. 미스터 비온디의 일광 욕실을 떠난 뒤 새로 문을 따고 들어간 조그만 트레일러 위에 도. 너희는 여행에 필요한 물건들을 함께 정리한다. 메모가 적 힌 누렇게 바래고 잉크로 얼룩진 종이, 책, 그리고 그의 얼굴을 도려낸 사진들. 너는 머나먼 곳의 해변에서 캠핑 트레일러에 사 는 창녀 두 명에 대한 이야기를 썼고, 실크 보이는 담배 연기 속 으로 웃음을 터트린다. 밖에서는 거친 바다가 맹렬히 요동친다. 그 이야기 속에서 캠핑장 창녀들은 상어들과 맞서 싸운다. 그가 페이지를 넘길 때 그 작은 손 위로 햇빛 반점들이 부드럽게 움 직인다. 그의 입에서 나는 약의 맛과 눈의 맛.

실크 보이 이 얘긴 어떻게 끝나?

밸러리 상어들의 몸이 사격의 표적이 돼.

실크 보이 우리 이야기는 어떻게 끝나?

밸러리 해피엔딩이지.

실크 보이 넌 떠나지 않아?

밸러리 너 없이는 아무데도 안 가. 내가 글 읽어주면 좋아?

실크 보이 난 네가 진정한 작가라고 생각해. 넌 미국 대통령이
될 거야.

밸러리 그리고 너는 대통령의 아내가 되겠지. 가장 아름다운 영
부인.

실크 보이 난 그냥 평범한 캠핑장 창녀야.

밸러리 미국에서 가장 다정한 캠핑장 창녀지.

네가 버스로 걸어갈 때 그는 잠들어 있다. 주머니엔 돈이 가득하고 학교와 낯선 도시를 몹시 싫어하는 몸 파는 작은 소년. 너는 그의 따뜻한 손목에 입을 맞추고 짐을 챙긴다.

트레일러 밖에서 바닷새들이 끼룩끼룩 울고, 잠꼬대하는 그의 목소리는 어린아이 같다—아이스크림 더 먹기 싫어—상어는 안돼—안 돼, 상어는 이제 싫어—약속할게—착한 미스터 비온디에게 지저분한 마법의 노래 하나만 불러줘. 낡아빠진 눅눅한 매트리스 밖으로 그의 정강이가 빠져나와 있고(그의 정강이를 찍은 폴라로이드 사진이 수백 장이다) 그는 손으로 자지를 가리고 잔다.

실크 보이는 너무나 아름답다. 너무나 아름다운 그는 겁에 질렸고 무엇에도 얽매이지 않는다. 그는 가장 깊고 컴컴한 물에서 헤엄치기를 좋아한다. 해변에 경고 깃발이 날릴 때 헤엄치기를 좋아한다. 그는 매일 이상한 차 안에서 밤을 보내지만, 대학교 등록을 위해 북쪽으로 20여 마일을 가는 버스에는 탈 엄두를 내지 못한다. 오로지 너만이 너의 책으로, 학교로, 미래에 대한 믿음으로 그를 구할 수 있다.

엘름허스트정신병원, 1968년 8월 10일

닥터 루스 쿠퍼에게는 환자들과 무의미한 상담을 할 시간이 한없이 많은 것 같다. 결국 상담을 하는 편이 병동의 망가진 소녀들과 성인 여자들 사이를 돌아다니는 것보다 낫기는 하다. 닥터 쿠퍼와 두세 번 대화하고 난 뒤 너는 더이상 자신이 누구인지 기억하지 못한다. 너는 도러시, 서맨사, 코스모걸이고, 해변에서 살해된 수십만의 창녀들이다. 시리나, 모나, 재클린, 헤더, 다이앤, 엔젤레, 브렌다.

이봐요, 잠깐만, 닥터 쿠퍼. 당신이 사랑에 대해 뭘 알아?

커튼이 창문 밖으로 빨려나가 병원 콘크리트 벽에 날카롭게 부딪히며 펄럭인다. 머리를 말끔하게 매만진 닥터 쿠퍼는 자리에 앉아서 네가 울기를 기다리지만, 너는 울 이유가 없기에 울지 않는다. 뉴욕에 칠십 년 만에 가장 더운 여름이 왔다. 때는 1968년. 앤디 워홀은 죽어가고 코스모걸은 이제 없다. 5번가에서 아빠의 착한 딸들이 낙태와 피임약과 데이트 강간에 관한 우스꽝스러운 포스터를 들고 행진중이다. 씨받이 암말이 되는 조건, 좆을 빼는 조건을 스스로 정하겠다는 멍청한 요구. 실험실 쥐마저도 받아들이지 않을 여성 정치 의제. 아빠의 착한 딸들은 선언문을 크게 읽는다. 그들이 서로 입을 맞추고 자기들의 중산층 속옷을 불태우는 동안, 너는 남이 입던 옷을 입고 죽음을 갈망하며 음울하게 정신병원 복도를 배회할 따름이다.

끈질긴 요청과 애원 끝에 닥터 루스 쿠퍼는 네가 병동에서 네 옷을 입어도 좋다는 허가를 받아냈다. 레인코트가 아니라, 미러 렌즈가 달린 안경이 아니라, 네 원피스를. 네 가방은 여전히 압수 상태고, 선언문과 글을 쓴 노트들은 무기한으로 몰수되었다.

닥터 루스 쿠퍼 여기선 울어도 돼요. 여기서 무슨 말을 하든 밖으로 알려지지 않아요.
밸러리 앤디 워홀은 병원에서 죽는 척 연기하고 있는데, 난 죽고 싶은 마음이 전혀 없어요.
닥터 루스 쿠퍼 철저한 비밀 유지에 대해서라면 날 절대적으로 신뢰해도 좋아요. 당신이 병동에서 본인 옷을 입을 수 있도록 병원 운영진과 상의해서 허가도 받아냈잖아요.

밸러리 내 가방은? 계속 압수해둘 거래요?

닥터 루스 쿠퍼 개인 소지품은 병원을 나갈 때 전부 받게 될 겁니다.

밸러리 몰수가 안 풀린 거네. 읽을 만한 책은 전혀 없고, 멍청한 책 수레에 싣고 다니는 건 순 로맨스소설뿐이라고요.

닥터 루스 쿠퍼 내 생각에 당신은 『이상한 나라의 앨리스』를 읽어야 할 것 같아요.

밸러리 당연히 그러시겠지. 하지만 그건 내가 염두에 둔 책이 아니에요.

닥터 루스 쿠퍼 그래도 그 책을 읽었으면 해요. 내가 구해다줄게요. 내게 큰 의미가 있는 책이에요. 우린 비슷한 구석이 있어요. 둘 다 여성이고, 둘 다 심리학을 공부했죠.

밸러리 안 읽을래요.

닥터 루스 쿠퍼 당신은 재능이 출중해요, 밸러리.

밸러리 지루해요.

닥터 루스 쿠퍼 그 재능을 허비하지 마요. 원하는 건 뭐든 될 수 있어요.

밸러리 이 나라의 절반이 무릎을 꿇고서 날 막아요. 현관 매트 수백만 장이 내 바다 전망을 가려요. 자기만의 방이란 작동하지 않는 허구라고요.

닥터 루스 쿠퍼 나라의 절반과 현관 매트 수백만 장은 당신이 통제할 수 없어요.

밸러리 그럼 바깥 복도에서 기다리고 있는 저 사람들은?

닥터 루스 쿠퍼 그들은 내 책임이죠. 그리고 병원의 책임이기도 하고요.

밸러리 그렇다면 기다리는 사람들 전부 들어오라고 해야 할 것 같네요. 난 더 중요한 할일이 있어요.

닥터 루스 쿠퍼 상황은 변해요. 여성은 더이상 2등 시민의 삶을 받아들이지 않습니다.

밸러리 고맙군요. 나도 알아요. 머리가 텅 빈 바비 인형들이 떼를 지어 낙태와 피임약과 데이트 강간 운운하는 웃기는 포스터를 들고 5번가를 따라 행진하고 있죠. 그들이 데이트 강간에 찬성하는지 반대하는지도 기억이 안 나네요.

닥터 루스 쿠퍼 혼자 있으면 유토피아죠. 같은 생각을 가진 두 사람이 현실을 이루고요. 그 사람들은 당신의 선언문을 읽고 있을지도 몰라요.

밸러리 당연히 선언문을 읽겠죠. 그게 문제라고요. 서로 입을 맞추겠죠. 자기들이 입던 중산층 속옷을 태우겠죠. 지옥행 왕복 차표를 끊었겠죠.

닥터 루스 쿠퍼 다음에 만날 때는 읽을 만한 책을 갖다줄게요.

밸러리 꼭 그러세요, 미스 히긴스. 이 상담은 이제 끝났다고 봐도 될까요?

닥터 루스 쿠퍼 마지막 질문 하나만. 대학 학비는 매춘으로 벌었나요?

밸러리 제대로 맞히셨습니다, 의사 선생.

실험실 단지

브리스틀호텔, 1988년 4월 16일

서술자 박사 공부는 망쳐버린 거야?

밸러리 망치는 방법은 여러 가지가 있지……

서술자 망친 거야?

밸러리 머지않아 죽을 사람은 너야, 나야?

서술자 망친 거야?

밸러리 이 이야기를 서술하는 사람은 너야, 나야?

서술자 서술자는 나지.

밸러리 그럼 난 이 혼란스럽고 엉망진창인 글의 주제로군. 이
봐, 넌 진짜 서술자가 아니야.

서술자 내가 감상적인 바보일 뿐이라는 거 알아. 하지만 여기서
관심을 가진 서술자는 나밖에 없으니 넌 내 질문에 답해야 할
거야.

(침묵)

서술자 박사 공부를 망쳐버린 거야?

밸러리 아마도 내가 늘 각본 내용을 잘 파악하지 못해서 그렇게 되었다고 봐야겠지. 난 항상 대사를 까먹었거든.

4월은 파멸을 향해 나아간다. 텐더로인에서 잠들 때마다 너는 다시 깨어나지 못하리라 생각하지만 매번 깨어나고, 지금은 여전히 가장 잔인한 달이다. 너는 거대한 괴물들이 대형 텔레비전들 안에서 화면 밖 방으로 팔을 뻗는 꿈을 꾼다. 잠에서 깨면 어떤 이름도 생각나지 않는데다 포유류 괴물들이 암컷이었는지 수컷이었는지도 기억할 수 없지만, 꿈속에서 모두가 텔레비전 출연을 위해 얼굴에 분을 바르고 늑대 분장을 했다. 꿈속에서 너는 살해당한 젊은 창녀들이 널린 들판을 힘겹게 헤치고 나아간다. 여자는 나뭇잎과 흙으로 덮여 있었다. 여자는 교회 뒤에서 목이 졸린 채 누워 있었다. 창녀의 손님은 여성용 자전거를 타고 도망쳤다. 여자는 지하실 창고에서 살해된 채 발견되었다. 여자는 메디슨스퀘어파크에서 목이 졸린 채 발견되었다. 여자는 1982년 9월에 강간 및 살인 희생자가 되었다. 여자는 철거 현장에서 발견되었다. 여자는 6월에 거리에서 사라졌다. 여자는 핑크플라밍고호텔 객실에서 질식사했다.

하지만 숨결도 닿을 만한 거리에 예전에 너의 자매였던 듯한 소년이 있고, 귀퉁이가 접힌 폴라로이드 사진에는 삐죽삐죽한 구름이 모래사장 위를 천천히 흘러가는 풍경이 담겨 있으며, 네 서핑보드 아래로 거대한 파도가 박동한다.

실크 보이 안녕, 밸러리.

밸러리 거기서 뭐하는 거야?

실크 보이 그 괴짜들은 귀족이래. 냉정한 백상어 때문이었어. 해변을 휩쓴 싸늘한 숨결 말이야. 밤이었고 사방이 고요했지. 해안 저멀리 그 백상어만 있었어. 죽은 범고래 기억나? 몸에 커다란 검은 상처가 많았지. 해변에 피 냄새가 진동했고. 미스터 비온디는 길에서 동물들을 일부러 차로 깔아뭉갰어.

밸러리 넌 그뒤에 조그만 콤팩트파우더에 얼굴을 묻고 울었잖아. 상어들에게 사적인 감정은 없어. 사적 복수를 하려는 게 아니라고. 그냥 무차별적으로 죽이는 거야. 그걸 가지고 슬퍼할 이유는 없어. 언젠가 꿈속에서 나는 나치에게 강간을 당하는 유대인 여자였는데, 그런 꿈은 언제나 근사했어.

실크 보이 내가 널 도울 수 있으면 좋겠다.

밸러리 작은 울보 아기. 작은 상어……

실크 보이 넌 인생을 망쳐버렸구나.

밸러리 난 약에 취하는 걸 좋아했어. 나는 패러다임을 받아들이지 않았어.

실크 보이 하지만 다 망했잖아, 밸러리.

밸러리(은색 코트를 열어젖힌다. 방안은 덥고 끈적하며 코트에서 병
증의 악취가 올라온다) 원한다면 나랑 섹스해도 좋아. 씹 한
번에 5달러, 빨아줄 땐 3달러, 주물러줄 땐 1달러.

실크 보이 너한테서 죽음의 악취가 나, 밸러리. 죽은 범고래, 죽
은 상어 아가씨들의 냄새. 내가 도와줄 테니 코트를 여미자.

밸러리 고약한 호모 자식 같으니……

앨리게이터리프, 1956년 가을
미국의 인공위성이 플로리다 상공에서 폭발했다

앨리게이터리프로 돌아가니 트레일러는 텅 비어 있다. 너는 숙소, 수업 관련 서류, 등록 등의 일 처리―모든 것이자 아무것도 아닌 일들―때문에 너무 오래 떠나 있었다. 수업은 이미 시작되었고 학생 기숙사의 시간은 쏜살같이 흘렀으며 그러는 동안에도 너는 늘 그를 데리러 갈 생각을 했다. 마침내 캠핑장에서 미시즈 콕스가 엽서를 보냈다. 발견 당시 그 아이 몸은 물과 약으로 가득했어. 익사, 혹은 약물 관련 사고. 내가 영안실에 가서 신원을 확인했다. 사람들은 그애가 어떤 손님들한테 강간을 당했다고, 네 남동생이 아니라고 하더라. 실크 보이든 남동생이든, 그건 중요하지 않아. 그애는 네가 대학에 입학하게 되었다고 얼마나 좋아했는지 모른다. 항상 손에 그 작은 가방을 들고 행복해했지. 책들을 처음부터 끝까지 얼마나 많이 읽었는지 책장이 떨어져나갈 지경이었어. 날마다 버스정류장에 앉아서 네가 돌아오기를 기다렸단다. 왜 오지 않은 거니?

　네가 주변의 모든 것을 때려 부수려고 하자 미시즈 콕스가 네 손을 잡는다. 너를 위해 아이스크림과 햄버거를 가져오고 돈과 대마초를 준다. 캠핑장에서 구운 고기 냄새와 땀에 찌든 나이든 남자 냄새가 나고, 해안 위로는 구름이 터무니없이 낮게 떠 있다. 노트, 옷, 사진 따위의 네 물건은 다 없어졌고 비온디의 별장도 비어 있다. 낯선 사람들이 그의 정원에서 자고 있고 일광욕실의 창문도 없어졌다. 문들이 바람에 쾅쾅 부딪힌다. 미스터 비온디가 어디로 갔는지는 아무도 모른다. 너는 캠핑장에서 그가 돌아오기를 기다리지만 그는 오지 않는다. 너는 해변에 나가 바다에 대고 고함을 지르고, 이젠 땅에 묻어주는 사람이 없어서 모래 위에서 썩고 있는 바닷새들을 발로 걷어찬다. 젖어서 축 늘어진 흰 깃털, 쪼아 먹혀 없어진 눈, 버려진 시체들, 주변의 모든 것을 부수는 파도. 다시 한번 너는 혼자 버스를 타고 잭슨빌로 간다. 모아둔 두 사람의 대학 학비를 가방에 가득 넣고 돌아간 뒤, 학교에는 두 사람이 아니라 한 사람만 다니기로 했다고 알린다. 너는 그의 작은 더플백을 메고 기숙사로 돌아간다. 조그만 말린 해마 한 마리와 해질녘에 찍은 도러시의 사진을 창가에 올려두고 책을 읽기 시작한다.

　공원이 보이는 책상 앞에서 낮이나 밤이나 하염없이. 서리가 긴 창문, 전등 대신 촛불. 그래도 겨울엔 트레일러보다 따뜻하다. 바다도 없고 해변도 없이, 미국사와 대통령들과 세계 대전에 관한 책장만 끝없이 이어지는데, 책을 읽는 내내 물에 잠긴 실크 보이의 떨리는 물속 목소리가 너를 따라다닌다. 밸러리 진 솔래너스는 미국 대통령이 될 거야. 밸러리 진 솔래너스, 너는 나의 밤을 지키는 개야.

잭슨빌 칼리지, 플로리다주 잭슨빌
1958년 이른 여름, 이 년 후

햇빛을 듬뿍 받은 나무들, 흰 원피스와 불꽃놀이, 코르크 마개를 펑 하고 따는 소리, 햄버거. 네 손에는 잭슨빌 칼리지 졸업장이, 가방 안에는 메릴랜드대학교 장학증서가 있다. 공원을 즐겁게 걸어가는 학생들, 사위를 흠뻑 적시는 햇빛, 가족의 차를 타고 나타나는 부모들. 너는 커다란 참나무 아래에 앉아서 다른 여학생들에게 설교한다. 언제나 학생이어야 해. 주부가 되어선 안 돼. 남자의 똥이나 닦아주고 수음한 팬티를 빨아주진 마. 항상 공부해. 항상 글을 읽고 써. 최종 발언권을 남자들에게 넘기지 말고, 낯선 남자들이 너희 생각 속으로 억지로 들어오게 하지 마. 연구를 하고 교수가 되고 작가가 돼. 늘 정신을 바짝 차려. 절대로 마약에 손대지 마. 그들은 너의 농담과 카드 속임수에 웃고, 네가 그들의 돈을 따도 웃고, 희롱을 걸면 눈을 깜빡이며 마주본다. 모두가 너의 수상 실적에 감탄한다. 모든 여학생이 가족과 함께 하는 졸업 기념 식사에 너를 초대하고 싶어한다. 너는 가장 가난하고 부모는 전혀 안 보이고 잭슨빌의 누구보다 많은 장학금을 받았다. 그 번뜩이는 정신과 재빠른 기지로 모든 이의 빛을 가렸다. 교장인 하이어신스 수녀님은 너의 머리칼을 쓰다듬으며 미국 교육제도 안에서 네 빛나는 미래가 펼쳐질 거라고 예견했다.

나중에 너는 졸업장과 장학증서를 들고 공원을 걷는다. 행복과 가능성이 넘쳐흐른다. 어둡고 텅 빈 공원 풀밭에 샴페인병과 샌드위치 포장지가 나뒹군다. 가슴 가득 희망을 품고 걸으니 마음이 들뜬다. 너는 밤새 별이 가득한 하늘 아래 누워 미래를 상상한다. 실크 보이가 너와 함께 있다고, 풀밭에서 네 옆에 누운 그가 행복한 학생이자 마음 편한 장학금 수혜자이자 우주의 통치자라고 상상한다. 미스터 비온디와 앨리게이터리프가 물에 빠트려 죽인 희생자가 아니라. 어렵지 않았어, 실키. 경쟁조차 되지 않았다고, 겁쟁이야. 너도 잘해냈을 거야, 실리 보이.

잭슨빌 칼리지, 1958년 늦여름

나무 밑에서 담배를 피우고 풀밭과 건물들과 하늘을 바라보며 밤을 새우는 내내, 너는 입학 허가서를 비틀었다가 꽉 쥐었다가 이게 과연 진짜인가 의심도 해가며 거듭 읽어보지 않을 수 없다. 1936년 조지아주 벤터 출생 밸러리 진 솔래너스는 메릴랜드대학교 심리학과 대학원에 합격했습니다. 공중전화 부스 안쪽에 다시 물방울이 맺히고 학생 공원은 비와 황량함의 호수로 변했다. 다른 학생들은 아빠들이 와서 교외의 집으로 데려갔고 이곳에는 도러시가 있는 집으로 전화하려는 네 머리로 떨어지는 비만 남았다.

숯처럼 새까만 발신음이 모래 풍경을 가로질러 아련하게 울린다. 도러시가 전화를 받으려고 자랑스럽게 집안을 내달리는 동안 부엌의 공기와 열기를 가르며 울리는 그 발신음을 너는 잘 기억한다. 하지만 지금 사막은 대답하지 않고, 조그만 사막여우만이 벤터의 집 마당을 가로질러 잽싸게 달린다. 신호가 끊기고 바깥엔 비가 내릴 때, 너는 레드 모런의 품에 안겨 깊고 꿈 없는 잠에 빠진 도러시를 본다. 장미 벽지 아래의 침대에서 잠옷이 허리까지 끌려올라간 채 통통한 손으로 머리를 보호하듯 감싸고 잠든 도러시. 도러시의 음모는 까맣고 거칠고 막 교미를 마쳐 납작 눌렸으며, 두 사람 주위로 속옷의 고약한 냄새가 풍긴다. 벤터에서는 아무도 전화를 받지 않고 메릴랜드에서 온 입학 허가서의 단어들이 푸르고 흐릿한 안개 속으로 흩어지면서 외로움의 강물이 너를 집어삼킨다.

실크 보이에게 전화로 자부심과 밝은 전망에 열렬히 들떠 있다고 말하려는 것은 바다에 전화하려는 것과 같다. 아무리 오래 기다려도 받는 사람은 없고 어마어마한 물과 물에 잠긴 소리들, 그리고 그가 없이 흐르는 바다 같은 시간만 있을 뿐. 잿빛 비의 커튼이 전화 부스 밖에 드리우고 저멀리 우산을 쓰고 걷는 사람들이 있다. 학생 생활 구역은 어둡고 바람이 거세다. 너는 자전거를 타고 푸른 모래 해변으로 내려가 너른 물과 무정한 하늘에 대고 말한다. 오직 해피엔딩만 있어. 열린 기회만 있어. 실크 보이들, 사기꾼 소년들, 놀잇감 소년들, 대학 교육의 기회, 빈곤 장학금이 있어. 새들의 돌진, 희망의 돌진, 권력 체계의 돌진. 오직 밸러리 진 솔래너스만이 미국 대통령이 될 거야. 빗소리, 파도, 물속, 추위, 가슴에 얹힌 반투명의 묵직함, 입안에 감도는 짠맛, 해변을 휩쓰는 백상어의 차가운 숨결.

밸러리 나 대학원에 합격했어.

— (따릉 - 따릉) —

밸러리 심리학을 공부할 거야. 이제부터 심리학을 공부해서 왜 사방에 상어들만 득시글거리는지 알아낼 거야…… **축하해, 밸러리, 네가 해낼 줄 알았어**…… 정말 고마워, 하지만 별것 아니야…… **축하, 축하, 축하, 우리 심리학자 아가씨**…… 겸허히 감사드려요, 실키, 하지만 별것 아니에요…… **밸러리 솔래너스 만세!** 고마워, 고마워, 하지만 이제 그만.

— (따릉 - 따릉) —

밸러리 넌 내가 학교에 가야 한다고 항상 말했지. 넌 내가 미국 대통령이 될 거라고 했어. 넌 지금 어디에 있니?

— (따릉 - 따릉) —

밸러리 넌 바닷속에 있지, 바닷속에 있고 싶어하니까.

— (따릉 - 따릉) —

밸러리 넌 내가 수정구슬로 점을 치듯 모든 걸 볼 수 있다고 했지…… 지금 네가 보여…… 검푸른 어둠 속에 소용돌이치는 빛…… 물에 잠긴 너의 웃음…… 아이 같은 네 미소…… 넌 잭슨빌에 오지 않았어……

— (따릉 - 따릉) —

밸러리 이제 끊어야겠다. 학교에 갈 준비를 해야 해. 미스터 프

로이트의 책을 비롯해 닥치는 대로 찾아 읽을 거야. 거기에
가면 안경을 써야 할까?

―(따릉 ‐ 따릉)―

밸러리 아니다, 네가 그걸 알 순 없겠지, 우리 해마 과학자님은.
해마 과학자는 땅 위가 아니라 바닷속에서만 일하고, 바닷속
에서는 키클롭스의 외눈이 필요하지 안경은 필요 없을 테니
까. 너희 해마 과학자들은 다들 땅에서 살기가 싫어서 바닷속
에서 일하지…… 안녕……

―(따릉 ‐ 따릉)―

밸러리 밸러리가 축축한 키스를 보낸다……

―(따릉 ‐ 따릉)―

엘름허스트정신병원, 1968년 9월 8일

전미여성기구가 애틀랜틱시티에서 열리는 미스 아메리카 대회 규탄 시위를 벌인다. 올림피아프레스는 『SCUM 선언문』을 출간한다

이제부터 환자들은 더이상 자유로이 전화를 사용할 수 없지만, 새로 입원한 환자들을 제외하고 모두가 일주일에 한 번씩 전화를 받을 수는 있다. 너는 모리스에게서 걸려온 전화를 받는다. 모리스는 네게서 모든 것을 앗아간 자이기에 그의 전화를 선택한다는 것은 있을 수 없는 일이지만, 다른 전화는 모두 기자들에게서 온 것이고 벤터에서는 아직도 전화가 없을뿐더러 코스모걸과 지하세계로부터도 전혀 소식이 없다.

병원 직원이, 더 정확히 말하자면 닥터 루스 쿠퍼가 〈SCUM

선언문〉의 올림피아프레스 판본을 구해 며칠간 오후 상담 시간에 네가 살펴볼 수 있게 해주었다. 책의 서문에서 모리스는 이것이 폭력의 연구라고 썼고, 후기에서 폴 크래스너는 제 궁둥이에 대한 언급을 비롯해 다른 무관한 말들을 써놓았다. 당신은 내가 쓴 글을 좋아한다고 말했지. 당신은 선언문이 현 세상에 대한 탁월한 분석이라고 말했어. 당신은 내가 예술가처럼 말한다고, 독창적이라고, 재미있는 사람이라고 말했지만, 이젠 다 상관없어. 당신은 내가 아니라 벽에 대고 말하고 있었던 거야.

모리스는 책 앞표지에 너의 사진을 싣고 뒤표지에는 총격 후의 신문 기사 제목을 골라 넣었다. '사경을 헤매는 앤디 워홀.'

모리스 밸러리, 안녕? 기분이 어때요?

밸러리 이보다 더 좋을 순 없지.

모리스 당신을 생각하고 있었어요.

밸러리 난 당신을 생각하고 있었는데.

모리스 지금 어디쯤에 있어요?

밸러리 백악관에. 워싱턴 말이야.

모리스 어느 병원이냐는 말이에요. 뉴욕에 있는 병원인가요?

밸러리 워싱턴, 포주와 불알 합중국.

모리스 내가 도울 만한 일이 있을까요?

밸러리 선언문 책들을 전부 회수하고 서문과 후기와 가짜 분석과 엉터리 해설을 모조리 잘라내면 돼. 불필요한 단어들, 쉽게 말해 애초에 내가 쓰지 않은 모든 단어를 덜어내면 돼.

모리스 모두가 선언문을 삽니다. 당신은 유명해지고 있어요, 밸러리.

밸러리 빌어먹을 첼시호텔 로비에서 온종일 기다렸는데 당신은 오지 않았어.

모리스 그 사람이 깨어난 건 당신에게 행운이에요.

밸러리 모리스 당신이 유명해지겠지. 그 조그만 똥구멍이 스포트라이트를 받아 번들거리겠지. 당신과 앤디와 당신들의 소위 교양층 문화 말이야. 자지 빨기에 관한 책들. 엉덩이 까기에 관한 영화들. 위대한 예술. 환상적이야. 정말이지 축하를 안 할 수가 없네.

모리스 그 선언문을 믿어요. 당신을 믿어요. 문제는 당신이 너무 똑똑해서 탈이라는 거지.

밸러리 의사 면허까지 있나봐? 정신과의사라도 돼? 여기에선 누구나 다 의사인가봐. 아주 유용하고 아주 유쾌해. 아침에도 정오에도 밤에도 진단이 나와. 진짜로 고맙네. 누군가는 정신이 온전하다는 말을 들으니 아주 반가워. 어쨌거나, 모리스. 이제 내가 빠져줬으니 당신 사정은 훨씬 좋아질 거야.

모리스 판매는 잘되고 있습니다. 이제, 드디어 당신 글을 읽는 사람들이 있어요. 우린 넓은 사무실로 이사할 겁니다. 당신을 돕고 싶어요. 당신이 망하는 걸 보고 싶지 않아요.

밸러리 이젠 전화를 끊어야겠어. 대통령과 오후 회의가 있거든. 썹 한 번에 20달러, 빨아줄 땐 10달러, 주물러줄 땐 2달러야.

모리스 좀 혼란스러운가봐요, 밸러리.

밸러리 머리가 이보다 더 맑았던 적이 없어. 기분이 이보다 더 좋았던 적도 없고. 다음에 오입질하고 돌아다닐 땐 엉덩이를 조심하라고. 내가 기다린 사람은 당신이었어. 오후 내내. 당신이 첼시호텔에 나타나지 않아서 팩토리로 간 거야. 그 무렵엔 기다림이 꽤 지겹더라고. 하지만 목표 대상이 누구였는지, 목표 대상의 배역을 누가 맡았는지는 중요하지 않아. SCUM이 당신들 엉덩이를 뒤쫓으면 재빨리 대처해야 할 거야.

모리스 협박으로 받아들일까요, 밸러리?

밸러리 꼴리는 대로 받아들여. 난 죽을 때까지 여기에 있겠지. 당신은 부자가 될 거야, 모리스. 대단히 감사하지 않네요.

(전화 끊김)

메릴랜드대학교, 워싱턴 칼리지파크, 1958년 8월

메릴랜드대학교에 처음 등교한 날, 죽음은 아직 해상으로나 육상으로나 멀리 떨어진 불특정 거리에 존재한다. 교정에는 신입생들이 넘쳐난다. 너는 시버실험실 밖에 있는 심리학연구소 근처에 앉아, 안으로 들어갈 시간이 될 때까지 담배를 피우며 기다린다. 무슨 일이 일어나든 네 옷차림과 준비 상태와 너라는 사람 자체가 상황과 맞지 않으리라 추측한다. 네 주변에서는 전쟁의 냄새가 난다. 응급 사태, 포위, 그리고 더 축축하고 더 위험한 다른 어떤 것의 냄새. 매춘, 죽은 바닷새, 그리고 소용돌이치는 외로움. 몸을 얼마나 자주 씻든, 사타구니를 얼마나 자주 비누로 닦든 상관없이, 혹독한 환경과 햇볕에 갈라진 자동차 시트 냄새는 영원히 네 살갗에 남을 것이다. 하지만 나무 사이로 하늘이 살짝살짝 보이고, 너는 이미 지그문트 프로이트, 브뤼

케, 말러, 아들러, 호나이, 슈테켈 같은 심리학자들의 책을 가능한 한 찾아 읽었다. 잭슨빌 칼리지의 하이어신스 수녀님이 제아무리 엄격하고 기대가 드높다 해도, 지금 깔끔하게 다린 옷을 차려입고 교정에 있는 네 모습을 보면 흡족해할 것이다. 수녀님이 유니버시티파크를 보면 네가 너무나 자랑스러워 얼굴이 환해질 것이다. 거긴 그냥 건물이 모인 곳일 뿐이라는 걸 기억해, 밸러리. 단지 건물이고, 책이고, 피와 눈물로 이루어진 사람일 뿐이야. 두려워할 이유가 없어. 학교에서 읽으라고 하는 책은 전부 두 번 이상 읽어. 교수들에게 질문하지 마. 겁이 나도 절대로 내색하지 마. 이방인처럼 행동해선 안 돼. 사람들이 너에 대해 필요 이상으로 많이 알도록 하지 마. 속내를 터놓을 수 있는 사람, 네 친구가 될 여학생을 찾아.

로버트 브러시 교수는 1학년 강의를 좋아한다. 눈부시게 흰 셔츠를 입고 유행하는 검은 테 안경을 쓴 채로 강단 옆에서 뽐내며 왔다갔다하는 그의 얼굴은 기쁨과 선의로 빛나는 고압 전등 같고 미국 교육제도에 대한 그의 믿음은 한계가 없다.

메릴랜드대학교 심리학과의 1958년도 신입생 여러분, 미국 전역에서 오신 용감무쌍한 젊은 지식인들을 자랑스럽게 환영합니다. 특히, 비록 적은 수지만, 여학생들에게도 따뜻한 환영의 뜻을 전합니다. 우리 학과는 여러분을 특히 환대하니 이곳에서 주저 없이 제자리를 찾아 필요한 모든 것을 활용해 정신 고양에 힘쓰시기 바랍니다. 오늘날 미국의 교육제도는 모두에게 열려 있고, 우리는 다 함께 새로운 전환에 동참하고 있습니다. 새로운 시대. 미래. 저는 여러분 모두가 환대받는다고 느끼기를 바랍니다. 그리고 국가 장학금을 받는 학생들에게도 우리 메릴랜드대학교에 아주 잘 왔다고 특별히 진심을 담아 말씀드리고 싶습니다. 여러분을 이곳에 모시게 되어 정말로 영광입니다. 이는 각자의 배경과 무관하게 모두가 감사해야 할 문명을 향한 진일보를 의미합니다.

창밖의 나무들은 금박으로 장식된 것 같다. 갈색 포장지로 표지를 싼 값비싼 심리학 서적을 가방 안에 지닌 채로, 너는 대학 당국이 어마어마한 실수를 저질렀으며 그 사실이 곧 밝혀지리라는 생각에 사로잡혀 있다. 너의 몸은 탈출 계획을 장착한 채 끊임없이 전쟁 경보를 받는다. 미스 솔래너스, 행정상 실수였다는 건 당연히 아실 겁니다. 본인이 이 학교에 입학할 수 있을 거라고 기대했을 리는 없겠지요. 우편실에서 착오가 있었다는 점을 부디 양해해주길 바랍니다. 탈출 계획은 바로 이것이다. S로 시작하는 학생들의 이름이 전부 불리고 나면 너는 건물을 몰래 빠져나가ー너는 강의실 뒤쪽의 비상 탈출구에서 가장 가까운 자리에 앉았다ー다시는 뒤돌아보지 않을 것이다. 노동 계층 여학생 퇴장, 밸러리 솔래너스 퇴장.

사람들은 미국 전역에 미래의 바람이 불고 있다고 말한다. 나중에 너는 가정환경 때문에 장학금을 받는 여학생들의 강의 시간표가 다 같다는 사실을 알게 된다. 그들은 몇 명 되진 않지만 거기에 있다. 출석을 부르는 소리가 계속 이어지고, 여러 이름이 뇌우나 폭발하는 석양처럼 네 머리를 스쳐지나간다. 샘 애보츠웨이? 해리 바텀리? 아서 조스버리? 잭 맥도널? 디노 록? 네, 교수님.

네, 교수님. 네, 교수님. 네, 교수님. 마침내 너의 이름이 불릴 때 너는 자리에서 벌떡 일어선다. 네, 교수님.

로버트 브러시 교수 국가 장학생?

밸러리 네.

로버트 브러시 교수 전체 장학금인가, 부분 장학금인가?

밸러리 전체 장학금입니다.

로버트 브러시 교수 메릴랜드대학교 입학을 환영하네, 미스 솔래너스. 미국 교육제도에 들어온 것도 진심으로 환영해.

밸러리 정말로 감사합니다. 이 학교에 다니게 되어 무척 기쁩니다. 열심히 공부하겠습니다, 약속드립니다.

흰 장갑을 낀 손이 감사 연설을 방해하며 너를 잡아당겨 자리에 앉힌다. 낯선 이의 목소리, 굽 높은 흰 부츠, 학생처럼 보이지 않는 여자, 속옷 차림으로 밖에 나온 듯한 여자. 비싼 색안경, 유혹적인 향기와 리듬, 미소, 모두가 들을 수 있게 속삭이는 태도, 책상 밑에 넣은 손에서 타고 있는 담배. 너는 네 이름이 불리는지에만 너무 집중한 나머지 복도에서 그녀의 하이힐이 또각거리다 멈춘 사실을 알아차리지 못했다. 구름처럼 피어나는 담배 연기, 향수 냄새, 금색 머리칼이 문가에 나타난 것을 보지도 못했다. 너는 로버트 브러시에게 몰두한 나머지 이 낯선 이의 깊고 검은 시선이 1학년 학생들 위를 레이더처럼 훑다가 강의실 뒤쪽 비상구 바로 옆에 있는 네게서 멈추는 것을 알아차리지 못했고, 그녀가 줄지어 앉은 학생들 옆을 걸어와 네 옆에 앉는 모습도 보지 못했다. 여자는 네 손목을 놓지 않는다. 따뜻하고 달콤한 숨결에서 맥주 냄새가 난다.

코스모걸 저들한테 고마워할 필요 없어. 규칙 1번. 절대로 무릎을 꿇지 않는다. 적어도 사람들이 있는 데서는, 그리고 네게 전혀 득이 되지 않을 때는. 넌 고마워할 이유가 전혀 없어. 네가 그 똑똑한 발을 이곳에 들여놓은 걸 저들이 기뻐해야지. 담배 피울래?

밸러리 이 안에서 담배를 피워도 돼?

코스모걸 더 적절한 질문은 이거야. 이 안에서 생각을 할 수 있어? 담배 피워, 안 피워?

밸러리 그래, 줘.

코스모걸 코스모걸이야. 앤 던컨이라고도 하지.

밸러리 이제 조용히 해.

코스모걸 밸러리?

밸러리 그래.

코스모걸 솔래너스?

밸러리 맞아.

코스모걸 여기서 뭘 하는 거야?

밸러리 쉿.

코스모걸 넌 여기서 뭘 하는 거야?

밸러리 난 심리학 교수가 될 거야.

코스모걸은 발언을 요청받기도 전에 손을 들어 로버트 브러시 교수의 강의를 중단시킨다. 코스모걸은 일어서서 책상 아래에 숨긴 담배를 살살 흔들며 원피스 옆으로 피어오르는 가느다란 연기 기둥으로 담배의 소재를 알린다.

코스모걸 사형제 폐지에 찬성하시나요?

로버트 브러시 교수 우리 학과에서는 정치적 입장을 내세우지 않는다네.

코스모걸 학과가 어떻게 생각하는지가 아니라 교수님이 어떻게 생각하는지 물은 거예요. 거기 그 강단에 선 교수님만의 생각 말입니다.

로버트 브러시 교수 개인적으로 나는 사형제에 찬성도, 반대도 하지 않아, 자네도 이미 알다시피.

코스모걸 국가의 학자금 지원을 거부하는 학생들에 대해서는요?

로버트 브러시 교수 음, 그건 우리가 관여할 문제가 아니라네. 학생들은 자기가 선택한 바대로 행동할 수 있으니까. 훔친 물건이나 조직범죄나 매춘으로 학자금을 낸다 해도 우리는 신경 쓰지 않아.

코스모걸 실험실 단지에서 일어나는 강간 사건들은요?

로버트 브러시 교수 당연히 조치를 취할 걸세. 우리 여학생들의 안전은 매우 중요하니까.

코스모걸 알겠습니다.

로버트 브러시 교수 내가 조언을 좀 한다면 말일세, 앤 던컨—

코스모걸 코스모걸이에요.

로버트 브러시 교수 네가 늘 이야기하는 문제들의 개선을 위해 노력하는 학내 단체나 동아리에서 활동해보게나. 오늘 이 자리는 신입생들을 환영하는 자리야.

코스모걸 그럼 성별에 따른 장학금과 연구 지원금 배분에 대해서는요?

로버트 브러시 교수 기준은 지식과 분석력일세. 성별이 아니라.

코스모걸 세미나에 참석할 때 원피스를 입어야 한다는 조건은요?

로버트 브러시 교수 새로운 시대가 오고 있어, 미스 던컨. 그건 장담할 수 있네. 미래의 바람이 이미 이곳으로 불어왔어.

코스모걸 욕망의 제도 안에서 여성의 자리는요?

로버트 브러시 교수 미스 던컨, 그 이야기는 다른 날 하기로 하지. 오늘은 신입생을 환영하는 날이야.

초기의 코스모걸, 어느 이른 아침에 강의실에 나타난 초기의 코스모걸은 이런 사람이다. 코스모걸이 고개를 돌려 달콤하고 자신만만한 빛이 차오르는 눈빛으로 너를 볼 때 강의실은 활활 타올라 불타는 수선화 들판이 된다. 너는 책과 서류와 미래와 과학으로 이루어진 가장 아름다운 건물에 와 있고, 코스모걸은 너의 눈을 응시하며, 산들바람은 너의 등교용 파란 원피스 밑에서 다시 방향을 바꾼다.

코스모걸 그 담배는 피울 거야, 그냥 들고만 있을 거야?

밸러리 밖에서.

코스모걸 당황하니까 귀엽네. 어디에서 왔어?

밸러리 사막에서.

브리스틀호텔, 1988년 4월 17일
알래스카 해안에 좌초한 고래 두 마리를 구조하기 위해 소련과 미국이 힘을 합친다

낮인지 밤인지 가늠할 수 없지만, 바깥에서는 하늘이 불타오르고 새들이 검은 구름처럼 건물 위를 떼 지어 날아다닌다. 해질녘이든 동틀녘이든 대재앙이든, 메이슨 스트리트에 있는 그 방에서는 전혀 상관이 없다. 너의 내장이 다시 용틀임하고, 썩은 살덩이가 팬티 안으로 흘러나온 듯한 냄새가 난다. 몇 시간쯤 전에 누군가 이곳에 다녀갔고, 지금 너에게는 몇 달러의 돈과 샌드위치 반쪽이 남아 있다. 필라델피아로 돌아간다는 말을 입에 달고 살던 그 남자였을까. 아니면, 언젠가 손님들은 목을 조른 밧줄 자국으로 너를 항상 알아본다고 말했던 사람일 수도 있다. 너는 오래전 네가 사랑한 누군가가 옆에 있어주기를 소망한다. 코스모걸이 그립지만 남은 것은 혼란스럽고 의미 없는 기억뿐이다.

코스모?

코스모는 없고, 이제는 하찮은 기억과 낯선 이들의 목소리, 낯선 이들의 손, 수많은 장소 사이로 팽팽하게 당겨진 너의 피부. 춥고 텁수룩한 외투 차림의 군중 등이 피에 젖은 장막처럼 주위에 드리운다. 언제나 눈이 있다. 눈은 나무 위에서, 60년대 위에서 반짝거리고 한시도 쉬지 않고 내린다. 그때를 떠올리면 교정에는 항상 눈이 있다.

너는 이스트빌리지에 있는 호화로운 최상층 아파트에 살던 상어가 자꾸만 생각난다. 침실에 갖다놓은 세기말의 전기의자에서 사형 집행을 재현하도록 도와달라던 그는 역할 바꾸기를 좋아했다. 희생자, 살인자, 사형수, 사형 집행인. 죽음의 순간에 격렬하게 사정했고 끝난 뒤에는 늘 어이없는 금액을 건넸다. 너는 네 입에 들어온 다른 뻣뻣한 자지들을 기억한다. 네 손바닥에 놓인 물컹하고 더러운 고깃덩이, 앙상한 손가락, 육중하고 끈적끈적한 몸, 비싼 양복, 혀, 역겨운 애프터셰이브, 침, 정액, 눈물, 침을 질질 흘리는 축축한 키스를, 입으로 변장한 그 모든 하수통을 기억한다. 너는 언제나 루이스가 거리에 나타날까봐, 네가 그를 알아보지 못할까봐 두려움에 떨었다. 그래서 노란 포드 자동차를 탄 남자들은 고르지 않았고 금발 남자들을 꺼려했으며 이름이 루이스인 남자는 절대로 받지 않았다.

네가 얼마나 많은 상어를 만났는지는, 얼마나 여러 번 지하세계로 내려갔는지는 중요하지 않다. 이제 너는 스러지는, 줄줄 흐르는, 피 흘리는 의식에 지나지 않으며, 유일한 바람은 다시 코스모의 손을 맞잡는 것뿐이다. 네가 기억하기에 너무 어렸던 때 일어난 전쟁과 푸른빛의 연구 도서관을 희미하게 떠올린다. 주위에서 무너지던 과학의 썩은 벽들을, 처형당한 미국 여성들의 목록을, 실험실 단지에 내리던 마지막 눈을 기억한다.

코스모?

코스모?

코스모가 칵테일 한 잔을 들고 창가에 앉아 잡지 몇 권을 휙휙 넘긴다. 제목은 알아볼 수 없지만 아마도 처형에 관한 기사들일 것이다. 코스모는 오로지 처형에 관한 글만 읽고, 매일 밤 입안 가득 검은 개미들을 담고 몸이 물속에 잠긴 채로 깨어나며, 미국 정부가 칼리지파크에 있는 학생 기숙사들에 가스를 뿌리고 있다고 믿는다. 코스모는 술잔에 대고 웅얼웅얼 속삭인다…… 잘 가, 실레나 길모어…… 잘 가, 얼 데니슨…… 잘 가, 론다 벨마틴…… 잘 가, 이바 두건…… 잘 가, 에설 주아니타 스피넬리…… 잘

가, 루이즈 피트…… 잘 가, 바버라 그레이엄…… 잘 가, 마리 포터……
잘 가, 줄리아 무어…… 잘 가, 마리 홈스…… 잘 가, 밀드러드 존슨……
잘 가, 메리 파머…… 잘 가, 에설 로젠버그…… 잘 가, 로재나 필립
스…… 잘 가, 베시 메이 스미스…… 잘 가, 베티 버틀러……

밸러리 뭘 마시는 거야?

코스모걸 살구 칵테일.

밸러리 뭘 읽어?

코스모걸 미국 정부의 비용으로 치뤄진 무의미한 작별들. 이제
는 이 세계에 속하지 않는 국민들.

밸러리 코스모, 1972년에 대법원이 사형에 대해 헌법 불합치
판결을 내린 사실을 알아? 네가 정말 행복해했을 텐데.

코스모걸 난 행복하지 않아. 나의 엘리자베스가 샌퀜틴교도소
에서 잠들어가고 있어. 캘리포니아대법원은 꿈쩍도 하지 않
을 거야. 주황색 수인복은 죽음을 의미해. 사형 집행실에서
사형수들은 마지막 순간까지 대통령의 전화를 기다려. 티오
펜탈은 혈압을 낮추고 잠을 유도하지. 브롬화판큐로늄은 근
육을 마비시켜 호흡을 멈추고, 마지막으로 염화칼륨이 심정
지를 일으켜.

밸러리 하지만 1976년에는 사형이 다시 헌법과 합치한다는 판
결이 나왔어. 그때 네가 옆에 없어서 해가 가려진 느낌이 들
었어.

코스모걸 난 행복했던 적이 없어. 매일 밤 엘리자베스는 전기의

자에 앉은 에설 로젠버그가 나오는 꿈을 꿔. 10월 9일 아침에 흰 수인복을 입은 로젠버그는 사형수 감방에서 사형 집행실로 걸어가. 법무부 장관과 주지사의 전화가 걸려왔지. 그 여자를 죽여. 그 암캐를 죽이란 말이야. 로젠버그의 팔에 캐뉼러가 끼워졌어. 그녀의 영혼을 위한 정부의 기도가 있었지. 흰옷, 고무장갑, 카테터, 기저귀, 약물, 간호사, 목사. 사형 집행이 끝났을 때 엘리자베스는 흰옷을 입은 채 침대에 남겨져 있어. 지금 엘리자베스는 사막에 있지. 비키니를 입었고, 꼬마 프랭키와 내가 어디로 갔는지 모르겠다며 울어. 의사들이 그녀가 사망했다고 선언하고 사람들은 망자의 영혼을 위해 기도하지. 그런 다음 미국 정부는 커튼을 닫아.

밸러리 난 항상 네 생각을 해.

코스모걸 그리고 내 뇌는 무고한 사람들이 끊임없이 처형되는 전기의자야.

메릴랜드대학교, 1958년 10월

코스모는 통굽 신발을 끌면서 각종 실험실로 너를 안내한다. 실험복 주머니에 위스키병을 꽂고 입가에 담배를 문 채로 모든 것을 쉼없이 긴 독백으로 설명하는 게 그녀의 특징이다. 약물을 주입받은 쥐와 암에 걸린 쥐에 대해, 과학적 방법들에 대해. 코스모가 유리 사육장에 머리를 넣은 채 설명을 이어가고 네게 사진 찍는 법을 가르치는 내내, 담배 연기가 머리 위로 기둥처럼 피어오른다. 이후 코스모는 너를 스쿠터에 태워 복도를 따라 달리다 로버트 브러시의 연구실로 가서 너를 소파에 앉힌다. 그 많은 열쇠가 다 어디서 나오는지 알 수가 없다. 코스모는 어디에 있었는지 모를 노트, 술, 담배, 땅콩 등을 꺼낸 뒤 설명을 이어가는데, 다른 누구도 아닌 코스모와 함께 있을 때에만, 너는 자신이 빌린 실험복을 입은 머리 나쁘고 말주변 없으며 격식이

나 차리는 잘 자란 중산층 여자라고 느낀다.

코스모는 립스틱을 더 진하게, 마스카라를 더 진하게, 온갖 화장품을 더욱더 진하게 바르고 눈 주위에는 섀도를 얼룩덜룩 펴 바른다. 사진을 마구 찍고 플래시를 터트리며 너희 둘의 모습을 폴라로이드 카메라에 집착적으로 담는다. 너와 코스모의 입술은 키스와 행복으로 도톰하게 부풀고 눈빛에는 새로운 나른함이 깃든다. 네가 강의실에 앉아 있는 동안 코스모는 사진들을 기숙사 방의 모든 벽에 붙이다가 나중에는 바깥 복도에 걸어둔 네 외투 주머니에도 넣어둔다. 그리고 쪽지, 기숙사 방이나 도서관에 늘 새로 붙여놓는 쪽지들. 코스모의 말은 마녀의 키스이며 그 키스는 네 심장에 곧바로 꽂힌다.

코스모와 너는 복도를 따라 질주한다. 형광등 불빛을 지나고 밤공기를 가르면서 잠긴 연구실과 실험실을 드나들며, 장기와 인간 태아를 들고나오고 박제된 동물과 오래된 골격 표본들을 가지고 신나게 뛰어다닌다. 실험실장의 책상 위 금테 액자 속에는 새로운 가족이 담긴다. 아빠 자리에는 정신병을 앓는 유인원이, 그의 아내 자리에는 절개되어 피 흘리는 심장이, 아이들 자리에는 돌연변이 생물이 짜깁기된 폴라로이드 사진. 낙태된 태아들, 송아지와 인간의 하이브리드, 암세포 덩어리.

실험실장은 한밤에 코스모걸을 차에 태워 밤의 고속도로와

숲속을 달리는 버릇이 있다. 그와 다른 교직원 몇몇이 코스모걸
의 등록금과 기숙사와 마약과 교재 비용을 댄다. 코스모걸은 정
부가 샌퀜틴에 있는 제 어머니를 살해하려 한다는 이유로 정부
의 학자금 지원을 철저히 거부한다. 영혼을 파느니 보지를 팔겠어.
내 보지는 내 영혼이 아니야.

그리고 코스모는 캘리포니아 주정부에 엘리자베스 던컨을 살려내라는 편지를 보내고, 보내고, 또 보낸다. 코스모의 기숙사 방 벽에는 신문에서 잘라낸 기사들, 사형 제도와 과학적 발견들, 형체를 알아볼 수조차 없도록 실험에 이용된 동물들의 사진이 붙어 있다. 원숭이, 쥐, 토끼, 그리고 살해당한 여자들.

　코스모는 네 삶에 들어오기로 결심했고 이제는 어디에나 있다. 처음에는 어디에도 없었다가 이제는 모든 곳에. 밤중 전화 속에, 네 원피스 속에, 네 외투 주머니 속에, 네 사진 속에. 너는 모든 걸 잊을 순 있어도 코스모를 잊을 수는 없다. 코스모가 처음으로 실험실을 안내해주던 날을 너는 절대로 잊을 수 없다. 수정처럼 맑던, 그리고 끝도 없이 계속된 그 첫날밤들, 코스모가 너를 바라볼 때면 형광등처럼 파들파들 떨리던 그 감각. 그녀의 살갗을 만질 때마다 너는 너만의 계획으로부터, '미래와 과학'으로부터 점점 멀어진다. 그런데도 네 손은 조금씩, 조금씩 계속 움직인다. 네가 만지면 코스모의 얼굴에 네모난 빛이 떠오른다. 그녀의 머리칼은 새둥우리 같다.

밸러리 난 두려워, 코스모.

코스모걸 (폴라로이드 사진을 들어올린다) 이 사진을 봐, 밸러리.

밸러리 (일어나 앉는다) 난 학위를 받고 싶을 뿐이야. 미래를 위해 이곳에 왔어. 미래가 사라지게 하고 싶지 않아.

코스모걸 넌 원하는 대로 할 수 있어. 너 같은 사람은 부서지지 않아. 네 정신은 강철 같아. 그 사진에서 뭐가 보여, 밸러리?

밸러리 피부, 머리카락, 우리의 입.

코스모걸 다른 건?

밸러리 우리가 웃고 있다고, 우리가 행복해 보인다는 말을 듣고 싶은 거구나. 이 사진들 속 우린 행복해 보여. 우린 웃고 있어.

코스모걸 밸러리?

밸러리 응.

코스모걸 이 사진들 속 우린 웃고 있지도 행복하지도 않아. 우린 막강해. 우주의 통치자야. 원하는 걸 할 수 있어. 바로 그게 사진에 담겨 있어.

밸러리 난 교수가 될 생각이야. 흥분을 좀 가라앉혀야 해.

코스모걸 나는 흥분을 가라앉힐 생각이 전혀 없어. 우리는 역사를 새로 쓸 거야. 인공지능, 인공수정, 인공 역사 서술. 너와 나와 미래. 미국 최초의 지성적인 창녀들.

밸러리 영원히 내 손을 잡아줘. 나를 억제해줘. 내 계획을 잘 붙들어줘. 절대로 떠나지 않겠다고 약속해줘.

코스모걸 절대로 안 떠나.

메릴랜드대학교, 1959년 2월

기숙사 방의 침대는 그림자와 외로운 기절의 장소다. 노란 머리칼과 신념과 욕망을 시트 위에 펼친 코스모. 네 몸속으로 들어가 안에서 사라지고 싶어하는 그녀의 몸. 너의 몸은 밸러리와는 아무런 관련이 없는 목표물이다. 다시 팔이 불타고 욱신거리고 따끔거리는 감각일 뿐. 너 하고 싶은 대로 하고 그게 뭐든 빨리 끝내. 그리고 모든 것이 제 눈을 가린 채 기다리는 동안 방안에 사후경직이 퍼져나간다. 처음에 너는 메릴랜드의 모든 것이 무섭다. 코스모가, 그녀의 키스가, 교수들이, 강의실이, 중산층 여자애들이, 중산층 남자애들이. 점차 너는 막강해져서 코스모의 손을 잡고 복도를 날아다니고, 너의 머리는 과학과 미래에 대한 욕망으로 타오른다.

엘리자베스 던컨은 매달 새로운 사형 집행일을 받는다. 코스모걸에게 전화를 걸 때 엘리자베스는 편집증에 사로잡혀 앞뒤가 안 맞는 말을 한다. 두려움에 제정신이 아니어서, 교도소 당국이 예고 없이 사형수 감방에 가스를 주입할 거라고 확신한다. 엘리자베스는 뜨개질로 똑같은 여자애 원피스를 수백 벌 짜고 사막과 꼬마 프랭키를 그리워한다. 코스모는 선처를 호소하는 편지가 수북이 쌓인 기숙사 방에 서서 전화기에 대고 운다. 네가 수업 외 실험을 설계하고 과학 논문을 쓰는 동안, 병원 마당 뒤 지평선에서 해가 떠올랐다가 진다. 밤은 캄캄하고 퉁퉁 부어올랐다.

엘리자베스 던컨은 결혼을 좋아했다. 그녀는 코스모와 함께 잘생긴 검은 머리 남자들을 찾아 미국을 횡단했고 그들에게 결혼을 해주면 거액을 주겠다고 약속했다. 나중에 그들이 혼인 취소를 원하면 새로운 주로 가서 다시 결혼 상대를 찾았다. 늘 그렇듯 돈은 다 떨어졌고, 그러자 임신한 여자들을 자신으로 위장해 의사에게 보낸 뒤 전남편들에게 양육비를 달라고 소송을 걸었다.

밸러리 그래서 죄목은 뭐였어?
코스모걸 새 남편들 가운데 두 명을 비소로 살해한 죄.
밸러리 진짜 유죄야?
코스모걸 진짜진짜 유죄일걸, 아마도.

엘름허스트정신병원, 1968년 12월 24일

네 머리 위에서 눈이 녹고 있다. 전화를 기다리지 않은 지 이미 오래다. 너는 보통 너의 주간 통화권을 약에 취한 여자들 중한 명에게 양보한다. 그들은 오지도 않는 전화를 놓치지 않으려고 늘 복도에서 서성거린다. 크리스마스에는 특별히 새 입원 환자들을 제외한 모든 환자에게 각자 세 번의 통화 기회가 주어진다. 병원 원무과의 관대한 정책이지만 현재로선 환자들이 연락할 만한 친절한 사람들을 찾아내 알려주는 게 불가능하다.

서리 무늬로 뒤덮인 식당 창유리 너머로 새들이 환자들을 빤히 쳐다본다. 병원 커튼 사이로 반짝반짝 빛나는 눈이 보인다. 앤디 워홀이 특유의 머뭇거리고 속삭이는 목소리로 직접 전화를 받는다. 앤디와 이야기하려니 꼭 너 자신과 이야기하는 것만 같다. 그의 목소리는 전과 달라져서 흐릿하고 비뚤어진 느낌이 들고, 그가 하는 모든 말은 질문처럼 들린다. 여-보-세-요-오?

밸러리 안녕, 앤디, 나야.
(침묵)
밸러리 몸은 좀 어때, 우리 앤디?
(침묵)
밸러리 메리 크리스마스, 앤디.
(침묵)
밸러리 메리 크리스마스라고 했잖아.
앤디 메리 크리스마스, 밸러리?
밸러리 날 보러 왜 안 왔어?
(침묵)
밸러리 네가 날 용서했다고 신문에서 읽었어.
앤디 응?
밸러리 밸러리를 용서했어?
앤디 응?
밸러리 밸러리를 용서했다며, 왜 보러 오지 않았지?
앤디 이제 전화를 끊어야겠어……?
밸러리 팩토리에서도 크리스마스를 기념하고 있어?
앤디 잘 있어, 밸러리?
밸러리 이해가 안 돼.
앤디 난 화나지 않았어, 밸러리. 하지만 잘 있어, 밸러리. 이젠 더 대화할 수 없어, 밸러리. 우린 이제 일해야 해, 밸러리……?

밸러리 정말이야. 내 다음 제안은 이거야. 네 신체 부위들을 런던의 오래된 박물관에 전시하고, 그걸 최고급 패션이라고 칭하는 거지.

(통화 종료―)

크리스마스이브, 두번째 통화

앤디 여보세요?…… 엄마?……

밸러리(목소리를 꾸며낸다) 그래, 마마 워홀라다…… 붕대는 다
　　풀었는지 알고 싶구나……

앤디 어-엄-마?……

밸러리 네게 무슨 일이라도 생긴다면 난 널 절대로 용서하지 않
　　을 거야. 그 끔찍한 남자-여자는 다시는 내 아들 근처에 갈
　　수 없어.

앤디 없어?

(침묵)

앤디 엄마?

(침묵)

앤디 엄마?

232

(침묵)

밸러리 밸러리야, 엄마가 아니라. 내 원고료로 2만 달러가 필요해. 법정에서 날 변호할 돈이 필요해. 지금 돈이 필요하단 말이야. 내게 건 모든 소송을 취하해. 그런 다음 나에 관한 새 영화를 만들어줘. 난 텔레비전 방송에 나가야 해. 이젠 백악관 소속도 아니고. 그 남자에게 다시 전화해, 미스터 칼슨 말이야. 네가 그 사람 방송에 나가서 손톱을 칠하고 너 자신이 워홀라라고 말했잖아. 미스터 칼슨에게 나한테 그이가 필요하다고, 텔레비전이 필요하다고 전해줘. 네가 엘름허스트로 날 보러 오면 좋겠어. 면회 시간은 매주 일요일 세시야. 널 아프게 했다면 미안한데, 그렇게까지 심하진 않았잖아.

(통화 종료―)

크리스마스이브, 세번째 통화

비바 로날도 앤디 워홀 사무실입니다. 전화 거신 분은 누구시
죠?

밸러리 앤디 워홀에게 전화 받으라고 해. 아주아주 급해.

비바 로날도 이런 성가신 전화질 좀 그만해.

밸러리 뭐든…… 가발. 편집증. 가짜 예술가. 표절자. 절도광.
드라큘라. 흡혈귀. 거머리.

비바 로날도 네가 자꾸 전화한다고 경찰에 신고했어, 밸러리.

밸러리 좋아. 신나네. 하지만 앤디가 밸러리를 정말로 용서했다
면 왜 보러 오지 않은 거지?

비바 로날도 잘 있어, 밸러리.

밸러리 나도 네 예술과 네 남자 얼굴들을 경찰에 신고했다고 말
해주고 싶어. 내 희곡을 찾아내라고 앤디에게 말해. 희곡만

234

돌려받으면 용서해주겠다고 전해. 태양이 빛나고 하늘이 파란 동안은 약속을 지킬 거라고 말해.

(통화 종료—)

메릴랜드대학교, 1959년 가을

기나긴 매카시의 50년대가 끝나고 60년대가 시작되려 한다. 너는 실험실에서 야간 조교로 아르바이트를 한다. 드와이트 데이비드 아이젠하워가 미국의 대통령이 되었다. 너는 항상 도러시를 생각한다. 네 학사모 옆에 나란히 꽃무늬 모자를 쓰고 선 도러시, 색종이 조각을 뿌리며 눈을 빛내는 도러시, 하이힐을 바닥에 끌면서 지나가는 모든 사람에게 고개 숙여 인사하는 도러시를 상상한다. 돌리, 그 사람은 그냥 학생이야. 아, 여기 있는 모든 사람에게 인사할 필요는 없어. 아니. 다 그냥 평범한 사람들이야. 교육은 사람들을 가르는 방법일 뿐이야, 도러시. 아, 하지만 난 학교에 다녀본 적이 전혀 없잖니, 밸러리. 네가 정말로 자랑스러워, 우리 밸러리. 도러시는 대학에서 흰 실험복 차림으로 복도를 뛰어다니는 지금 네 모습을 봐야 한다. 도러시는 이곳의 모든 것, 책과 건물과 교수들을 무서워할 것이다. 때로 너는 모든 문헌을 제한 없이 찾아볼 수 있고 시버실험실에서 밤새 근무하며 이렇게 유유히 과학을 탐구하는 생활에 대해 말해주기 위해 도러시에게 편지를 써야겠다고 생각한다.

다른 여학생들은 새하얀 진주목걸이를 걸고 나이든 여자들처럼 파마를 했는데, 정말이지 이상하지만 상관없다. 실험복 밑에 멜빵바지를 입은 너는 시버실험실에서 밤새 행복하고 정신이 명료하다. 동물들과 함께 지나는 밤은 길고 눅눅하다. 피그미원숭이들은 의식을 잃은 채 케이지 안에 있고 쥐와 햄스터와 토끼는 잠을 자지 않고 밤새 바퀴 위를 달리는데, 너는 흰 통굽 신발을 신고 복도를 따라 걸으며 어느 케이지에선가 경보가 울리기를 기다린다. 도피 반응을 보이는 실험실 동물을 보면 가슴이 미어진다. 소수의 흰쥐 집단은 며칠째 힘을 합쳐 지하 탈출구를 만든다. 코스모걸과 너는 흰쥐들의 탈출 계획이 진행되는 과정을 기록지에 적는다.

아침에 밝기를 기다리는 동안, 너는 경비원과 함께 커피를 마시고 화장실에서 오랫동안 손과 겨드랑이를 씻는다. 너는 동물사육장 안에서 형광등이 내뿜는 차가운 빛 속을 걷는 순간을 사랑한다. 눈이 붉은 생쥐들은 등에 악성 종양을 달고 있다. 그중한 마리의 등에는 인간의 귀가 이식되어 있다. 코스모걸은 그쥐에게 서맨사라는 이름을 붙여주었다. 너는 흰쥐들 가운데 서맨사를 가장 좋아한다. 서맨사는 등에 완전히 자란 귀를 달고 죽음을 기다리며 천천히 돌아다닌다. 서맨사가 죽기 전에 너는 그 귀를 잘라낼 것이다. 코스모걸과 너는 서맨사가 통치하는 암컷 쥐들의 지하세계를 꿈꾼다.

동물실험실의 환한 케이지 사이에서 실험을 진행하며 보내는 밤은 끝이 없다. 발작적으로 깜빡이는 전등 불빛과 독한 소독약의 냄새 속에서 동물들이 뛰어다닌다. 다들 눈병을 앓고, 알비노 쥐는 암에 걸리며, 알코올을 투여한 쥐와 마약을 투여한 쥐는 실험 도중에 쇠약해진다. 맨 먼저 중독된 흰쥐는 불과 몇 주 뒤 식음을 전폐하고 일을 멈추고 새끼들을 돌보지도 않는다. 새끼들은 놀지도 않고 바퀴를 돌리지도 않는다. 케이지 안의 생활은 물병 옆의 절박한 기다림으로 바뀐다. 죽은 동물들은 거대한 철제 용기에 모아뒀다가 매주 한꺼번에 태운다.

정신분석가들

A. 닥터 아무개. 의사들은 모두 아침식사로 모가돈*과 똥을 먹는다. 난 빌어먹을 창녀가 된 기분이다. 여자는 언제 야외에서 시간을 보낼 수 있나요? 없어요. 언어는 구조일 뿐이죠, 라고 닥터 씨팔이 말하며 내 얼굴에 강간의 바람을 후 내뿜는다.

B. 그 여자의 뇌를 제거하기로 했다. 수년간 국제 회의가 열렸다. 연사들은 고개를 저었다. 회의장 근처에 무수한 보고서와 진단서가 소용돌이처럼 흩날렸다. 바깥은 완전히 고요했다. 인적이 끊긴 건물들, 호텔 단지들, 베타 차단제**들. 그들은 산책

---

* 진정제의 일종인 나이트라제팜의 상품명.
** 고혈압, 협심증 등의 치료제.

로를 따라 차를 몰았다. 버려진 호텔, 폭격당한 심장, 난도질당한 유토피아. 죽음의 들판. 그들은 죽음의 들판을 가로질러 차를 몰았다. 그들은 적과 동침했다.

C. 아이의 편집증적 세계. 유년기는 오래도록 끊임없이 나타나는 무시무시한 들판들을 허둥지둥 건너는 시기. 나무 위에서 그의 손으로 떨어지는 햇빛.

D. 편집증에 사로잡힌 연상聯想. 부적절한 비교. 내가 어떻게 묘사해야 할까? 어떻게 이야기해야 할까? 할 이야기가 없다.

E. 우리는 병원 마당을 걸어간다. 모두가 흰 환자복 차림이고 손을 떨고 있다. 약을 먹어도 소용이 없다. 아무것도 소용이 없다. 나는 정신병원에 가고 싶지 않다. 병원 마당이 싫다. 각종 안내문, 경보음, 면회 시간. 그의 손을 비추는 흰 전등 불빛.

F. 내 친구들은 전부 창녀다. 그들은 기회만 있으면 다리를 모조리 불태운다. 성격 증인이 필요하면 내게 알려주길. 넌 그날 밤을 어떻게 묘사하겠니?

G. 난 묘사하고 싶지 않아.

H. 그래도 시도는 해보지?

I. 그러고 싶지 않아.

J. 너라면 그날 밤을 어떻게 묘사할래?

K. 아래로 돌진하는 찌르레기들. 피 흘리고 불타는 포유류 태아들. 이야기 끝.

L. 회의는 계속되었다. 에리카 융은 대서양 상공에서 좆을 빤다. 그 역겨운 '고도 1마일 클럽*.' 썹 안에 든 좆. 정말이지 징글징글하게 혐오스러웠다.

M. 너는 그걸 좋아한다는 걸 알아. 내 심장은 빨갛게 고동치고, 파랗게 고동치고, 격노로 고동친다.

N.『환상의 미래』.『쾌락원칙을 넘어서』.『꿈의 해석』『집단심리학과 자아의 분석』『에고와 이드』『억압, 증상, 그리고 불안』『정신분석요법의 미래 전망』『"무모한" 정신분석』『전이의 역동』『기억하기, 반복하기, 그리고 작업해내기』『부정』『기억하기, 반복하기, 그리고 작업해내기』『부정』『끝낼 수 있는 분석과 끝낼 수 없는 분석』『성 이론』『일상생활의 정신병리학』

---

* 운항중인 여객기에서 섹스를 하면 회원 자격을 얻는다는 가상의 클럽.

『신경증의 병인학과 유전』『늑대인간』『유혹 이론』『차폐기억』
『농담과 무의식의 관계』『유아남근기』『개정판 성 이론』『신경
증과 정신병의 현실감각 상실』『도스토옙스키와 아버지 살해』.

O. 여자는 하루종일 침대에 누워 있었다. 그녀에게는 판단의
기준도, 특별한 신념도 없었다. 심장이 분노를 터트리며 아우성
쳤다. 남자들이 여자의 얼굴 위를 누비며 날뛰었다.

P. 나는 은색 자동차를 타고 시내를 지나간다. 하늘을 가로질
러 차를 몬다. 나는 은색 자동차를 타고 도착한다. 내 머리칼은
솜털 같은 흰색이다. 네 맘대로 나를 불러라. 너는 내 진짜 이름
을 절대로 모를 것이다.

Q. 그것은 열정이었다. 왜 그렇게 높은 구두를 신었느냐고?
왜 그렇게 짧은 원피스를 입었느냐고? 난 그저 하늘에 더 가까
워지고 싶었을 뿐이다. 내 자매들을 찾고 있었다. 자매를 찾을
수가 없었다. 나는 텔레비전 앞에 앉아 강제 치료를 받았다. 의
사의 진료는 거의 받지 못했다.

R. 하지만 논평은 고마워. 홍등가에 대한 너희의 견해도 무척
흥미롭네. 자기들은 많이 배웠다고 말하면서 다른 사람들을 백
인 쓰레기라고 부르는 태도도 무척 흥미롭고. 텐더로인에서 일
년간 매춘으로 생계를 꾸리다가 다시 돌아와서 생각을 말해주

면 아주 좋을 듯해. 전반적으로는, 홍등가에 대한 의견을 전부 말해주면 좋겠어. 그 점에 대해 생각해볼 시간이 아무리 짧았더라도 상관없어.

S. 이론은 없다는 게 내 이론이야. 나는 자발적으로 그곳에 갔어. 그 의사를 자진해서 찾아갔다고. 나도 나름대로 전문적인 교육을 받은 사람이지만 이 상황에서 그건 상관없다고 그들이 말했어. 내가 시간에 대한 감각이 없다고도 하던데. 오늘이 무슨 요일인지 알아? 강간. 강간. 강간. 강간. 강간. 강간. 여기가 어딘지 알아? 더 세게 박아.

T. 만사가 다 심리학이야. 홍등 심리학. 홍등 이론. 이론은 없다는 게 내 이론이야. 자본. 자궁. 자지. 그거야말로 제대로 묘사하는 방법이지.

U. 그 현상을 어떻게 묘사하고 싶어?

V. 난 묘사하고 싶지 않아.

W. 너라면 어떻게 묘사할래?

X. 내 모든 생각에 깃든 상어들. 죽음의 맛. 모든 꿈에 나타나는 거칠거칠한 흰 액체. 비천함.

Y. 난 여기에 자발적으로 왔다는 점을 짚어두고 싶어. 너는 자발적으로 오지 않았지. 나는 이 정신과 예약 진료에 자진해서 참석하고 있다는 점을 짚어두고 싶어. 예약, 그래. 그래, 네가 날 강제로 여기 오게 한다는 거 알아. 네 유년기 얘기 좀 해봐. 난 내 엉덩이 얘기를 해줄게, 원한다면 말이야.

Z. 거짓말이 이렇게 쉬운데 왜 진실을 말해야 하지? 나는 사막에서 새에게 강간당했어.

브리스톨호텔, 1988년 4월 18일

서술자 잠깐 시간 좀 있어?

밸러리 미안, 나 일하는 중이야. 씹 한 번에 10달러. 빨아줄 땐 5달러. 주물러줄 땐 2달러. 그런 레퍼토리야. 키스 금지. 허튼 짓 금지. 손가락 금지. 핥기 금지. 섹스는 골칫거리일 뿐이야.

서술자 매춘에 대해 어떻게 생각하는지 알고 싶어.

밸러리 지금 내겐 지식보단 실제 경험이 더 많아.

서술자 그럼 그걸 얘기해줘.

밸러리 예전에 태평양에서 수백 명이 죽은 선박 사고와 비슷해. 생존자들은 경찰 신문을 받을 때나 나중에 언론과 인터뷰할 때 전혀 말을 할 수가 없었지. 아주 오랜 시간이 흐른 뒤에 그 중 한 명이 그랬어. 사고가 난 날 밤 일어난 일은 산 사람들이 알아선 안 된다고. 정원을 초과한 구명보트에 타려고 다른 사람들의 손을 짓밟는 이들. 앞으로 가려고 어린아이들을 발로 밀쳐내는 남자들. 한 남자는 장식장 아래에 머리가 껴서 꼼짝도 할 수 없었던 여자 얘기를 했어. 둘이 눈이 마주쳤는데 남자는 구명보트를 타기 위해 나갔어. 이런 증언은 죽은 사람들끼리만 알아야지.

서술자 넌 안 죽었어.

밸러리 죽은 거나 다름없어. 이런 증언은 죽은 사람들끼리만 알아야 해.

서술자 넌 죽지 않았다니까.

밸러리 모든 게 교체 가능해. 사고 체계도, 육체와 정신의 조직도 그렇게 작동하지. 운송의 논리는 미리 정해놓은 할당량이 채워진다는 걸 전제로 해. 누군가가 없어지면 다른 누군가를 데려다 그 자리를 채워. 도망쳐봐야 소용없어.

서술자 너는 무분별하고 파괴적인 패배주의 때문에 사고방식이 비뚤어졌어.

밸러리 패배주의가 아니야. 굴복이 아니야. 피학 심리도 아니야. 착한 희생자라는 건 없어. 내 동족이 말살되고 있는데 내 목숨만 구할 가치는 없다고 생각할 뿐이야. 보지-영혼들이 도살장으로 끌려가고 있는 와중에 말이야. 그러지 않으려면 다른 보지-영혼이 그 일을 해야 할 거야. 내가 하는 게 나을 수도 있지. 물에 빠져 죽어가는 사람들과 씹하고 싶어하는 남자들은 언제나 있으니까.

서술자 친밀함을 돈 받고 팔면 영혼과 자존감이 훼손돼.

밸러리 친밀함은 겨우 그것만이 아니야. 성기만이 아니라고. 창녀는 절대로 친밀함을 팔지 않아. 창녀는 공간 속의 검은 구멍을 팔지. 자신은 거기에 없어. 코스모와 나는 미국 최초의 지적인 창녀가 되는 꿈을 꿨어. 나는 늘 코스모에게 미국에서 가장 탁월한 창녀라고 말했지. 나는 평생 보지를 팔았지만 영혼은 팔지 않았어. 내 보지는 내 영혼이 아니라고. 난 무엇에도 타협하지 않았어. 내 씹구멍에 무슨 일이 일어나든 조금도 상관하지 않았어. 늘 그걸 싫어했어. 나 말고 다른 사람들도 그걸 싫어했고. 이젠 일해야겠어. 담배가 필요해. 그런 질문들은 다른 데 가서 하라고.

서술자 나는 대학 학점을 25만 점이나 이수했는데, 내가 꿈꾸는 건 너와 같은 자질을 갖는 것뿐이야.

밸러리 그런데 난 이런 방식의 조사 대상이 되느니 잠시 잠이나 잘 수 있기를 꿈꿀 뿐이고.

메릴랜드대학교, 1962년 8월
매릴린 먼로가 죽었다

1962년의 뜨거운 여름 너는 학생 기숙사의 공중전화 부스 안에서 집에 전화를 걸고 또 건다. 네가 박사 과정생으로 선발되었다고 도러시에게 알리기 위해서다. 어느 중산층 남학생이 마지막 순간에 그만두자 그 자리가 네게 주어졌다. 코스모는 기뻐하면서 시가와 샴페인과 마시멜로를 준비해 너를 지붕으로 부른다.

밸러리 밸러리 진 솔래너스는 박사 과정생이 될 거야.
코스모 엄마랑 통화는 했어?
밸러리 안 받아.
코스모 여기 와서 앉아.

밸러리 해피엔딩만 있을 거야.

코스모 소원이 뭐야, 밸러리?

밸러리 이 기회를 중도 포기한 그 중산층 남학생 덕분에 얻은 게 아니라면 좋겠어. 스프래그-돌리종 흰쥐 십만 마리가 있으면 좋겠어.

코스모 네가 정말로 자랑스러워. 이제 넌 원하는 건 뭐든 할 수 있어. 한계도, 타협도 없이.

밸러리 대기자에게 돌아온 자리일 뿐이야.

코스모 무슨 상관이야. 네가 자격이 있어서 얻은 자리야.

밸러리 여전히 돈을 스스로 마련해야 하고.

코스모 하지만 넌 늘 그랬듯 우리 과의 빛나는 별이야. 그건 모두가 알아.

밸러리 세미나에 갈 때 착용할 진주목걸이도 마련해야 해. 얌전하고 단정한 정장도.

밤하늘이 검은 벨벳처럼 머리 위에 드리우고, 코스모는 네 손을 꽉 잡는다. 사막의 송신음을 너무 오래 들은 나머지 수화기를 내려놓은 후에도 네 머리에선 계속 소리가 울린다. 별똥별 하나가 어둠을 가른다. 코스모는 너를 위해 별을 더 끌어내리고 싶은지 손가락을 하늘로 올리지만, 하늘은 여전히 새까맣고 어둠은 공원을 둥글게 품는다. 토끼들이 나무 사이로 흰 전등처럼 질주한다.

언젠가 코스모는 불꽃놀이를 준비해 실험실 단지 위로 인공 별들을 폭포처럼 쏟아내면서, 별의 개수만큼 소원을 들어주겠다고 말했다. 너는 박사 과정생에 선발되게 해달라고 빌었다. 실은 도러시가 전화를 받게 해달라고 빌었어야 했다.

코스모 소원이 뭐야, 밸러리?

밸러리 이 순간이 영원히 계속되었으면. 너. 네 손. 별이 빛나는 밤. 박사 과정 입학. 그 기회.

코스모 뭐라고 빌었어?

밸러리 실험에 필요한 돈을 달라고 빌었어.

코스모 넌 돈더미 속을 헤엄치게 될 거야. 다른 애들은 너에 비하면 아무것도 아니야. 모두가 알아. 네가 그걸 안다는 것도 다 알아.

밸러리 거기서 내 존재를 확실히 알릴게.

전화 송신음이 어둡고 황량하게 사막을 건너간다. 1962년 8월 4일, 기사 제목과 라디오 방송이 도처에서 알린다. 매릴린 먼로 가 죽었다고. 매릴린 먼로는 캘리포니아주 브렌트우드의 헬레 나 드라이브에서 죽었다. 모런이 숨가쁜 목소리로 전화를 받고, 네 등뒤에서는 네가 통화를 끝내기를 기다리는 다른 학생들이 발을 구르며 대화를 엿듣는다.

밸러리 도러시 좀 바꿔주시겠어요?

모런 잘 지내? 거긴 어때, 그 대, 대, 대하……

밸러리 대-학-교. 네, 좋아요. 박사 과정에 합격했어요. 도러시 있어요?

모런 아! 대, 대, 대학원. 축하한다, 밸러리. 우린 언제나 널 응 원해, 밸러리. 언제나 우리에게 책을 보내주기를 기다려.

밸러리 도러시 좀 바꿔줄래요?

모런 도러시는 자고 있어. 매릴린 때문에 종일 울었어. 지금은
수면제를 먹고 자.

밸러리 깨우세요.

  도러시는 눈물 젖은 얼굴로 침실 커튼 뒤에 누워 수면제에 취
해 잠에 빠져 있다. 도러시는 매릴린의 금발과 비극적인 유년기
에 대한 꿈을 꾼다. 도러시가 미스 먼로에게 쓴 수많은 편지. 사
랑하고 또 사랑하는 미스 매릴린 먼로. 나는 당신의 일과 당신의 몸매와
당신의 금발 곱슬머리를 숭배해요. 난 평범한 도러시일 뿐이에요. 비극
적인 환경에서 자라 사막에서 사는 불쌍한 여자죠. 우리 언제 만나서 커
피 한잔하면 좋겠어요.

  사막의 집에서는 최대 음량으로 틀어놓은 트랜지스터라디오
에서 임시 속보가 흘러나온다. 복도에는 학생들이 계속 지나가
고, 끈적끈적한 여름옷을 입은 너는 흔들림 없이 서 있으려고
애쓴다.

  그때 갑자기 전화기에서 가르릉거리는 도러시의 목소리가 들
린다. 흐릿하고 부드러운 소리. 멘톨 담배에 불 좀 붙여줘. 집중할
수 있게 멘톨 담배 한 대만.

도러시 안녕, 밸러리?

밸러리 박사 과정에 들어가게 됐어.

도러시 약물 과다 복용으로 죽었어. 정말 너무 슬퍼, 밸러리.

밸러리 난 과학자가 될 거야.

도러시(목소리에 웃음기를 띠고) 아, 밸러리……

밸러리 내가 선발되었다는 뜻이야. 연구를 하게 된다는 뜻이고.

도러시 오오! 그럼 이제 교수가 된 거니, 밸러리?

밸러리 아니, 박사학위를 딸 거야.

도러시(수화기에 대고 소리를 지른다) **레드! 들었어? 레드! 우리 밸러리가 교수가 되었대!**

밸러리 박-사-학-위를 딸 거라고.

도러시 아. 네가 보낸 걸 아직 못 읽었어. 그 서-류-뭉-치.

밸러리 그건 에세이라고 하는 거야.

도러시(수면제에 취한 목소리로) 그래, 에세이. 난 읽지 않기로 했어. 그렇게 펄럭거리는 낱장 글 읽는 걸 좋아하지 않아. 하지만 아주 근사해 보이더라. 항상 가지고 다닌단다. 지나가는 사람 모두에게 보여줘. 예를 들면 미스터 에민 같은 사람들. 난 네가 얼마나 대단한 천재인지 모두에게 얘기해.

밸러리(귀에 수화기를 바짝 대고) 박사학위. 사 년이 걸릴 거야. 난 선발되었고. 지원자가 엄청나게 많았는데, 전부 심리학 학위를 받은 사람들이야.

도러시(무지갯빛 광택이 도는 손톱으로 수화기를 만지작거린다) 음, 여하튼, 미스 먼로는 침대에서 죽은 채 발견되었대. 미모, 성공, 갑작스러운 죽음. 난 여기 식탁에서 아침 내내 울기만 했어. 다시 촛불에 여기저기 데었어. 망할 놈의 촛불.

밸러리 매릴린은 잊어. 난 이제 과학자야.

도러시 그것만 아니면 다 평소랑 똑같아. 미스터 에민이 지붕에 고성능 안테나를 설치했어. 미시즈 드레이크는 술에 취해 우주선을 봤대. 그걸 자랑한답시고 지금 시내에 나갔단다. 그리고 나 돌리는, 아무것도 하지 않아. 운세 점을 좀 치고, 바느질을 좀 하고…… 모런과 앉아서 말다툼하고 와인을 마시고…… 변한 건 아무것도 없어. 매릴린 말고는.

밸러리 그래서 미래는 어떻게 예측해?

도러시 네가 아주 잘해낼 거라고 예측해. 교수가 될 거라고. 너는 네가 원하는 대로 될 거야. 사랑은 영원하다, 그게 내 예측이야. 지금도 페티코트에 행운의 실을 꿰매고 있지, 그렇지, 밸러리?

밸러리 지금은 60년대야. 이제 페티코트는 안 입어. 자존감 있는 사람이라면 아무도 페티코트를 입지 않아.

도러시 아…… 자존감, 그리고 60년대.

밸러리 바느질은 뭘 해?

도러시 (회피하며 중얼거린다) ……밸러리에게 줄 원피스랑…… 밸러리에게 줄 교수 모자랑…… 밸러리에게 줄 여우털 핸드백이랑…… 밸러리에게 줄 표범 무늬 팬티……

밸러리 근사하네, 도러시. 이제 끊어야겠어.

도러시 매릴린에게 줄 우주-핸드백이랑…… 매릴린에게 줄…… 박사 모자…… 매릴린 먼로에게…… 학위도……

밸러리 잘 있어, 도러시.

텐더로인 어딘가에 있는 호텔, 1987년 겨울, 네가 죽기 한 해 전

　1987년 2월 20일, 앤디 워홀은 보브 로버츠라는 가명으로 뉴욕병원에 입원한다. 그는 입원 수속 때 바버라라는 이름을 쓰고 싶어하지만 제지당한다. 닥터 덴튼 콕스가 몇 시간 동안 그의 담낭을 수술한다. 수술을 받는 동안에도 앤디는 가발을 쓰고 있다. 눈처럼 하얀 그의 피부 위로 은색이 번뜩인다. 환자복 아래에서 그의 불안하고 불규칙한 심장이 박동한다.

　앤디는 네 꿈을 꾼다. 병원의 냄새가 다시 네 꿈을 불러들였다. 그는 센트럴파크에서 너에게 쫓기는 꿈을 꾼다. 꿈속에서 그의 장례식이 열리고 그는 피츠버그에 있는 호화로운 묘지에서 마마 워홀라 옆에 눕게 된다. 심장이 박동하는 중에, 그는 손님들이 보디빌딩 잡지들과 향수병(에스티로더면 더욱 좋다)을 무덤 안에 내려놓는 꿈을 꾼다.

민 초라는 이름의 간호사가 그를 주시하며 뜨개질을 한다. 수술을 마친 뒤 밤늦게 그는 심정지를 겪는다. 원인은 두려움으로 인한 아드레날린 수치 급등. (그는 재앙과도 같았던 1968년을 생각하는 걸까? 너를 생각하는 걸까? 병원과 수술실 냄새에 대한 기억?) 나중에 민 초는 병과 죽음으로 오염된 물건들로 쓰레기봉투 두 개를 가득 채우고, 얼마 후 앤디의 가족은 그녀의 간병 소홀을 이유로 소송을 제기한다. 병원은 워홀 가족에게 사망보상금으로 300만 달러를 지급한다.

〈빌리지 보이스〉는 텐더로인에 있는 네게 전화해 소식을 알린다. 살날이 일 년 남은 너는 레이스 팬티 차림으로 끊임없이 기침을 하면서 전화를 받는다. 전화기로 손을 뻗을 때 커피가 든 머그잔이 바닥으로 떨어진다. 태어난다는 것은 납치당했다가 노예로 팔려 가는 것과 같다.

울트라 바이올렛 밸러리 솔래너스?
밸러리 네?
울트라 바이올렛 어떻게 사세요?
밸러리(웃는다) 좋아요, 감사해요…… 화창한 날들이죠…… 누구시죠?

울트라 바이올렛 〈빌리지 보이스〉의 울트라 바이올렛이에요.

밸러리 그렇군요.

울트라 바이올렛 어떻게 살고 있는지 말해주세요.

밸러리 늘 화창한 길로만 다니죠. 늘 외투 안쪽에 행운의 금실
과 은실을 꿰매고요.

울트라 바이올렛 SCUM 일은 어떤가요? 진행중인 일이 있나요?

밸러리 별로 없어요.

별로 없다. 너는 다시 헤로인을 주사하고 공용 공간의 벽마다
쪽지를 붙이고 글을 휘갈긴다. SCUM은 존재한 적 없으며 앞으
로도 존재하지 않을 것이다. 거기엔 너밖에 없었다. 거기엔 너
마저도 없었다. 그건 그저 가설, 꿈, 환상에 불과했다. 지금 그
게 무슨 상관인가?

울트라 바이올렛 요즘은 회원수가 얼마나 되죠?

밸러리 몰라요.

울트라 바이올렛 앤디 워홀이 죽었어요.

창문으로 들어오는 희미한 햇빛, 얼룩진 창문, 연기와 태양의
냄새. 어쩌면 바다의, 그리고 다른 시간의 냄새. 네 손에 밴 담
배 연기.

밸러리 아……

울트라 바이올렛 앤디 워홀에 대해 할 말이 있나요?

밸러리 별로 없어요…… 팝아티스트…… 팩토리…… 프린트 작품들…… 그 사람 얘긴 하고 싶지 않아요…… 할말이 없어요……

울트라 바이올렛 앤디 워홀은 주기적인 수술을 받다가 죽었어요. 워홀의 가족들이 병원을 상대로 소송을 제기하려 한대요.

밸러리 난 더이상 할 말이 없어요.

울트라 바이올렛 우리 대통령에 대해 어떻게 생각하시죠?

밸러리 아무 생각 없어요. 여기 사람들은 그 사람을 대단찮게 여겨요. 우스꽝스러운 B급 배우. 다른 모든 대통령과 똑같은 존*.

울트라 바이올렛 당신은 어때요?

밸러리 서핑을 많이 하고 햇볕도 많이 쬐죠. 디스코볼이냐, 죽음이냐. 바다는 차갑고, 아직도 차갑고, 상어들의 공격에 대해 정부는 아직도 쉬쉬할 뿐이에요. 다 괜찮아요, 하지만 다 틀려먹었어요.

울트라 바이올렛 그러면 최근의 여성운동에 대해선 어떻게 생각하세요? 오늘날 미국 여성들은 어디쯤 있다고 생각하세요?

밸러리 똥더미 속, 아닐까요.

울트라 바이올렛 그러면 당신은 어디쯤 있나요?

밸러리 똥더미 속.

---

* 존 F. 케네디의 이름을 가리키나 보통명사로 쓰일 때는 '매춘부의 손님'이라는 의미도 있다.

(침묵)

(거리에서 들리는 고함, 교통 소음, 포르노 음악)

울트라 바이올렛 그 밖에 어떤 일들이 일어나고 있나요?

밸러리 별로 없어요. 일. 돈. 태양. 이제 곧 누가 올 거예요……
일이 더 남아서. 끊어야겠어요.

울트라 바이올렛(급한 말투로) 당신은 매춘부인가요? 아직도 남
자를 싫어하나요? 앤디 워홀을 생각할 때가 있나요?

창유리에는 먼지와 매연 때문에 줄무늬 얼룩이 생겼고, 끓어
올랐다가 얼어붙은 방은 푸르스름하고 생경하다. 아직도 남자
를 싫어하나요? 아직도 매춘부인가요? 앤디 워홀을 생각할 때
가 있나요? 대통령은 아직도 멍청이인가요? 대통령 엉덩이에
는 아직도 털이 나 있나요?

밸러리 이제 전화를 끊어야겠어요. 난 할말이 없어요…… 난
작가예요. 그건 기사에 써도 돼요. 지금 책을 쓰고 있거든
요…… 그걸 기사에…… 섹스는 골칫거리예요…… 그것도
기사에 써도 돼요.

너는 수화기를 내던지고 레인코트를, 아니 네 은색 코트를(레
인코트를 입던 시절은 아주 오래전이다. 뉴욕, 팩토리, 맨해튼, 검은 레
인코트, 짙은 색 안경, 오지 않는 비를 기다리던 일) 입고서 가방에
비닐로 싼 오래된 샌드위치, 모자, 선글라스와 함께 스카프를

넣는다. 바깥 하늘에서 해가 파도를 타고, 너는 진한 분홍색으로 입술을 그린 뒤 금이 간 거울에 네 모습을 비춰 본다. 미국에서 가장 예쁜 아홉 살. 앨리게이터리프에서 가장 빠른 서퍼. 메릴랜드대학교의 최우수 학생. 앤디 워홀을 죽이려다 실패한 여자. 멀리서 들리는 사이렌소리와 모르는 여자들의 비명, 깜빡거리는 파란 불빛과 카메라 플래시, 팔에 가만히 얹히는 손. 윌리엄 슈멀릭스 순경의 장갑 낀 조그만 손, 그리고 경찰차에 오르는 너의 머리를 가려주려 새처럼 가볍게 움직이던 그 손.

메릴랜드대학교, 1963년
베티 프리던이 『여성성의 신화』를 출간한다

    실험실은 따뜻하고 어둡다. 동물들은 잠들었거나 케이지 안에서 천천히 움직인다. 너는 아침부터 수컷 쥐들에게 전기 실험을 하고 있다. 네가 일할 때는 주위의 모든 것―코스모, 학과, 돈에 대한 갈망―이 존재를 멈추지만, 지금은 네 안에서 집중력이 빠져나가고 코스모가 들어오고 있다. 창문은 밤을 향해 열려 있고 그곳에는 벌레들과 어둠 속에서만 피는 꽃들이 가득하다. 코스모가 스쿠터를 타고 머리카락을 반짝거리며 들어온다. 과자 상자 하나와 함께 조그맣고 흰 깜짝 선물이 든 봉지를 가져왔다. 너희는 함께 그것을 코로 흡입한다. 코스모는 네 목에 화환을 걸어주고 늘 그렇듯 거세게, 너무 길게 키스한다.

밸러리 네 머리, 새가 들어앉아 있었던 것 같아. 번개에 맞은 것처럼.

코스모 네가 여기에 있잖아, 그래서 그래.

밸러리 머리카락에 코카인 묻었다. 어젯밤엔 어디에서 잔 거야? '실험실 쥐새끼'와 함께 있었어?

코스모 실험은 어땠는지 말해봐.

밸러리 돈 많은 집의 어느 여자애가 자기 남동생을 죽이는 꿈을 꿨어. 그 꿈을 자꾸만 꾸는 거야. 남동생은 해변에 앉아 모래성을 쌓았는데 파도가 밀려와 계속 부서졌지. 여자애는 동생이 파도에 쓸려 바다로 끌려가는 꿈을 자꾸만 꿨어. 나중에 동생이 물에 빠져 죽자 여자애는 미쳐버렸지. 도피로서의 질병. 우울증적 복종. 정신병적 굴복. 정신분석은 여성 전용 교화 시설. 죄수 유형지.

코스모 네 남동생 얘기야?

밸러리 어렸을 때 나는 벤터에서 강물에 파이프를 하나 꽂아두고 거기에 모든 비밀을 말했어. 말들이 흘러 흘러 대서양으로 나갔지. 나는 타자기가 갖고 싶다고, 글을 쓰고 싶다고 말했어. 도러시에겐 새 원피스와 약간의 생존 본능이 필요하다고도 말했고, 내겐 너 같은 사람이 필요하다고도 말했어.

코스모 이름이 없는 문제. 역사가 없는 역사.

밸러리 정신병원 사람들이 그 여자애 가족에게 병원 마당에 모래밭을 들여도 좋다고 허락했어. 그 여자애가 바다에 삼켜지지 않는 모래성을 쌓을 수 있도록 말이야. 다른 환자들은 모래 근처에 가지 않았지. 그애 남동생 얘기를 다 알고 있었거든. 하지만 병원 경내에 폭풍우가 불 때마다 여자애는 무서워서 미쳐 날뛰면서, 폭풍우가 집어삼키기 전에 모래성을 다 부숴버렸어.

코스모 밤에 네 꿈을 꿔, 밸러리.

밸러리 꿈의 기능. 자는 동안 외부 혹은 내부의 자극을 막아낸다. 외부의 위협을 재해석한다. 나는 우리의 작업에 대해 온종일 백일몽을 꿔, 코스모. 우리가 미국 최초의 공인된 지적 창녀들이 되는 꿈을 꿔.

코스모 나는 네 생각을 너무 많이 해서 병이 들 정도야.

밸러리 병이라는 혜택. 병으로의 도피. 고통이라는 질병. 과학속에서 유람할 가치가 없지. 정신분석의 종말.

코스모 난 지금 정신분석이 아니라 너와 나에 대해 말하고 있어.

밸러리 난 사랑에 빠졌어. 이 사랑에서 벗어나지 않을 생각이야. 나는 지금 고문과 가학 심리와 창살 없는 감옥에 사는 일, 정신분석이라는 똥더미에 빠지는 일에 대해 말하고 있어. 그런 모든 것으로부터 자유로워지자고 이야기하고 있단 말이야. 망명. 인공 역사 서술. 역사 밖에서 하는 무정부적 키스. 너와 나는 말이야, 코스모. 우린 역사의 일부가 아니야. 어떤 이야기의 일부도 아니야. 역사도 아니고, 운명도 아니야. 세계의 역사는 두뇌 경찰과 신체 경찰을 아울러 경찰 행세하기를 좋아하는 유인원—남자들로 이루어진 범죄 조직에 불과해.

코스모는 네 손을 놓은 뒤 스쿠터를 타고 떠난다. 담배에 불을 붙이고 네게 손을 흔들고는 어둠 속으로 사라진다. 너는 그녀를 부른다.

밸러리 이제 어디로 갈 거야?

코스모 케이크와 그 지긋지긋한 신청서들 좀더 구하려고.

밸러리 그럼 드디어 지원금을 신청하는 거야?

코스모 국가 돈은 아니야. 그러니까 괜찮아. 안녕.

엘름허스트정신병원, 1969년 4월

봄 내내 닥터 루스 쿠퍼는 흰 커튼 뒤에 앉아서 진단을 내리는 일에 집중하려 애쓴다. 가끔은 너와 상담을 진행하다 생각의 갈피를 놓치고 네게 서늘한 손을 올린다. 또는 의사 가운을 벗고 블라우스와 바지 차림으로 앉아 있을 때도 있다. 꺼놓은 에어컨은 언제 다시 켜야 하는지 알지 못한다. 의사의 화제는 사막에서 보낸 네 유년기로 자꾸만 돌아간다. 너는 그보다는 역사 속 미국의 위치, B-52 폭격기, 네이팜탄, 고엽제 등에 대해 이야기하거나 더 깊은 주제인 '남성의 명백한 열등성'에 대해 얘기하고 싶다.

창문 밖에서 구름이 발작적으로 수축하고, 병원 소음이 안으로 흘러들며, 상점에서 산 꽃의 달짝지근한 냄새가 두드러지고 역하게 풍기는데, 너는 의사가 하는 모든 말을 메모하면서 닥터 쿠퍼에 대해 너 나름의 진단을 내리고 그녀의 유년기와 현재의 건강 상태에 대해 적는다. 닥터 쿠퍼에게 전혀 좋지 않은 결론이다. 진단은 다음과 같다. 우울증적 복종. 욕망 충동 감퇴, 공격 충동 감퇴. 병리학적으로 잘 발달한 충동 제어. '아빠의 어여쁜 딸' 역할을 수행하려는 성향이 비정상적으로 높음. 병에 걸렸다는 인식이 전적으로 부족함. 피해자 행동 양태를 보임으로써 우주를 통치할 준비가 되었다고 느끼는 다른 환자들을 바짝 쫄게 만든다.

너는 병원 다락에서 오후를 보낸다. 거기에서 닥터 쿠퍼는 네게 의사 가운을 빌려준 뒤 네 이야기를 전혀 끊지 않고 듣는다. 너는 박제된 암컷 동물이나 포르말린 용액 속 죽은 생물체를 비롯해 다양한 문제를 자세히 설명하고, 메릴랜드대학교의 쥐 군체에 관한 여러 사실을 나열한다. 예전에는 스프래그-돌리 쥐들이 네 실험복 주머니 안에서 잠들어 있기도 했고, 코스모는 동물들이 제 모습을 비춰 볼 수 있을 만큼 커다란 선글라스에 굽 높은 부츠를 신고 실험실 통로를 지나갔다. 너는 먼지 낀 서판에 그림을 그려가며 설명하고, 닥터 쿠퍼는 목에 울긋불긋 반점이 올라올 정도로 깊이 몰두해 듣는다. 전부 쥐와 유토피아와 기억에 관한 이야기다. 실험실에서 쥐와 사람을 만들어내고 자연의 압제와 생물학의 폭력에서 벗어난 인공적인 생각의 배아를 키우는 작업에 관한 이야기다. 의사 말을 들으세요. 임신은 한시적이고 부당한 신체 변형에 불과해요. 생물학적 운명을 탈피할 비밀스러운 방법들이 있습니다. 우리는 당장 자연을 통제해야 해요.

해가 나무우듬지 아래로 떨어지면 너는 닥터 루스 쿠퍼의 상담실로 돌아가 의사 가운을 빌린다. 닥터 쿠퍼는 분홍색 터틀넥에 우아한 금목걸이를 차고 잘 다림질한 어두운색 바지를 입은 모습으로 상담 소파에 누워 눈을 감고, 진료 기록지를 적을 생각도 잊은 채 네 이야기를 듣는다. 초록색으로 빛나는 탁상 전등이 희미하게 윙윙거리고, 사위어가는 빛은 눈을 감은 닥터 쿠퍼의 얼굴과 주근깨와 깜빡이는 속눈썹과 투명한 피부를 부드럽게 스쳐간다. 너의 목소리는 기계처럼 작동한다. 제철소, 텅 빈 공장 단지, 버려진 산업도시. 너의 말을 듣는 의사의 얼굴은 사막처럼 보인다.

타자기를 빌려달라고 의무실에 요청한 게 몇 번인지 이젠 헤아릴 수조차 없다. 모든 요청이 거부당했지만 닥터 쿠퍼가 잠깐씩 자신의 타자기를 빌려주며 네 인생 이야기를 쓰게 한다. 너는 그녀의 멋진 컨티넨털 타자기에 대해 짧은 에세이를 쓴다.

닥터 루스 쿠퍼 이젠 앤디에 대해 어떻게 생각해요, 밸러리?
밸러리 지금 병원에 있잖아요.
닥터 루스 쿠퍼 앤디는 거기에서 뭘 하고 있을 것 같아요?
밸러리 병원에서 죽는 척 연기하고 있어요. 병원에 관한 영화, 죽음에 관한 영화를 만들고 자기가 직접 출연해요.

닥터 루스 쿠퍼 앤디가 왜 병원에 있다고 생각해요?

밸러리 위대한 예술가니까. 위대한 흰 배경이 필요해서.

닥터 루스 쿠퍼 밸러리, 당신에겐 엄청난 재능이 있어요.

밸러리 고마워요, 의사 선생. 나도 알아요. 그게 내게 유리할까 불리할까, 중요한 질문은 그거죠.

닥터 루스 쿠퍼 유머감각도 대단해요. 그게 생존의 핵심이고.

밸러리 선생도 영 재미없진 않아요, 닥터 뻔한 소리.

(침묵)

밸러리 남자들에겐 유머감각이 없다는 거 알아요?

(미소 짓는 닥터 쿠퍼)

밸러리 남성성이란 결핍 질환이라는 거 알아요?

(환하게 웃는 닥터 쿠퍼)

밸러리 선생은 멀쩡해요. 내가 무슨 말을 하는지 알아듣잖아요.

과학 속에서 유람하기 1
메릴랜드대학교, 1965년

로버트 브러시 교수 자네가 심리학과에서 이룬 성취를 우리가 얼마나 흡족해하는지 알 걸세. 자네는 과학자처럼 사고하지. 재능을 허비하지 마. 원하는 만큼 더 공부할 수 있어. 하지만 용인되고 인정받는 과학적 방법과 전제라는 틀에서 벗어나선 안 되네.

밸러리 감사합니다. 하지만 수컷 쥐들을 살려둘 이유가 없어요. 무엇에도 이바지하지 않으니까요. 암컷만 태어나게 할 수 있어야 해요. 암컷만 가지고 연구해서 어떤 일이 일어나는지 조사하고 싶습니다. 수컷 없이도 생식할 수 있다고 확신해요. 그 연구를 진행할 자금이 필요합니다.

로버트 브러시 교수 지금 우리가 진행하는 연구는 수컷 쥐들에게

암세포와 다른 외부 세포들을 이식하면 어떻게 되는지 보려는 걸세. 암세포, 인간 세포, 다른 종에서 유래한 세포 말이야. 암컷과 자손들을 대상으로 한 참고 연구는 흥미롭긴 해도 우리 연구의 초점은 아니지.

밸러리 남자 쥐들은 다른 쥐들과 관계를 형성하지 못하는 듯해요. 무슨 이유에선지 공감성이 부족해 보입니다. 여자 쥐들끼리 살게 하면 어떻게 되는지 알고 싶습니다. 결과가 완전히 달라질 거예요.

로버트 브러시 교수 자네는 그보다 더 수준 높은 과학적 주장을 펼쳐야 하네.

밸러리 이유 없이 불어나는 세상. 인간과 쥐 여성들이 정신을 바짝 차리지 않으면 우린 모두 죽을 거예요. 밤새 실험실에서 케이지 사이를 돌아다니고 있으면 실험들이 완전히 무의미하다는 생각이 들 뿐입니다. 수컷들의 명백한 열등성. 도대체 왜 수컷을 가지고 실험을 해야 하죠?

로버트 브러시 교수 무관한 문제일세, 밸러리. 그런 생각은 지워버려. 아무런 도움이 안 되니까.

밸러리 저는 책을 쓸 계획입니다.

로버트 브러시 교수 꼭 그랬으면 하네. 자네는 내가 가르친 최우수 학생 중 하나야. 하지만 인내심이 부족해. 인내심을 기르는 노력을 해야 해. 연구는 변화가 아니라 이해를 도모하는 일일세.

밸러리 연구 기록지, 살구 칵테일, 현대 실험심리학, 교수님이 경험에 비추어 제시하는 그런 것들에는 관심이 없습니다. 끝없이 지루한 사례 정의나 질병에는 관심이 없어요. 성 이론에서 남근의 위치는 터무니없죠. 도플갱어, 장난감, 인형, 제2의 자아. 남성의 전 존재를 개략적으로 요약하는 것.

로버트 브러시 교수 그런 우월한 지능을 정통 분야에, 다시 말해 이미 잘 다져지고 잘 밝혀진 과학의 길을 가는 데 쏟는다면 자네는 무한한 성취를 이룰 걸세. 자네가 원하는 어떤 자리든 추천해줄 수 있어.

밸러리 분명 그래주시겠죠. 문제는 남자가 제 성기를 어떻게 인식하는지, 전 하등 관심이 없다는 거죠. 어떤 상황에서는 똥도 페니스와 같은 역할을 해내는 것 같거든요. 기타 등등. 기타 등등. 그건 제게 불필요한 정보라고요. 앞으로도 흥미로운 논제는 이런 것들이겠죠. 우리는 똥을, 페니스와 마찬가지로, 자기 나름의 기이한 인격을 지녔다고 볼 수 있는가? 정말이지 저는 책을 쓸 의무가 있는 것 같네요.

로버트 브러시 교수(웃는다) 그렇게 하게, 밸러리. 하지만 중요하지 않은 주제로 빠지지 않도록 주의해. 양성 간의 관계. 생물학과 운명. 그런 데선 얻을 게 없어.

밸러리 교수님의 태도는 바뀔 겁니다. 두고 보세요.

로버트 브러시 교수 자네야말로 본인의 태도가 바뀌는 걸 보게 될 걸세. 앤 던컨에게 다시 세미나에서 보자고 말하게. 내가 앤의 어머니 안부를 묻더라고 전하고.

밸러리 혹시 1달러 있으세요?

로버트 브러시 교수 물론이지. 자, 여기 10달러.

코스모의 눈은 검은 거울이다. 그녀의 심장은 멍이다. 밤에
공원에서 코스모는 열쇠와 돈이 든 가방을 자꾸만 잃어버리고,
너는 워싱턴 교외 모처에서 집으로 돌아가는 법을 잊고 인도에
앉아 있는 그녀를 찾아 데려올 것이다. 코스모는 핸드백이 아니
라 비닐봉지에 립스틱과 현금, 과학 잡지 등을 담아 다니고 한
여름에 표범가죽 코트를 입고서도 춥다고 한다. 네가 통굽 신발
과 실험복 차림으로 밝은 형광등 불빛 속에 서 있을 때마다 코
스모는 불쑥 나타나 비닐봉지 속 내용물을 실험체에 쏟아놓으
며, 목소리는 점점 까칠하고 날카로워진다.

과학의 자리를 폴라로이드 카메라가 대신할지도 모른다. 그
녀는 더이상 공부를 하지 않고 모든 세미나에 불참하며 실험실
과제를 잊어버리고 학과 안에서 설 자리를 잃는다. 네가 대신
교수 회의에 가서 아무리 빌어도 소용이 없다. 코스모가 어머니

를 위해 아무리 애원해도, 엘리자베스에게 실험실 쥐들을 찍은 폴라로이드 사진을 아무리 많이 보내도 소용이 없다. 동물들만이 코스모의 진정한 친구이며, 오직 동물들만이 코스모만큼 죽음을 싫어한다.

밸러리 카메라 좀 치워. 나 일하잖아.

코스모 넌 일을 할 게 아니라 나랑 놀아야 해.

밸러리 다른 동물들을 찍어.

코스모 지루해.

밸러리 그럼 케이지 청소를 도와줘. 엘리자베스랑은 얘기했어?

코스모 캘리포니아 미키마우스 사법 권역. 끝났어, 완료, 상황 종료. 끝. 엔딩 크레디트. 메이데이, 우라질 메이데이*. 이 멍청이를 봐. 얘는 수컷들과 상대가 되지 않아. 이런 폭력의 체계가 종의 박멸로 귀결되지 않는다니 믿을 수가 없다. 오히려 반대지. 수컷의 공격성이 종의 성공에 이바지하는 것 같잖아.

밸러리 남자이자 여자인 쥐들이 있어. 빛나는 예외야. 보조적 존재들.

코스모 모든 것의 바깥에 서 있는 회피자들이야…… 책임감도 없고…… 왜 어떤 수컷들은 강간하고 죽이는데 다른 수컷들은 해파리처럼 유리벽 속으로 스며드는 걸까?

밸러리 엘리자베스에게 전화했어?

---

* 해상 조난신호.

코스모 돌고래 수컷이 암컷과 새끼를 끊임없이 강간하는 것, 그
게 지금 작동하는 체계야. 암컷들은 도망치지 않는단 말이야.
계속해서 가학 성애자, 테러리스트들과 함께 번식하고 자멸
을 향해 파도를 타지. 늘 그 빌어먹을 돌고래 미소와 함께.

밸러리 실험실장. 분석가. 세미나 조장.

코스모 내가 뭘 하는지는 나도 알아.

(침묵)

코스모 난 계획 없인 아무것도 하지 않아.

밸러리 그냥 은유로서 그 사람들을 언급했을 뿐이야. 파괴, 피
학 심리, 자진해서 당하는 강간에 대한 은유.

코스모 쥐들이 대안 행동을 보이게 하려고 노력했어. 예를 들면
욕구나 공격성이나 두려움을 표현하도록 말이야. 그런데 그
런 일은 나타나지 않아. 아니면 그걸 언어로 풀이할 능력이
내겐 없는지도. 쥐들은 은유를 사용하지 않지만 그래도 그 종
은 번성해. 우리를 구분하는 건 수컷의 폭력성이 아니야. 그
런 면에서는 오히려 종간 유사성이 강하지. 남자 쥐와 인간
수컷을 구별 짓는 건 언어야. 은유, 승화, 번역, 재해석, 전달,
비교, 거짓말.

밸러리 그리고 인간 여자들이 돌고래처럼 자멸적인 행동을 보
이는 경향?

코스모 그 연구 자금을 마련할 방법은 단 하나야. 다정한 보지
를 탐하는 마음, 자신의 수동적인 살덩이에 빠져 죽고 싶은
성향을 이용하는 것. 난 지원금 없이, 학점과 개 사료를 받아

먹지 않고, 과학에서 한자리 차지하지 않은 채 진행하는 연구에 반대하지 않아. 이젠 과학 안에서 유람하고 싶은 마음이 없어.

밸러리 내 엉덩이나 핥으시지.*

코스모 내가 그걸 얼마나 좋아하는지 알면서.

밸러리 난 연구 자금을 마련할 거야. 우린 그럴 자격이 있어. 실험실장에게서 연구비를 타낼 가능성은 네가 한 번씩 빨아줄 때마다 줄어들어. 그 씹질 기계는 우리에게 돈을 주지 않을 거야. 우리에게 운이 따른다면, 그 새끼는 임질에 걸리겠지. 운이 아주 좋다면 매독이고.

코스모 우린 그 돈을 절대로 마련하지 못해, 수컷 쥐를 박멸하는 연구를 하게 내버려둘 사람은 없다고. 그건 대통령을 사형시킬 기계를 만들겠다고 연구비를 요청하는 것과 같아.

밸러리 (웃는다) 넌 천재야, 코스모. 난 가서 신청서를 가져와야겠어. 이 얘기를 보스가 들으면 우린 돈더미 속에서 헤엄치게 될 거야. 대통령을 사형시킬 기계. 우리의 정다운 전기 스파크 친구. 다들 아주 좋아하겠어…… 사형 기계에 대해 더 말해봐.

코스모 난 역사 밖에 머문다 해도 상관없어. 내 어머니를 살해하려 하는 국가의 돈을 받느니 씹질 보수를 받겠어.

밸러리 엘리자베스는 뭐라고 해? 말해봐.

---

* '닥쳐'라는 의미의 관용적 표현.

코스모   엘리자베스는 손뜨개로 아기 담요를 짜고 있어. 정신병
같아. 역겨워. 살아남기 위해 뭐든 할 거야. 인격 변화에 대한
고전적 연구 자료야. 경계성 인격장애. 그게 어떻게 진단될지
알아. 광증이야. 사형시키겠다고 위협해서 그곳 여자들을 다
창녀로 만들었어.

밸러리   게다가 교도소 밖에 있는 너도 창녀로 만들었고.

코스모   내가 돈을 줄게. 어디서 온 돈이든 무슨 상관이야?

밸러리   내 귀여운 멍청이, 네게서 전쟁의 냄새가 나기 시작해.
네게 샴페인과 파티용 색테이프와 프린세스 케이크*만 있기
를 빌어줄 또하나의 이유.

코스모   난 죽는 게 너무 무서워. 저들이 엘리자베스를 죽일 거
야, 난 알아. 내 뇌는 무고한 사람들이 늘 사형을 당하는 전기
의자 같은 곳이야. 그래도 그게 무슨 상관이야? 널 사랑해.

밸러리   이리 와.

너는 실험을 멈추고, 다른 일도 전부 멈춘다. 코스모의 손을
잡고 눅눅한 모피 코트를 벗긴 뒤 실험대 위에 올린다. 코스모
가 일어나 앉으려 해도 막고 담배에 불을 붙이려 할 때는 담배
를 빼앗은 뒤 그녀를 안는다. 연기와 지하세계 냄새를 풍기는
코스모걸, 가장 아름답고 가장 기괴한 이 소녀는 완전히 잠잠해
진다. 그녀는 작은 실험동물일 뿐이다. 진정시키기 쉽고 실험에

---

* 스웨덴 전통 디저트의 일종.

망가진 미친 실험동물.

밸러리 이리 와, 바보.

코스모 미래는 없어. 신은 없어. 엘리자베스는 죽을 거야, 알아. 이 모든 게 사라질 거야.

밸러리 지금 우린 여기 있어.

코스모 그러다 모두 사라져.

밸러리 우리는 지금 존재해.

코스모 그러다 모두 사라져.

밸러리 내게 말 좀 해봐.

코스모 할말이 없어.

밸러리 엘리자베스 얘기를 해봐.

코스모 엘리자베스는 죽을 거야. 그게 다야.

밸러리 네가 사슴 같은 눈으로 쳐다보면, 항상 그렇게 상처 입은 동물처럼 보이면, 난 너무 겁이 나, 코스모.

코스모 사랑해.

밸러리 우린 매춘이 아니라 연구를 하게 될 거야, 밤비. 저 모피 코트를 빨아 네 멍을 가릴 거야. 우린 이제 마약을 끊고 이곳을 장악할 거야.

과학 속에서 유람하기 2
메릴랜드대학교, 1966년

밸러리 수정 헌법 제19조*. 투표할 권리. 침묵. 세계 전쟁. 활동이 멈추고 해방운동은 지하로 들어갔어요.

로버트 브러시 교수 새로운 시대가 오고 있네. 자네와 앤 던컨은 그 미래의 일원이 될 거야.

밸러리 거기엔 우리 자리가 없어요.

로버트 브러시 교수 학과 밖에서 새로운 세상이 열리고 있다니까. 자네들에겐 머리가 있어. 과학 분야에서 자리와 예산과 일거리를 확보할 수 있도록 내가 살펴주지. 자네들이 할 일은 인내심을 기르는 것뿐이야.

---

* 미국 헌법에서 여성에게 투표권을 보장한 조항.

밸러리 절대로 우릴 위한 미래가 아니에요.

로버트 브러시 교수 앤 던컨이 세미나에 나와야 해. 그리고 자네도 과학적 틀 안에서 연구를 시작해야 하고. 자네의 최근 연구는 연구도 아니라고 치부될 수 있네. 그건 침묵이나 마찬가지야.

밸러리 그 침묵에 대한 정신분석학적 시각. 투사와 전이의 기능. 제임스 딘. 전쟁. 매릴린 먼로. 하늘을 닮은 스크린 위 초강력 투사로서의 전쟁. 초강대국. 초강력 수퍼맨.

로버트 브러시 교수 이런 식으로 과학에서 멀어지는 모습은, 특히 그게 자네 문제일 때는, 난 차마 볼 수가 없네. 절망감이 들어.

밸러리 마거릿 말러와 멜라니 클라인은 브뤼케의 실험실에서 정신분석학의 좆을 빨았어요. 느긋하게 누운 채로 천장의 물얼룩 모양을 해석하며 아무리 오래 있어봤자 소용없어요. 유년기가 문제가 아니라, 착오가 문제라고요. 유년기는 실험실에서, 욕망 체계에서, 경제 체계에서 여성에게 부여된 장소예요. 그 유년기는 아마도 여성이 아니라 남성의 유년기겠죠. 모든 남자 안에는 극도로 가학적인 충동을 지닌 자위하는 유아가 앉아 있어요. 정신분석학의 역할은 그 가학적인 아이— 어른 남자를 재활하는 것이고요.

로버트 브러시 교수 아까도 말했듯이 나는 자네가 사례 분석으로 돌아오기를 바라네. 우리의 차이가 무엇이든, 결국 요점은 세상에 등을 돌리지 않는 걸세. 우리가 현실이라고 이름 붙인

곳으로 늘 돌아가는 거라고.

밸러리 여자의 유년기를 보지 말고, 욕망의 체계 속 그 여자의 자리를 보세요. 가학 성애자와 여성혐오자들 사이에서 보낸 여자의 불행한 유년기를 보시라고요. 어떤 형태나 형식으로든 욕망이라는 선택지는 없죠. 절단된 리비도 덕분에, 어떤 경우에는 절단된 성기나 절단된 공격성 덕분에요. 모든 것이 투사를 위한 스크린, 서부 개척의 꿈을 위한 스크린이 되라는 할당된 과업에서 생겨나요. 상담용 소파, 전이, 그리고 거대한 전이성 신경증. 스크린 뒤에는 아무것도 없어요. 매릴린 먼로, 도리스 데이. 절단된 욕망 충동, 절단된 공격 충동, 모든 미국 여성이 그래요. 정신분석학의 죽음입니다, 로버트 교수님.

로버트 브러시 교수 자네와 같은 사고 방법은 우리 학과에 새로운 피를 주입하는 역할을 할 걸세. 암컷 쥐 프로젝트만 포기하면 원하는 기간 내내 연구비를 지원받을 수 있도록 보장해주지.

밸러리 교수님이 물에 빠진 사람을 등쳐먹는 짓을 그만두시면 저도 생각해볼게요.

뉴욕, 1966년 여름

뉴욕에서는 나무에 꽃이 늦게 핀다. 사막 잠자리들이 도시들을 습격할 무렵이면 바야흐로 여름이다. 도시의 헤어스타일은 말아올린 금발이다. 거리를 향해 난 창문들이 열려 있고 모르는 사람들이 발코니에서 손을 흔든다. 너는 코스모걸과 땀에 젖은 손을 맞잡고 군중 속을 달린다. 백악관과 린든 B. 존슨이 모든 사람의 생각 속에서 불타고 있다. 모두가 거기 모여 있다. 모두가 선언문 초판을 사야만 한다.

NOW(전미여성기구)에서 나온 케이 클래런바크와 뮤리얼 폭스가 확성기에 대고 성 정치를, 생물학의 압제와 불행한 주부를 말한다. 남성과 여성의 불운한 관계를 말하고, 희생 없는 성애가 필요하다고 주장한다. 그들은 남자에 대해 말하기를 무척 좋아한다. 그들은 NOW, 즉 전미벌레연합National Organization for Worms에 가입하는 남자들을 진심으로 환영한다. 너는 너만의 운동인 남성절단결사가 있고, 머릿속에서 솟구치는 암페타민*을 가장 좋아한다.

너는 행진하는 시위대 속에서 코스모의 손을 잡고 걸으며 둘이서 함께 소리를 지르고 구호를 외친다. **결혼한 여자는 모두 매춘부다. 진짜 창녀만이 진짜 여성이다.** 너희는 알고 싶어하는 모든 여자들에게 말한다. 우린 단 몇 분 만에 남성혐오자들한 부대를 동원할 수 있어요. 몇 주 안에 대통령을 끌어내리고 이 나라와 전 국민의 정신을 장악할 수 있어요. 와해 부대. 개판부대. 이 더러운 나라를 파괴하라. 포주와 불알 합중국. 무존재의 합중국.

거리 모퉁이에서 너는 코스모에게 키스한다. 네 가슴속에서 야생동물이 숨가쁘게 울부짖는다. 펄떡이는 진한 분홍빛 순간들, 역사 밖에 존재하는 무정부적 키스. 코스모와 너는 손을 잡고 달린다. 여성운동의 제2의 물결 밖에서, 신좌파와 여성해방운동 밖에서, 여성성의 신화, 화려한 페미니스트 여성들, 베트남전쟁에서 더욱 멀리 벗어난 채. 미국의 여성운동은 너와 코스모로 이루어졌다. 너희는 미국 최초의 지성적인 창녀들이며 너

---

* 각성제의 일종.

는 읽을 가치가 있는 유일한 글, 『SCUM 선언문』의 저자다.

뉴욕에서 가장 더운 여름, 죽은 잠자리들이 보도에 군데군데 수북이 쌓여 있다. 너는 은여우 털로 만든 흰 모피 코트를 입고 나일론 스타킹에 냄새나는 하이힐 부츠를 신었으며, 치아에 항상 립스틱을 묻히고 거대한 미러렌즈 선글라스를 끼고 다니는 걸 자랑스럽게 여긴다. 코스모는 네 선글라스 표면에 비친 자기 모습을 보며 화장을 덧칠하고 반짝이를 바르고 코카인을 더 흡입한다. 선언문 하나하나에 립스틱 키스를 찍어 1달러가 조금 넘는 돈을 받고 판다. 햇빛은 눈부시게 강렬하고, 거리 모퉁이에서는 기름통과 플래카드가 불에 탄다. 지금은 너의 시간이다. 순식간에 타오른 불꽃과 갑작스러운 열기로 후끈거리는 막간. 번뜩이는 피부와 마그네슘의 섬광.

브리스틀호텔, 1988년 4월 19일

서술자 너의 야생동물 같은 언어와 대학 시절에 대해 자꾸만 생각하게 돼. 그러다 뉴욕과 팩토리 시절을 생각하지. 이 소설에서 주요한 질문은 이거야. 넌 왜 글쓰기를 왜 그만두었어? 왜 메릴랜드대학교를 떠난 거야? 왜 앤디 워홀을 쏜 거지?

밸러리 거울아, 거울아, 벽에 걸린 거울아. 죄다 틀린 질문이야. 옳은 질문은 이거지. 그 여자는 왜 계속 글을 썼을까? 누구든 왜 계속 글을 쓴 걸까? 왜 대학을 떠나지 않았을까? 어떤 여자든 왜 교직에 남았을까? 왜 총을 쏘지 않았을까? 그 여자와 같은 부류의 대다수는 왜 무기를 손에 넣지 못했을까? 그녀의 모든 권리가 끊임없이 공격당했어. 게으르고 아름다운 그들은 롱아일랜드에 있는 정원들을 거닐고 있었지. 그들은 왜 정원을 파괴하지 않았을까? 여성성의 신화.

서술자 1977년에 〈빌리지 보이스〉의 하워드 스미스와 한 인터
뷰에서 네가 한 말에 따르면…… 여성 교도소를 거쳐 정신병
원을 전전하다 나온 뒤였고, 네가 선언문을 직접 출간한 직후
였는데—

밸러리 —됐어. 내 인생에 대해 강의하고 싶다면, 난 적당한 청
중이 아닐 거야. 그다지 관심이 없거든. 난 모든 걸 망쳐버렸
다, 그게 네 모든 질문에 대한 대답이야. 난 전두엽 절제술을
받은 번식용 암소 같은 삶을 받아들일 수 없었고, 내 주위의
세상은 그런 나를 받아들일 수 없었지.

서술자 하워드 스미스와 한 인터뷰에서—

밸러리 아둔하고, 유아적이고, 거슬리는 인간. 인터뷰가 끝난
뒤 그 인간이 자기도 한번 빨아달라고 했던 기억이 나네.

서술자 —넌 선언문이 가상적인 글이라고 했어. 나중에는 그
말을 철회했고. 가상적이라는 말이 무슨 뜻인지 알고 싶어.
그리고 SCUM이 문학적 장치라고, SCUM이라는 단체는 없다
고도 말했잖아.

밸러리 거기엔 나밖에 없었어. 난 숫자 계산을 안 좋아해.

서술자 내 소설에서—

밸러리 —너와 네 그 소설은 이제 날 좀 놔줘야 할 거야. 난 할
일이 있거든.

서술자 난 돈이 있어.

밸러리 얼마나 좋으실까.

서술자 돈이 필요하다면 내가 줄 수도 있다는 말이야. 그러면

굳이 안 해도……

밸러리 굳이 뭘 안 해?

서술자 그냥, 돈이 필요하면 내가 좀 줄 수도 있다는 말이야.

밸러리 굳이 뭘 안 해?

서술자 몸 팔기. 매춘부로 일하기. 친밀함을 돈 받고 팔기. 그걸 뭐라고 불러야 할지는 나도 모르겠어.

밸러리 성 정치. 이른바 사랑의, 즉 강간의 조직. 홍등가. 도시에 특별 지역이 갑자기 생겨나고, 여자들은 매주 정부가 비용을 부담하는 검사를 받으러 불려갔지. 그들의 고객, 성 매수자, 남자들이 병에 걸리지 않게 하려고 말이야. 내게서 모든 걸 빼앗아 가. 어서. 그게 내가 원하는 바야.

서술자 남자를 싫어하면서도 그들에게 평생 자신을 팔 수밖에 없었다면, 그건 극도로 비극적인 일일 뿐이야.

밸러리 강간 요금을 청구해. 조직화된 강간. 체계화된 강간. 미리 계획 가능한 강간. 구조적인 좆 빨기. 공식화된 씹질. 강간 요금 청구. 강간은 공짜가 아니야. 자의로 씹하는 사람을 강간하는 건 불가능해. 결혼한 여자는 모두 매춘부야. 진짜 창녀만이 진짜 여성이고 혁명가지. 나는 마음을 팔지 않아. 머리를 팔지 않아. 단지 몇 분의 시간과 내 것이 아닌 몸의 일부를 팔 뿐이야.

팩토리

엘름허스트정신병원, 1969년 5월 14일

닥터 쿠퍼는 포커에서 연이어 지면서도 지치지 않는다. 패배가 누적되지만 다행히 돈을 건 게임은 아니다. 닥터 쿠퍼는 딴데 정신이 팔려서 승산이 없다. 카드 게임을 하다보면 너의 불행한 유년기 얘기가 짧게나마 나오리라 생각하는 게 분명하다. 닥터 쿠퍼는 유년기에 집착하고, 경쟁적인 성향을 타고났으면서도 전략이라고는 전혀 쓸 줄 모른다.

밸러리 선생의 유년기를 회상해보고 싶진 않아요?

닥터 루스 쿠퍼 나는 당신이 유년기 얘기를 더 하면 좋겠어요.

밸러리 내 유년기가 날 떠돌이 동물로 만들었죠.

닥터 루스 쿠퍼 아버지와의 관계는요?

밸러리 포커 괴물로도 만들었고.

닥터 루스 쿠퍼 아버지와의 관계는요?

밸러리 난 아버지가 없어요.

닥터 루스 쿠퍼 어머니와의 관계는?

밸러리 우리는 연을 날렸고 난 연을 좇아 사막을 달렸어요. 우리는 젊고 거칠고 자유로웠어요. 미안하지만 닥터 쿠퍼, 난 당신의 이론들을 깨부숴야겠어요. 도러시는 전등 불빛, 환히 빛나는 운모와 같았어요.

닥터 루스 쿠퍼 그럼 유년기는?

밸러리 그네 의자 커버 위에 있는 장미꽃의 수를 셌죠. 타자기를 갖고 싶다는 꿈을 꿨고요. 못된 남자애의 주스에 오줌을 넣었어요.

닥터 루스 쿠퍼 당신은 사랑 없고 폭력적인 환경에서 자랐다고 묘사되어 있어요. 언어와 태도에 버림받았다는 느낌이 특징적으로 나타나고요.

밸러리 모성은 사회 변화의 잠재력이에요. 가치 있는 모든 건 어머니들이 이루었죠. 도러시는 돈 없이 집을 지었어요. 내게 십오 년간 음식을 주었고요. 햇빛과 피도 주었고.

닥터 루스 쿠퍼 사랑하는 능력은 어린아이가 어머니의 다정한 감정을 불러일으키는 능력과 밀접한 관련이 있어요.

밸러리 이봐, 잠깐, 쿠퍼! 당신이 사랑에 대해 뭘 알아요?

닥터 루스 쿠퍼 난 환자가 아닙니다.

밸러리 코스모걸은 영원히 가버렸죠. 그게 내가 아는 전부예요.

닥터 루스 쿠퍼 절망을 느낀다는 거 알아요.

밸러리 선생은 왜 항상 그 못생긴 안경을 쓰죠?

닥터 루스 쿠퍼 시력이 나빠요. 근시. 일을 하려면 환자들을 볼 수 있어야 하니까.

밸러리 안경 벗어요.

닥터 루스 쿠퍼 의자에 다시 앉는 게 좋겠습니다.

너는 닥터 쿠퍼의 광택이 흐르는 근사한 책상으로 올라가(병원 가구에 올라가는 행위는 엄격히 금지된다) 안경을 벗긴다(병원 직원의 몸에 손을 대는 행위는 엄격히 금지된다). 그 안경 너머로 뿌옇고 흐릿한 윤곽선, 닥터 루스 쿠퍼의 소년 같은 맨얼굴, 안경을 되찾으려고 팔을 휘젓는 모습이 보인다. 그 세련된 검은 안경테가 없으니 그녀는 아무것도 아니다. 닥터 루스 쿠퍼가 서부 해안 지역 출신 특유의 웃음을 터트린다. 소금기와 해변에 밀려온 해초, 말미잘의 웃음. 그녀는 닥터 근엄의 역할을 제대로 해내지 못한다.

닥터 루스 쿠퍼 안경 돌려줘요.

밸러리 여자 좋아해요?

닥터 루스 쿠퍼 아뇨.

(침묵)

닥터 루스 쿠퍼 아니, 내 말은, 당연히 여자 좋아하죠. 여자도 좋아하고, 남자도 좋아하고, 모든 종류의 사람을 좋아해요. 여자가 날 성적으로 흥분시키지는 않아요, 그걸 묻는 거라면.

밸러리 거짓말하는 모습이 귀여워요.

닥터 루스 쿠퍼 거짓말 아니에요.

밸러리 나 좋아해요?

닥터 루스 쿠퍼 좋아한다는 거 알잖아요. 당신을 환자로서, 인간
으로서 좋아해요. 내 자식처럼 느껴지기도 하고.

밸러리 선생의 인간 아기. 난 그 누구의 자식도 되고 싶지 않아.
아이들은 존재하지 않아요.

닥터 루스 쿠퍼 당신이 내 아이였다면 애초에 여기에 올 일도 없
었을 거야.

밸러리 안경을 벗으니 아름다워요.

(닥터 루스 쿠퍼가 얼굴을 붉히며 노트를 뒤적거린다.)

닥터 루스 쿠퍼 재판이 코앞으로 다가왔어요.

밸러리 그런데 내 유년기 얘기를 하자는 거네요.

닥터 루스 쿠퍼 무슨 얘기를 하고 싶어요?

밸러리(안경을 돌려준다) 선생이 왜 맨날 지는지 알아요?

(닥터 루스 쿠퍼가 웃으며 안경을 다시 쓴다.)

밸러리 나는 게임에서 운이 더 좋기를 바라는데, 당신은 사랑에
서 운이 더 좋기를 바라기 때문이죠. 낭만적 사랑이라는 개념
은 인구의 절반을 교외 뒷마당에 감금하는 방법에 불과해요.
똑똑한 사람들에게 행주가 문학보다 더 중요하다는 생각을
심어주는 지독하게 간단한 방법.

닥터 루스 쿠퍼 난 사랑을 잘 몰라요.

밸러리 아, 그러면, 닥터 쿠퍼, 선생이 패배를 만회할 기회를 얻

으려면 우리가 게임을 한 판 더 하는 게 좋겠어요.

(침묵)

밸러리 닥터 루스 쿠퍼?

닥터 루스 쿠퍼 거짓말을 했어요. 난 지금까지 만난 모든 남자를 총으로 쏘는 꿈을 꿔요. 남자들이 성교 뒤에 뭘 해주면 좋겠느냐고 묻는 게 싫어요.

밸러리 안경을 벗어요, 쿠퍼.

닥터 루스 쿠퍼(안경을 벗는다) 이제 정신과의사 노릇은 하고 싶지 않아요.

밸러리 괜찮을 거예요, 의사 선생. 이제 돈을 더 잃지 않게 집중하도록 해요.

닥터 루스 쿠퍼 당신이 여기 온 뒤로 난 뭘 어떡해야 할지 모르겠어요.

밸러리 우리가 아는 거라곤 닥터 쿠퍼 당신은 포커페이스를 짓는 능력이 예외적으로 부족하다는 점. 하지만 괜찮아요, 닥터 쿠퍼. 거짓말하기가 너무나 쉬울 때 진실을 말할 이유가 없죠.

뉴욕, 1967년 10월
너는 팝아티스트 앤디 워홀의 초대를 받아 팩토리에 간다

팩토리로 올라가는 엘리베이터 안의 거울이 너의 미소와 체리색 립스틱, 불그레하게 달아오른 뺨으로 가득 채워진다. 코트 주머니 안에는 박엽지로 감싼 희곡이 있다. 로비에서 빌리 네임이 예리한 눈초리로 팔을 벌려 인사하고, 앤디 워홀이 폴라로이드 카메라를 들고 어디선가 나타나는데 뺨에는 키스 자국이 묻었고 스웨터 위에 파티용 색테이프 조각들이 붙어 있다.

뒤로 빗어 넘긴 그들의 팝아트 헤어스타일 뒤로 대마초 연기가 기둥처럼 올라가고, 앤디 워홀은 부속 건물들을 유유히 드나들면서 아무데서나 불쑥 나타났다가 흰 벽과 손님들의 바다로 조용히 사라지는 습관이 있다. 그는 아른아른하고 반짝거리는 호모스러움을 풍기며 유령처럼 나타났다가 스르르 사라진다.
남성성과 공격성을 지우는 그의 멋진 태도.

앤디 안녕, 밸러리.

밸러리 앤디 '멍청이' 워홀.

빌리 밸러리 솔래너스.

밸러리 당신은 아주 모범적인 방식으로 남성성을 없앴구나.

앤디 팩토리에 잘 왔어, 밸러리. 전에 여기 온 적 없지?

밸러리 내 기억엔 없어. 당장 '똥 모임'을 진행해야 할 것 같아.

앤디 그래, 밸러리. 먼저 뭘 좀 마실래?

밸러리 샴페인 좀 줘. 그리고 피울 것도, 좀 센 걸로. 하지만 우
선 여러분은 자신이 똥인 이유를 전부 나열해야 해. 날 따라
해. 나는 하-찮고 천-한 또-옹이다.

앤디 난 똥이야. 하찮고 천한 똥.

밸러리(빌리를 가리킨다) 좋아.

빌리 내가 뭐라고 말해야 하지?

밸러리 나는 하찮고 천한 똥이다.

빌리 아, 그래. 나는 똥이다. 하찮고 천한 똥.

밸러리 아주 좋아.

빌리 젠장 '똥 모임'이 뭔데?

밸러리 SCUM의 남성 지부 회원들을 돕기 위해 SCUM이 '똥
모임'을 진행하는데, 참석한 남자들은 모두 "나는 똥이다. 하
찮고 천한 똥"이라는 말로 시작하는 연설을 하게 돼. 그런 다

음 계속해서 자기가 똥인 이유를 대는 거지. 그렇게 하는 대가로 얻는 보상은 모임이 끝난 뒤 거기 참석한 SCUM의 정회원들과 한 시간 내내 친하게 어울릴 수 있다는 거야.

앤디 환상적이다.

밸러리 내가 쓴 희곡을 가져왔어, 앤디. 「똥구멍이나 쑤셔라」. 그 외에 다른 제목들도 생각해봤어. 「점액에서 솟아나」 「망했다」를 비롯해 몇 개 더. 당신이 좀 읽어봤으면 좋겠어. 그리고 당신, 살찐 똥 선생(빌리의 배를 찌른다), 잽싸게 샴페인 가지러 가도 돼. 다녀와서 이유를 대면 되니까.

앤디 무슨 이유?

밸러리 하-찮고 천-한 또-옹인 이유.

앤디 그래, 밸러리. 우선 이리 와서 다른 사람들에게 인사해.

밸러리(희곡을 꺼내 앤디에게 건넨다) 앤디 당신에게 보여주려고 가져왔어. 무대에 올릴 가치가 있는 유일한 희곡.

앤디(담배를 피우며 훑어본다) 흥미롭네.

밸러리 어떻게 생각해?

앤디 흥미로워, 밸러리. 어쩌면, 밸러리, 우리가 제작하기로 할지도 모르겠고.

앤디의 얼굴은 염증이 생긴 상처처럼 보인다. 그가 웃으면 은색 가발 아래로 썩은 치아가 드러나고, 옷에서는 희미한 해초 냄새가 난다. 그는 말을 더듬고 키득키득 웃는다. 사람들이 흩어져서 반짝이는 흰 바닥에 앉아 서로 귓속말을 한다. 그들은 성급히 올려다보면서 인사는 건네지 않는다. 폴 모리시가 장미 꽃다발을 들고 지나간다. 앤디는 커다란 흰 장막에 스며든다. 너는 나중에 화이트 간호사에게 이렇게 말한다.

팩토리에 초대받았을 때 나는 아무런 기대도 없이 갔다가 핸드백 가득히 약속을 담아서 나왔어요. 앤디 워홀에 대해선 잘 알지 못했는데, 뉴욕에서 엄청 잘나가는 사람이고 모방과 스크린인쇄 같은 걸 한다는 사실 정도만 알았죠. 텔레비전에 나와서 손톱에 매니큐어를 칠하며 자기가 미스 워홀라, 미스 월드라고 말하는 모습은 봤어요. 앤디가 글을 읽지 못한다는 사실은 알겠더라고요. 패션이나 보디빌딩 잡지들을 사진 캡션도 이해하지 못하는 채로 대충 넘겨보고 있었죠. 그리고 자기가 노숙자 여자로 분장하고 밤에 뉴욕 거리를 몰래 돌아다니며 다른 노숙자 여자들에게 음식을 나눠준다는 소문을 퍼뜨리기도 했어요. 팩토리는 보자마자 좋았어요. 언제나 음식과 음료가 있었고 사람들은 다들 괴짜인데다 마약중독자들과 매춘부들이 벽에 둘러앉아서 앤디가 와서 자기들을 모델로 작품을 만들어주길 기다리고 있었죠. 나는 곧바로 앤디가 SCUM의 남성 지부를 이끌게 하겠다고 결심했어요. 그는 완벽했죠. 이 반짝거리는 게이 생물체, 알비노의 외모, 그 은색 가발.

활짝 벌린 팔, 커다란 손짓, 네 입에서 부글부글 터지는 샴페인. 실버팩토리는 거대한 거울이라서 실제로 얼마나 많은 사람이 돌아다니고 있는지 알기 힘들다. 은색 거울들에 열 개의 반영이 나타나고 상이 왜곡된다. 약기운이 퍼지면 너는 거울 속 인물들에게도 말을 걸고, 땀이 찬 헐렁한 부츠에 더러운 모피 코트를 입은 네가 괴짜들 사이에서도 괴짜처럼 보인다는 사실에 흐뭇해한다. 거울에 대고 말하는 건 다소 지루할 수도 있으나 앤디 주변에서는 모든 표면이 똑같이 밋밋하고 매끈하므로 그다지 상관없다.

앤디의 영화들이 벽을 스크린 삼아 돌아가고, 너는 약기운이 없을 때는 거울이 아니라 영화 근처에 머문다. 너는 팩토리를 사랑하는 검은 거미다. 나중에 너는 화이트 간호사에게 이렇게 말한다.

팩토리에는 쇼핑백이 사방에 있었어요. 앤디가 쇼핑을 아주 좋아했거든요. 그에겐 늘 돈이 많았죠. 돈과 대마초가 차고 넘쳤어요. 쇼핑도 예술의 일부였고. 그는 예술과 쇼핑 사이의 경계와 관련한 무슨 일인가를 했어요. 예술. 아이가 없어서. 그저 새로운 걸 좋아하고, 물건 사기를 즐기고, 한없이 많은 돈을 소유하고 싶어한 사람인데. 물질주의자 호모일 뿐이었다고요. 남성 '예술가'라는 말은 그 자체로 모순이죠. 팩토리 안을 그림자처럼 흘러다니는 앤디는 다른 사람들의 피 묻은 기억에 의존하는 기생충이었어요. 앤디가 내게 샴페인을 갖다주면서 내 유년기와 미래 계획에 대해 모든 걸 말해달라고 했어요. 난 그곳이 정말로 좋았어요. 벽을 둘러앉은 약쟁이들과 호모 창녀들 사이에 끼고 싶었어요. 땀을 흘리고 중얼중얼하면서 앤디가 와서 자신을 모델로 예술작품을 만들어주기를 기다리는 이들. 정말 행복한 시절이었어요. 앤디는 내가 무슨 말만 하면 웃음을 터트렸죠. 난 선언문을 소리 내어 읽어주었어요. 그 광대한 표면들. 난 팩토리가 나를 영원히 집어삼키기를 바랐어요.

"위대한 예술"

너는 팩토리에서 앤디의 영화들이 온종일 재생되는 거대한 스크린 아래에 서 있다. 〈블로우잡〉〈테일러 미드의 엉덩이〉 〈바이닐〉. 비바가 근처에서 그림과 화병을 정돈하고 돌아다니며 네 쪽을 유심히 쳐다본다. 네 질문에 답하는 비바의 말투는 마치 참고 서적 같다.

밸러리 이거 앤디가 만든 영화야?

비바 〈블로우잡〉, 1964년 작.

밸러리 무슨 이야기인데?

비바 오럴을 받는 동안 피를 흘리고 카메라를 향해 훌쩍거리며 우는 남자 매춘부.

밸러리 아. 그 외엔?

비바 그냥 그런 이야기야.

밸러리 왜 그런 이야기를 영화로 찍어?

비바 예술이니까.

밸러리 「똥구멍이나 쑤셔라」가 여기 팩토리에 나타난 건 앤디 를 위해 좋은 일 같아.

비바 그건 위대한 예술이야. 밸러리.

밸러리 그렇지. 환상적이야.

엘리자베스 던컨과 죽음, 1967년 9월

한밤중 실험실에서 코스모걸은 실험복 아래에 아무것도 입지 않은 채로 형광등 아래에 서서 비명을 지르고 있다. 코스모걸은 뉴욕에 있는 네게 전화를 걸었고 너는 밤 기차를 타고 돌아왔으며, 마침내 이곳에 도착했을 때 코스모걸은 너를 알아보지 못한다. 엘리자베스가 1967년 10월 9일에 죽을 거라고, 이번 결정은 최종적이라고 샌퀜틴에서 알려왔다. 뉴욕에서 코스모걸 없이 살겠다는 너의 결정 또한 최종적이고 돌이킬 수 없다. 너는 거짓된 과학과 박제된 동물에 지쳤고, 밤마다 이상한 차에서 이상한 남자들과 이상한 모험을 하는 코스모걸의 습관에도 진력이 났다.

가장 아름다운, 그리고 가장 기괴한 여자. 코스모의 피부는 죽은 사람처럼 하얗고 끈적거리고 생경하며, 이제 할일은 단 한 가지뿐이다. 택시를 타고 마지막으로 대법원으로 가서 법정에서 무릎을 꿇고 울면서 애원하는 것. 너는 코스모에게 점잖은 옷을 입히고 엘리자베스 던컨의 가망 없는 사건에 관한 모든 서류를 챙긴다.

주대법원에서 코스모가 돌봐주지 않은 좆은 하나도 없다. 수년간 그녀는 입안의 부드러운 혀 덕분에 엘리자베스를 살려둘 수 있었다. 하지만 이번에는 혀도, 깃털처럼 가벼운 손가락들도, 다른 어떠한 형태의 쾌락도 소용이 없다. 미국은 엘리자베스 던컨을 세 번의 독극물 주입으로 살해하고, 코스모는 그때까지 지녔던 모든 것을 잃는다. 총명함, 뻔뻔함, 강철 같은 의지. 심지어 자신이 제공한 서비스에 대한 요금도 받지 않는다. 그녀는 길 잃은 실험실 동물이 되어 유니버시티파크의 나무 아래에서 잠든다.

미지의 작가들에게 알림,
1967년 가을 <뉴욕>에 발표

올림피아프레스는 모리스 지로디아스가 미국 관광객들을 타락시켜 포르노적 삶의 방식으로 이끌겠다는 포부를 품고 1953년 파리에서 (빠듯한 자본으로) 설립했으며, 1954년에『O의 이야기』를, 1954년에는『롤리타』와『진저맨』을, 1958년에는 사드 후작의 모든 소설과 헨리 밀러의 걸작 대부분 그리고『캔디』를, 1959년에는『네이키드 런치』와 더렐의『블랙북』을 비롯해 다른 흥미로운 작가들의 작품 및 기타 걸작 및 오락소설을 출간했습니다.

오늘, 모리스 지로디아스와 올림피아프레스는 드골 대통령 치하의 파리에 반감을 품고 이곳을 떠나 뉴욕에서 새롭게 출발합니다.

우리는 유명한 사람들, 혹은 반쯤 유명한 사람들에는 관심이 없습니다. 재능을 발견하는 것이 우리의 기능입니다. 미지의 작가들이 우리의 특기입니다. 기존의 모든 출판사에서 거절당한 분들. 좋습니다, 이곳에서는 기회가 있습니다. 우리는 모든 것을─지체 없이, 식별력 있게, 낙관적으로─읽습니다. 여러분의 걸작을 보내주세요. 주소는 우편번호 10003, 뉴욕 그래머시 파크 이스트 36번지 올림피아프레스 편집국입니다. 아, 반송용 우표를 잊지 말고 동봉하세요. 어쨌거나 여러분의 원고를 반송하게 될지도 **모르니까요.**

첼시호텔, 뉴욕, 1967년 11월

첼시호텔에서 너는 〈빌리지 보이스〉에 게재할 목적으로 「어린 여성을 위한 지침서」를 쓰고, 계속해서 선언문의 수정본을 만들어낸다. 메릴랜드대학교 시절부터 쓴 글, 매체에 보낸 독자 의견 글, 학생신문에 실린 칼럼, 에세이, 코스모와 함께 쓴 글 전부가 호텔방에 널려 있다. 밤에는 바깥 비상계단에 앉아 일한다. 모든 것이 제자리를 찾았고 그래서 너는 아무런 생각 없이, 가슴속 심연을 마주하지 않고 글을 쓴다. 공허함도 없고 외로움도 없고 코스모를 그리워하는 마음도 없이, 바다 같은 기쁨과 포장도로의 열기만 있을 뿐이다. 날마다 로비에 놓인 생생한 꽃다발들, 네 핸드백을 가득 채운 근사한 약통들.

여기는 네가 있을 곳이다. 뉴욕, 첼시, 1960년대, 정치적 존재와 역설, 괴짜, 예술가, 유토피아. 글을 쓰는 사람과 예술을 창조하는 사람. 호텔의 아담한 프런트 직원에게 전화를 걸 때 너는 행복하고 차분해진다. 얼핏 키득거리는 그의 웃음소리가 전화선으로 전해지고 햇살이 방안으로 쏟아진다.

아담한 프런트 직원 로비입니다.

밸러리 아담한 직원님?

아담한 프런트 직원 무엇을 도와드릴까요, 고객니이이임?

밸러리 새 전화기가 필요해요. 선에 똥이 묻지 않은 마른 전화기.

아담한 프런트 직원 (웃는다) 전화기를 즉시 바꿔드리겠습니다.

밸러리 검은색 전화기가 좋겠어요. 깨끗해야 하니까, 꼼꼼히 씻어야 해요. 전화 걸 때 다른 사람들의 숨과 생각을 느끼긴 싫거든요.

아담한 프런트 직원 제가 직접 전화기를 바꿔드리겠습니다.

밸러리 여섯시까지는 전화 연결을 끊어주세요. 글을 쓰고 있거든요. 업무 일지에 그렇게 적어요. 난 글을 쓰고 있다고 적어요. 선언문을 쓰고 있다고 적으세요. 전화 연결을 끊어야 하고 전화기는 깨끗해야 한다고 적어요. 내 말을 들으세요.

아담한 프런트 직원 네.

밸러리 한 가지 더. 방 조명을 더 밝게 해줘요. 천장 전등이 너무 흐릿해요. 밤새 어둠 속에서 글을 쓰느라 눈이 멀겠어요.

아담한 프런트 직원 제가 고쳐드리겠습니다.

밸러리 내일?

아담한 프런트 직원 내일, 최우선으로.

밸러리 그리고 내가 없을 때 방에 누가 들어오는 게 싫어요. 청
소하지 마세요. 여긴 청소할 필요가 없어요. 난 청소를 끝내
주게 잘하거든요. 자, 내 말을 들어요. 들으라고요. 멍청하고
아담한―

아담한 프런트 직원 ―듣고 있습니다……

밸러리 말 자르지 말고…… 섹스…… 섹스는 생각 없는 사람
의 피난처예요. 여자가 생각이 없을수록 남성적 문화에 더욱
깊숙이 파묻혀요. 즉, 여자가 착할수록 더욱 성적이라는 거
죠. 우리 사회에서 가장 착한 여자들은 미쳐 날뛰는 섹스광들
이죠…… 알아들어요?

아담한 프런트 직원 알아들어요.

밸러리 계속하자면…… 반면에 남성적 문화에 가장 덜 파묻힌
여자들은 제일 덜 착하죠. 씹질은 그냥 씹질일 뿐이라고 후려
치는 무신경하고 단순한 영혼의 소유자들. 교외와 담보대출
과 대걸레와 아기 똥으로 이루어진 어른의 세계에 편입하기
엔 너무 유치하고, 자식과 남편을 돌보기엔 너무 이기적이고,
남들이 자기를 어떻게 생각하는지 눈치보기엔 너무 개화한
사람들. 아빠, 위인, 고대의 심오한 지혜 따위를 존중하기엔
너무 오만하고, 자신의 직감만을 신뢰하며 문화를 병아리와
동일시하는……

아담한 프런트 직원 정말 재미있네요……

밸러리 고마워요…… 계속하자면…… 예의, 상냥함, 신중함

등에서 자유롭고, 여론과 도덕에 구애받지 않고, 똥멍청이들의 존중 따위는 무시하면서, 항상 냉철하고 야비하고 더럽게, SCUM은 돌아다니고…… 다니고, 또 다니고…… 그들은 쇼를 처음부터 끝까지 모조리 다 봤어요. 썹질하는 장면, 좆 빠는 장면, 밴대질 장면. 그들은 해안가를 장악하고 온갖 항구와 부두 밑에 들어갔죠. 자지 부두, 보지 부두. 섹스를 많이 경험해야 안티섹스가 될 수 있고, SCUM은 그 모든 걸 다 거친 뒤 이제 새로운 쇼를 만들 준비를 끝냈어요. SCUM은 부두 밑에서 기어나와 움직이고 뛰어오르고 분출하기를 원해요. 하지만 아직 통제권을 손에 넣지 못하고 여전히 이 사회의 도랑에 처박혀 있죠. 이 사회는 지금 가고 있는 길에서 벗어나지 않는다면, 그리고 폭탄이 떨어지지 않는다면, 결국 다 흘레붙어먹다가 죽을 거예요……

아담한 프런트 직원 밸러리.

밸러리 네?

아담한 프런트 직원 모두가 당신을 사랑할 거예요.

밸러리 알아요. 당신은 SCUM 비밀 지부의 회원이 될 수 있겠어요. 남성 지부 말이에요. 당신은 물건을 나눠주고, 친절하죠. 인생의 의미는 사랑이란 걸 알고요. 사랑은 우정과 같아요. 섹스는 관계의 일부분이 아니에요. 그건 굉장히 독자적인 경험이고, 전혀 창조적이지 않아요. 섹스는 말도 안 되는 시간 낭비예요. 그런데 섹스를 많이 경험해야 안티섹스가 될 수 있죠.

아담한 프런트 직원 이제 일해야 합니다. 좀 이따 방으로 올라갈
게요.

밸러리 최대한 빨리 와요. 우선 노크를 하세요. 아니면 아까 내
가 한 비밀 지부 이야기는 잊어버려도 좋아요. 기억해요. 최
대한 빨리. 그 아담한 궁둥이를 움직이라고요. 그리고 섹스는
안 돼요. 섹스는 골칫거리일 뿐이거든. 그 조그만 업무 일지
에 적어요. 코스모 던컨에게 엽서를 보내줘요. 거기에다 섹스
는 골칫거리일 뿐이라고 써줘요.

원래 뉴욕 생활은 코스모와 함께여야 했다. 너 혼자지만 그래
도 상관없다. 코스모가 메릴랜드에 남아 실험실장들과 붙어먹고
있다 해도 이제는 달라질 게 없다. 갑자기 모든 것이 네 품으로
달려와 안기는 것 같아서다. 방치된 타자기를 한 대 찾았고, 화
대는 쉽게 벌리고, 앤디 워홀과 팩토리가 있고, 네가 쓰는 글은
명석하다. 단어들이 머릿속에서 번개처럼 번뜩인다. 여기는 너
의 도시, 너의 땅이다. 지금까지는 모든 것이 암울했다. 너는 여
태 불행했지만 이제는 예리하고 막강해졌다고 판단한다.

너는 아침마다 일찍부터 타자기 앞에 앉아 일한다. 동이 트자
마자 침대에서 뛰쳐나와 아래로 달려내려가 보드카를 넣은 커
피 한 주전자를 사고 담배에 불을 붙이고 나면, 몇 시간째 수음
해도 충족이 안 될 때와 같은 투명한 명료함, 갈급을 느낀다. 너
는 타자기가 팔에 붙어 있는 양 글을 쓰고, 머릿속의 이상한 광

휘에 사로잡혀 뜬눈으로 일하다 희곡의 새로운 판본을 팩토리
에 전달하기 위해 레이스 잠옷 차림으로 고층건물들 사이를 달
려간다.

뉴욕은 눈이 내리고 덥고 변덕스럽다. 11월은 놀라운 달이며, 고층건물들이 하늘을 향해 솟아오른다. 너는 메릴랜드를, 앨리게이터리프나 벤터를 그리워하지 않는다. 처음으로 어느 곳도 그리워하지 않는 지금, 너의 밤은 꿈이 없는 순백색이다. 첼시호텔에서 한 남자 예술가가 딜도를 가지고 네 방에 찾아온 뒤 그달의 남은 숙박비를 대신 내준다. 그뒤로 너의 사타구니에서는 피가 멈추지 않고, 플로리다와 아칸소, 네바다, 텍사스, 캘리포니아에서는 살인 기계가 쉼없이 돌아간다.

코스모걸은 어머니를 살해한 국가에 협박 편지 쓰기를 중단했고, 대신 뉴욕에 있는 네게 전화를 건다. 물에 빠진 사람처럼 가쁜 숨, 배경에서 들리는 바다의 포효, 담배 연기와 무수한 낯선 피부에 부대껴 오락가락하는 탁한 목소리. 마치 말들이 너무 오래 물속에 잠겨 있었던 것만 같다. 자동차와 바다의 냄새, 깊고 혼란스러운 코스모의 사슴 같은 눈망울, 갈수록 두서없어지는 학술용어들이 호텔방까지 쳐들어온다. 어디에나 코스모의 흔적이 침투한다. 너의 더러운 속옷 안으로, 햇빛과 희망에 빛나는 눈부시게 하얀 호텔방 안으로. 하지만 「똥구멍이나 쑤셔라」의 주인공 본기의 힘이 점점 커지면서, 네 주위에는 원고들이 산더미처럼 쌓인다. 타자기, 속도, 외로움, 신념. 수화기를 내려놓는 순간 너는 코스모를 잊는다.

코스모 나야, 밸러리.

밸러리 안녕, 내 보물. 토끼들은 어떻게 지내?

코스모 공원에서 깡충거리고 다니지.

밸러리 새로운 소설을 쓴 애들은 없고?

코스모 통통한 흑백 점박이 토끼가 썼대.

밸러리 그래서 어쨌는데?

코스모 점박이는 소설을 끝낸 뒤 쭉 읽어보고 나서 여태 본 가장 훌륭한 소설이라고 말했어. 그러고는 나무 밑에 놓아둔 뒤 자기가 그걸 썼다는 사실도 잊어버렸어.

밸러리 쥐들은?

코스모 우리 안에서 혁명이 일어났지.

밸러리 수컷 쥐들은 아직 박멸하지 않았니?

코스모 곧 할 거야.

너와 코스모의 오랜 침묵

코스모는 전화선을 몸에 칭칭 감으며 통화하는 걸 좋아한다. 네게서는 이제 점점 멀어지는 학생 기숙사 방에서, 전화선을 몸에 옷처럼 감는 코스모가 네 머릿속에 그려진다. 코스모의 목소리는 낯설고 혼탁한 웅덩이 같아서 너는 집중할 수가 없다. 코스모가 말하는 동안, 너는 타자기에 꽂힌 종이에 쓴 글을 다시 읽어본 뒤 새 종이를 꽂고 담배에 불을 붙인다. 있잖아, 코스모, 난 글을 쓸 때면 몸속에서 행운의 엔진이 돌아가는 느낌이야. 박제된 동물과 교수들은 이제 지겨워. 있잖아, 코스모, 난 글을 쓸 때면 바깥의 나무들이 금박을 입은 것처럼 보여. 코스모는 길고 불규칙한 숨을 쉬며, 가끔은 잠든 것 같기도 하다. 한 페이지를 다 쓰고 나서야 다시 대화가 이어지곤 하는데, 그러면 코스모는 갑자기 완전히 깨어나 열광적으로 말한다.

코스모 지금 뭐해? 나 보고 싶어? 언제 올 거야? 우린 언제 결혼하지?

밸러리 일하고 있어. 곧 갈게. 결혼은 이미 했지. 우리 마음속에서. 새로운 소식 있어?

코스모 뉴욕의 예술가가 와서 공원에 소원의 나무를 심었어. 방문객들은 작은 분홍색 종이에 소원을 적어 나무에 매달 수 있어. 나도 여러 번 가서 소원을 빌었지.

밸러리 무슨 소원을 빌었어?

코스모 엘리자베스. 너. 주로 엘리자베스가 돌아오게 해달라고. 네가 돌아오게 해달라고. 뉴욕은 어때?

밸러리 추워. 온갖 분야의 잘나가는 사람들이 모이는 근사한 파티에 갔어. 팩토리에서 열린 앤디 워홀의 파티에도 몇 번 갔지. 비싼 샴페인을 마시고 앤디의 우스꽝스러운 팝아트 작품도 구경했어.

코스모 네 희곡에 대해선 무슨 말 없었어?

밸러리 곧 할 거야. 지금 모든 게 바뀌려고 해. 난 알아. 곧 앤디가 그 희곡으로 작품을 만들겠다고 결정할 거야.

코스모 쥐들이 널 보고 싶어해. 토끼들도. 이제 토끼들의 소설은 죄다 네 이야기야.

밸러리 실험실 쥐새끼는. 그 새끼 만나?

코스모 가끔.

밸러리 그 새끼 좆도 빨아줘?

코스모 너랑 있는 게 더 좋아. 알잖아.

밸러리 섹스는 골칫거리야. 알잖아.

코스모 내가 곧 갈게. 첼시 바에 내 자리 맡아뒀어?

밸러리 당연히.

코스모 그이는 네가 이 학교에서 가장 재능이 뛰어나다고 생각해, 밸러리.

밸러리 난 그놈이 똥멍청이라고 생각해. 엄청나게 많은 쥐를 감금하고 감독하는 사람에 불과해. 그놈이 똑똑했다면 내 실험 프로젝트에 보조금을 줬겠지. 똑똑한 실험실장들은 똑똑한 프로젝트를 중단하지 않아. 똑똑한 실험실장들은 수컷 쥐들이 불필요하고 자멸적이고 종에 위협이 된다는 결과가 나온다는 사실에 기겁해 펄쩍 뛰지 않는다고. 그 작자는 그걸 개인적으로 받아들이지 말고 그냥 자멸을 향해 신나게 파도를 타고 갔어야 해.

코스모 네가 날 원하지 않아서 그런 거야.

밸러리 내 엉덩이나 핥으시지.

코스모 내가 그걸 얼마나 좋아하는지 알잖아. 밤에 꿈도 꿔. 넌 왜 내가 그럴 수 있게 해주지 않는 거야?

밸러리 난 섹스할 시간이 없어. 시간 없어서 이제 끊어야겠다. 염두에 둔 출판사가 있어. 새로운 작가를 찾는다고 광고를 냈는데, 그들이 찾는 사람은 바로 나야. 그들이 아직 모를 뿐.

코스모 전화할 거지?

밸러리 할게.

브리스틀호텔, 1988년 4월 20일

서술자 담배에 불 좀 붙여줄까?

밸러리 글 쓰는 중이야. 그리고 이젠 폐가 안 좋아서 담배 못 피워.

서술자 무슨 글을 써?

밸러리 쥐와 언어와 외로움에 대해.

서술자 그런데 글쓰기는 왜 중단했어?

밸러리 포유류의 침묵.

서술자 넌 동물이 아니라 여자야.

밸러리 여자 포유류, 혹은 암컷 아이. 나는 인간과 혼란의 경계선에 있었어. 코스모는 미국과 유럽의 포획 동물들을 소재로 영화를 찍겠다는 꿈을 꿨지. 방문객을 받아주는 동물학연구소들에 모조리 가보겠다는 계획도 세웠어. 코스모는 죽었든 살았든 동물을 사랑했어. 어느 여름에 우리는 박물관들을 돌아다니며 박제된 동물들을 촬영했지.

서술자 그런데 글쓰기는 왜 중단했어?

밸러리 지금껏 모든 사회의 역사는 침묵의 역사였어. 반란자, 정신분석가, 실험주의 작가, 반체제 인사로서 여성의 잠재력. 언어는 점점 물리적 물질로 변했고, 그 유일한 기능은 내 외로움을 도드라지게 보여주는 거야.

팩토리, 1967년 12월
유니언스퀘어에 새로 지어진 하얀색 산업용 건물들

얽은자국이 가득한 앤디의 얼굴이 스포트라이트를 받는다. 그의 필름 카메라가 부드럽게 돌아가는 나른한 소리, 둥그런 조명 빛이 너와 은색 가발과 두 사람의 나무의자들만을 비추고 팩토리의 다른 공간은 짙은 어둠에 싸였다. 앤디의 볼은 울긋불긋하고 눈에는 염증이 생겼다. 그는 너를 초대해 튀긴 닭고기에 핑크 샴페인을 대접한다. 어둠 속 어딘가에 있는 열린 창문으로 산들바람이 흘러들고 네 의자 아래에는 꽃다발이 있다. 어둠 속에서 낯선 이들이 돌아다니고, 누가 듣고 있든 상관없이 조명은 너와 앤디 워홀만을 비춘다.

밸러리 영화에서 내가 하고 싶은 말은 아무거나 해도 돼?

앤디 원하는 대로 말해. 즉흥적으로 찍고 있으니까.

밸러리 대사라든가, 그런 건 없어?

앤디 넌 재능이 있어서 대사 같은 건 필요 없잖아.

밸러리 영화에 나오기는 처음이야.

앤디 난 배우들한텐 관심 없어. 사람들한테 관심이 있지.

밸러리 난 싫어.

앤디 뭐가?

밸러리 사람들.

앤디 왜?

밸러리 기회만 생기면 졸라 열받게 하니까.

앤디(웃는다) 카메라가 돌아가고 있어.

밸러리 이건 어떤 영화야?

앤디 너 대학원에 다녔다는 거 사실이야?

밸러리 대학원은 지랄 같았어.

앤디 뭘 공부했는데?

밸러리 기억 안 나. 교수들도 지랄 같았지.

앤디 어릴 때는 어땠어?

밸러리 난 이곳저곳에서 자랐어.

앤디 어디에서?

밸러리 사막. 미국의 블루칼라 지역.

(침묵)

밸러리 있지, 난 팩토리가 좋아.

앤디 네가 와줘서 아주 신나.

밸러리 넌 여자를 안 좋아하지 않아?

앤디 너는 좋아.

밸러리 남자랑 자?

앤디 그런 듯.

밸러리 팔을 어디 둬야 할지 모르겠어. 카메라를 똑바로 볼까?

앤디 말할 때 카메라를 보면 좋지. 넌 눈빛이 강렬해. 주위를 관찰하는 눈빛이 꼭 예술가 같아.

밸러리 내 말은 그러니까, 남자랑 자?

앤디 누군가와 잔다면 그건 남자일 거야. 이제 네가 어디에서 왔는지 말해봐. 아버지 얘길 해봐.

밸러리 난 아버지가 없어. 정치적으로 난 레즈비언이고, 정치적으로 난 아버지가 없고, 정치적으로 난 여자야.

(침묵)

밸러리 아직도 그의 이름이 기억나네. 믿을 수 없군.

(침묵)

밸러리 루이스 솔래너스.

(침묵)

밸러리 도로시가 그를 사랑했지. 그 사람이 떠났을 때 도로시가 흘린 눈물이 강이 되어 흘렀을걸. 하여간 그 썩어빠진 취향은 변함이 없다니까.

(침묵)

밸러리 섹스는 생각 없는 사람들의 피난처야.

(침묵)

밸러리 이 사회에서 가장 착한 여자들은 미쳐 날뛰는 섹스광들
이야.

앤디 더 말해봐, 밸러리. 네 어린 시절 애길 듣는 게 좋더라. 넌
꼭 예술가처럼 묘사해.

밸러리 내 일곱번째 생일 직전에 어둠이 내렸어. 그 어둠의 이
름은 루이스 솔래너스고, 난 멍청이처럼 행동했어. 늘 강가에
피크닉을 갔지. 매번 도러시가 함께 있었고, 햇빛이 너무 강
했고, 난 어떻게 해야 할지 몰랐어. 잠이 든 나는 꿈속에서 눈
모자를 쓴 산 위를 날아다니며 산 아래의 사람들이 서서 박수
치는 모습을 바라보았지. 잠에서 깨면 루이스가 내 옆에 누워
있었고, 내 이름은 지금도 솔래너스야. 믿을 수가 없군. 내 원
피스는 눈처럼 하얬는데, 그뒤로 난 다시는 흰 원피스를 입지
않아.

앤디 멈추지 마.

밸러리 늘 그런 식이었던 것 같아. 그 사람이 내 흰 원피스 안에
손을 넣었어. 멀리서 사막 동물들이 낑낑 울어댔고 소시지와
물 냄새가 났어. 그 사람이 그러는 동안 내가 가만히 있었다
는 것 말고 별다른 이야기는 없어. 그러다 언제나 그랬듯 어
둠이 내렸고 다시 햇빛이 나무 사이로 쏟아져 그의 손에 내려
앉았지.

앤디 루이스 얘기를 더 해봐.

밸러리 밖이 캄캄할 땐 죽은 것과 다름없어.

(침묵)

밸러리 내가 왜 이런 얘기를 해야 하지?

앤디 난 듣는 걸 좋아해. 내겐 기억이 하나도 없거든. 다른 사람들의 기억이 좋아. 나를 다른 사람들과 연결해주니까. 현실에 발 디딜 수 있게 해줘. 그냥 말해, 난 들을 테니까. 여기 우리 말고는 없어.

밸러리 특별할 건 없어, 정말로. 루이스는 도러시가 시내에 나가면 바깥현관의 그네 의자 위에서 날 잡아먹었어. 그네의 쿠션 커버에는 장미 무늬가 있었고, 난 내 조그만 보지를 돈도 안 받고 빌려주는 동안 장미와 별의 개수를 헤아렸어. 그리고 왜 그랬는진 모르지만 매번 내 머리카락에 껌이 들러붙었어. 입에서 흘러나와 떨어진 거겠지. 나중에 가장 끈적거리는 덩어리들을 한꺼번에 머리에서 잘라낸 다음 루이스는 줄담배를 피웠어. 이상한 점은 다리와 팔에 느껴지던 찌릿함, 그 따끔거리는 감각이 가끔 그립다는 거야.

앤디 네가 그 얘기를 하면 난 울고 싶어져.

밸러리 울 이유는 정말로 없어. 아버지들은 누구나 자기 딸과 씹하고 싶어해. 대부분이 그렇지. 소수만이 알 수 없는 이유로 참는 거야. 온 미국이 나를 잡아먹었어. 다 괜찮은데, 또 다 잘못되었지. 세상은 언제나 회귀를 향한 기나긴 갈망이야.

앤디 태어난다는 건 납치당해 노예로 팔려가는 일이야.

(침묵)

밸러리 가발을 안 쓰면 넌 어떤 모습이야?

앤디 이건 절대로 벗지 않아, 절대로.

밸러리 왜 은회색이야?

앤디 노화와 죽음을 막아내고 싶어.

밸러리 얼마나 성공적인 것 같아?

앤디(웃는다) 그럭저럭.

(침묵)

앤디 섹스는 불쾌하다는 네 의견에 동의해.

밸러리 친밀감 공장. 세상 모든 나라에서 다들 죽도록 흘레붙어 먹고 있지. 소외된 이들과 이방인들.

(앤디가 촬영을 멈추고 카메라를 천천히 무릎으로 내린다. 너는 손을 뻗어 카메라를 집은 뒤 계속 촬영한다.)

앤디 선언문에서 섹스에 관한 부분은 다 좋았어.

밸러리 선언문 전체가 섹스에 관한 거야.

앤디 자지 부두와 보지 부두에 관한.

밸러리 알아. 섹스는 골칫거리야. 우리는 의미 없는 섹스에 허비할 시간이 없어. 이제 예술을 창조해야 해, 우리 앤디.

앤디 섹스를 많이 경험해야 안티섹스가 될 수 있지.

밸러리 SCUM을 읽었구나.

앤디(가발 위에 얹은 손을 움직이지 않은 채) 난 이제 이게 없으면 날 보여줄 엄두가 나지 않아.

밸러리 벗어.

앤디 끔찍한 몰골이야.

밸러리 괜찮아. 남자들은 다 그래.

앤디(웃으며 가발을 벗는다) 이게 없으면 내 얼굴이 곪은 상처처럼 보여. 사악한 인형처럼 보인다고.

(침묵)

밸러리 왜 우는 거야?

앤디 모르겠어.

밸러리 몰라도 괜찮아. 무슨 생각해?

앤디 기억이 하나도 없다는 생각. 내겐 아무것도 없어. 난 그냥 백지야. 가발은 내 인격의 익명성을 강조해.

밸러리 내가 볼 땐 가발이 없는 네가 꽤 귀여운데.

앤디 난 앤디 워홀이고 싶지 않아.

(침묵)

밸러리 네가 만든 다른 영화들을 봤어.

앤디 좋았어?

밸러리 아니.

앤디(웃는다) 왜 안 좋아해?

밸러리 다 엉망이라서. 나쁜 예술이라서. 죄다 떡치는 예술, 관음증 예술, 아무것도 아닌 예술이야.

앤디(웃으며 운다) 내가 앤디 워홀인 게 싫어.

밸러리 나쁜 예술을 창조해도 괜찮아. 그런다고 네 목에 현상금이 걸리진 않으니까.

엘름허스트정신병원. 1969년 6월
달에서 미국 국기가 휘날린다

텔레비전 시청실은 덥고 끈적끈적해서 그 안에 오래 머물면 치명적이다. 병동에서 여름은 점점 더 기승을 부린다. 환자들은 병원 마당에서 속옷만 입은 채 일광욕을 해도 된다. 텔레비전에서는 앤디 워홀 살인미수에 대해 추가 보도가 방송된다. 너와는 관계없는 일이다. 너는 계속 병원에 있었고, 앞으로도 여기에 있으면서 창밖에서 나무가 피 흘리며 죽어가게 할 것이다.

모든 것이 정체된 상태로 네 침대 시트에서는 파멸과 지하세계의 냄새가 나지만 밖에서는 분명 시간이 흘러가는 듯하다. 깃대 너머로는 갈 수 없다는 제한이 갑자기 풀리면서, 너는 병원 마당 곳곳을 자유롭게 돌아다닐 수 있다. 텔레비전 화면에 도러시의 모습이 스쳐가고 그 영상을 보자 번갯불 같은 통증이 너의 뇌를 뚫고 지나간다. 실감나는 간호사 제복을 입고 부드러운 목소리로 말하는 화이트 간호사가 도러시의 청파리들처럼 네 주위를 맴돌면서 화면에 앤디 워홀이 나올 때마다 채널을 바꾼다.

기자가 영상 팀과 함께 벤터 주변을 기웃거리고 다닌다는 사실 정도는 너도 파악한다. 반려동물요? 성폭력요? 블루칼라, 화이트칼라? 어릴 때 충동 조절 문제가 있었냐고요? 선글라스에 물방울무늬 블라우스 차림의 도러시는 매혹적이다. 카메라를 똑바로 바라보면서, 그 입에서 나오니 생경하게 들리는 어려운 단어들을 쓴다. 마치 엄청난 크기의 냄새 고약한 껌 덩어리를 씹고 있는 것처럼. 카메라를 열중해 바라보는 도러시의 얼굴 뒤로 사막이 야생동물처럼 솟아오른다. 자신에게 집중된 관심에 넋을 잃은 걸까, 아니면 그저 절박한 걸까? 아마도 기자가 굉장히 잘생겨서 넋을 잃은 듯하다. 그리고 너는 벤터로부터 무슨 소식이든 듣는 것이 무척 오랜만이다.

밸러리 내 담당의는 어디에 있어요?
화이트 간호사 어느 의사인데요?
밸러리 닥터 루스 쿠퍼.
화이트 간호사 지금은 여기 없어요. 휴가를 떠났든가, 월차를 냈을 수도 있어요.
밸러리 아.

화이트 간호사 잠시 바깥 공원에 나갈래요?

밸러리 아뇨. 텔레비전 볼 거예요.

화이트 간호사 공원 산책은 정신 건강에 좋아요.

밸러리 텔레비전 시청이 정신 건강에 좋죠. 여기서도 〈아빠가 제일 잘 알아〉 볼 수 있나요?

화이트 간호사 물론이죠. 채널 맞춰줄까요?

밸러리 닥터 쿠퍼가 이곳을 그만둬서 기쁘다고 전해주세요.

화이트 간호사 아마 그냥 휴가중일 거예요. 사적 감정이 있다고 여기지 말아요.

밸러리 절대로 안 그러죠. 앤디에게 전화해서 사적 감정은 없었다고 말할 거예요. 상어들은 절대로 사적 감정으로 행동하지 않아요. 그들은 사적 복수를 추구하지 않거든요.

닥터 루스 쿠퍼는 돌아오지 않는다. 상담실 커튼 너머에 놓인 꽃들은 방치되어 죽는다. 의사 가운은 어둠 속 어딘가에 버려진 채 하얗게 걸려 있다. 닥터 쿠퍼가 창가에 앉아 눈을 감고 담배를 피우다 너의 농담에 웃음을 터트리는 일은 이제 없다. 해는 병원 마당 위를 가로질러 오가고, 너에게 다락과 창고와 폼알데하이드로 처리한 무지갯빛 분홍색 기형아 태아와 박제된 새들을 보여주던 닥터 쿠퍼는 이제 여기에 없다. 그녀의 사소한 질문들도 가운 주머니에 늘 준비해두던 라이터도 없다. 닥터 루스 쿠퍼의 흰 가운은 엘름허스트에서 사라졌다. 햇빛이 병원 마당을 황급히 건너가는 그녀의 재킷을 흠뻑 적신다. 다른 모든 사람처럼 루스 쿠퍼도 작별인사를 잊는다.

닥터 루스 쿠퍼는 네가 여러 화제를 장황하게 늘어놓거나 박제된 동물 사이를 마구잡이로 돌아다니거나 진단서를 쓸 때 관여해도 즐거이 내버려두었고, 내내 도러시 얘기만 하려 해도 개의치 않았다. 햇빛이 폼알데하이드를 뚫고 흘러드는 그 시간 동안 너는 오로지 수컷의 파괴성에 대해, 남아 태아가 여아 쌍둥이를 삼켜버린 태아 내 태아에 대해, 메릴랜드대학교의 노란 실험실들 안에서 진행되는 연구에 대해서만 얘기하려 했다. 네가 오래된 교탁을 찾아 그 앞에 서서 닥터 쿠퍼의 가운을 입은 채 강의를 하면, 그동안 그녀는 창가에 앉아 너의 모든 말을 기록했다. 닥터 쿠퍼는 안경을 쓰지 않으면 어린 소년처럼 보였다.

……난 그저 닥터 루스 쿠퍼와 이야기하고 싶을 뿐……

밸러리 내게 닥터 루스 쿠퍼를 데려다주는 친절을 좀 베풀어줄 사람 없어요?

정신과 진료소 닥터 루스 쿠퍼는 이제 이곳에 안 계십니다. 오늘은 나랑 얘기하세요.

밸러리 진단 업무를 내가 도와줄게요. 닥터 루스와 난 공동작업을 했거든요. 우리가 함께 작업할 때는 내가 닥터 루스의 흰 가운을 입었어요. 닥터 루스 쿠퍼는 다락에서 온갖 주제를 다루는 나의 강의를 들어주었어요.

정신과 진료소 알겠어요, 미스 솔래너스. 그냥 내 질문에 답하기만 하면 됩니다. 당신은 도러시가 밤새 집을 비웠다고 얘기했어요. 도러시에게 맞았나요? 당신은 사랑받지 못하는 아이였습니까?

밸러리 내가 도와줄게요. 진단: 화나서 지랄 염병함. 꼭지가 돌았음. 남자를 혐오하는 암호랑이. 매춘부. 결혼한 여자는 모두 창녀다. 결혼했어요? 고기는 살인이다. 섹스는 매춘이다. 매춘은 살인이다. 죽은 고기 한 점이다. 닥터 루스 쿠퍼는 어디에 있어요?

정신과 진료소 도러시에 대해 말해보세요.

밸러리 원한다면 내 엉덩이에 대해 말해줄 수 있어요.

정신과 진료소 당신은 냉정하고 거칠고 냉소적인 염세가처럼 보이려고 열렬히 애쓰고 있지만, 사실은 공포에 질리고 우울한 아이예요. 그게 내가 받은 인상입니다. 공포에 질린 어린애. 도러시는 당신을 돌보지 않았어요. 집이라 할 만한 곳도 없었죠. 유년기는 끔찍하고 비참했다고 할 수 있을 것 같아요. 돈도 없고 사랑도 없고 제대로 된 보살핌도 없는데다 성적 학대와 폭력까지. 당신은 아직 어린애예요. 심한 우울감, 심각한 파괴적 행동 가능성, 편집증 유형의 조현병적 반응.

밸러리 기타 등등. 좋아요. 아주 감사합니다. 컷. 아주, 아주, 재미있긴 한데 여기서 컷하겠습니다. 오늘은 이만. 고마워요, 잘 가요.

병원 뜰에 폭풍우가 분다. 진료 마감 뒤 개인 물품을 챙기러 온 닥터 루스 쿠퍼가 나무들 사이를 황급히 지나간다. 너는 식당의 커다란 창가에 앉아서 그녀의 밝은색 여름 재킷이 나무 사이에서 불길하게 펄럭이는 모습을 바라본다. 멀리서 보니 그녀는 곤경에 처한 거대한 새 같다. 이제 네가 바라는 모든 것이 죽음과 연결되어 있다. 예를 들면, 코스모걸.

첼시호텔, 1968년 2월

올림피아프레스의 모리스 지로디아스가 첼시호텔에 장기 투숙중이고, 너는 그를 아래층 호텔 바에서 만나기로 한다. 모리스를 기다리는 동안 너는 바 위에 문서를 펼쳐놓고 검은색 파이프에 끼운 담배를 피운다.

밸러리 이 싸구려 술집은 장사가 좀 되나요?

바텐더 꽤 잘되는 것 같아요. 고마워요.

밸러리 뮤잭*을 그만 틀면 더 잘될 거예요.

바텐더 뮤잭이 아니에요.

밸러리 헛소리. 저 뮤잭 좀 끄라고요.

---

* 식당, 상점, 공공장소 등에서 배경음악으로 내보내는 녹음 음악.

바텐더 뮤잭이 아니라고요.

밸러리 당신이 저걸 뭐라고 부르든, 어서 좀 꺼요.

바텐더 새미 데이비스예요.

밸러리 뮤잭이야.

바텐더 새미 데이비스는 위대한 예술가예요.

밸러리 그런 이름 들어본 적도 없어요. 뮤잭이야.

바텐더 저 종잇장들 좀 모아요. 여긴 쓰레기장이 아니라고요.

밸러리 여긴 내 이동 사무실이에요.

바텐더 뭐라 부르든 맘대로 하시고, 그 사무실 좀 치워요.

밸러리 누굴 기다리는 중이에요. 중요한 만남이죠. 중요한 인
맥. 출판업자. 난 작가고요. 그 조그만 노트에 그렇게 적어도
돼요. **작-가.**

바텐더 그 종잇장들 좀 모으라니까요.

밸러리 중요한 만남이고, 난 초조해요. 당신은 그렇게 서서 정
신 산만하게 하지 말고 기다란 잔에 담은 칵테일이나 몇 잔
가져와요.

바텐더 우리는 공짜 음료를 드리지 않습니다.

밸러리 모리스 지로디아스. 프랑스에서 온 출판업자. 그 사람이
신진 작가를 찾는다고 광고를 냈죠. 난 즉시 전화를 걸었고
요. 내게 술 몇 잔을 내주지 않으면 후회할 거예요. SCUM이
당신 궁둥이를 뒤쫓을 테니까.

바텐더 종잇장들 당장 치우세요, 손님.

밸러리 (담배 파이프 끝으로 그의 가슴을 쿡쿡 찌른다) 우리 자기가

먼저 뮤잭을 끄면.

바텐더 좋아요, 손님. 뭘 드시겠습니까? 자기 서류를 잘 치우는 친절한 손님께 호텔에서 대접하는 칵테일입니다.

밸러리 고마워요. 얼음과 레몬을 넣은 보드카로 주세요. 그리고 저 뮤잭은 살짝 줄여주면 되겠어요.

모리스는 핀스트라이프 정장을 입은 우아한 모습이다. 그는 너의 볼에 차가운 입술을 맞춘다. 그는 넘치도록 정중한 태도로 사교적 화술을 구사하고 남성용 화장수와 재력의 냄새를 강하게 풍긴다. 그가 '너의 사람'이라는 점은 꽤 분명하다.

모리스 이렇게 빨리 만날 수 있어서 좋네요.

밸러리 나도 그래요.

모리스 뭘 드시겠습니까?

밸러리 독한 술.

모리스(바텐더에게) 숙녀분께는 위스키를 한 잔 주세요.

밸러리 좋아요. 당신이 위스키를 마신다면, 난 얼음과 레몬을 넣은 보드카를 마실게요.

모리스(웃는다) 좋아요. 밸러리 솔래너스 씨에게 보드카 한 잔을 주시고, 여기 이 숙녀는 마음이 바뀌어서 위스키 대신 레드와인으로 하겠습니다. 보졸레누보로 주세요.

밸러리(보드카가 나오자 단숨에 잔을 비우고 빈 잔으로 바를 두드린다) 무척 프랑스적이군요.

모리스 곧바로 한 잔 더 하죠…… 당신 이야기를 좀 해봐요, 밸러리.

밸러리 내가 정말로 역겨운 거 하나 알려주면 1달러 줄래요?

모리스 물론.

밸러리 좋아요…… **남-자.**

모리스 뭐라고 했죠?

밸러리 1달러 줘요.

모리스 그럼 어디 들어봅시다……

밸러리 고마워요. 그나저나 손수건이 멋지네요. 거기다 코 풀려고요?

모리스 그런 손수건이 아니에요. 이제 말해요, 안 그러면 돈은 못 줍니다.

밸러리 이미 말했잖아요. 다시 들으려면 1달러를 더 줘야 해요.

모리스(가슴 주머니에서 1달러 지폐를 꺼낸다) 여기 있어요.

밸러리 **남-자.**

(잠시 생각하던 모리스가 웃음을 터트린다.)

모리스 당신 이야기를 해봐요.

밸러리 남성혐오자. 작가. 과학자. 서퍼.

모리스 흥미롭군요. 무슨 글을 썼죠?

밸러리 희곡「똥구멍이나 쑤셔라」. 선언문. SCUM, 남성절단결사. 그리고 다른 작품들도 진행중이죠.

모리스 흥미로워요. 희곡은 어떤 작품인가요?

밸러리 본기라는 인물이 주인공이에요. 남자를 혐오하는 암호
랑이가 모든 사물, 모든 사람과 놀아나는 이야기. 세계문학과
세계연극을 구원하는 임무를 띤 작품이죠.

모리스 선언문은?

밸러리 남성혐오자들의 선언문. 돈 주고 살 만한 가치가 있는
유일한 책.

모리스 흥미롭군요. 말해봐요, 왜 글을 쓰죠?

밸러리 남성의 명백한 열등성. 자연의 진정한 질서. 우리에겐
영원과 유토피아를 위한 의제가 필요해요.

모리스 그러면 남자는?

밸러리 소름 끼치는 존재, 피학성애자. 당신들은 신나게 파도를
타고 자멸을 향해 가죠.

모리스 내 말은 그러니까, 당신이 쓴 글을 좀 읽어봐도 될까요?

밸러리 읽게 될 겁니다. 그 갈색 담배와 달러 몇 장만 더 줘요. 원
한다면 내 엉덩이에서 바로 읽게 해줄 테니까.

모리스 희곡 제목이 뭐라고 했죠?

밸러리 「똥구멍이나 쑤셔라」

모리스, 본기, 그리고 너는 첼시호텔 바의 멋진 디스코 음악에 맞춰 춤을 춘다. 너는 음악 속에서 비행기 여러 대가 연이어 이륙하는 소리를 듣는다. 모리스는 네게 선금 600달러를 주면서 선언문을 기초로 소설을 쓰라고 했다.

모리스 어디에서 살아요?

밸러리 아무데서도 안 살아요.

모리스 어디에서 왔어요?

밸러리 사막에서.

엘름허스트정신병원, 1969년 6월
환자들이 더위에 지쳐 녹초가 된다.
재판이 다가온다. 앤디는 증언하지 않기로 했다

화이트 간호사가 닥터 쿠퍼의 상담실 밖 복도에 있는 네 곁을 지킨다. 상담실 문에 붙은 공지는 여름 내내 그대로일 것이다. **곧 돌아옵니다. 의자에 앉아 기다리세요.** 화이트 간호사는 벽을 뚫고 다니는 능력이라도 있는 양 불쑥불쑥 네 옆에 나타난다. 화이트 간호사는 다른 병원 직원들과 달라서, 앤디 워홀의 의학적 상태에 집착적인 관심을 보이지 않는 유일한 사람이자 흰옷을 입고도 상냥한 유일한 사람이다.

화이트 간호사는 팔에 주근깨가 가득하고, 말을 중간에 끊지 않고 들어주며, 박하사탕과 조그만 흰 종이컵에 따른 차가운 물

340

을 네게 준다.

당분간은 그녀가 천사인지 간호사인지 명확하지 않지만, 마
찬가지로 당분간은 어쨌거나 상관없다. 지금은 불명확한 것이
너무 많다. 네가 아는 거라곤 나무들이 줄기에 커다란 상처를
입었다는 점, 누군가 네게 어디에서 왔느냐고 묻는다면 너는 어
머니의 손에서 왔다고 대답할 거라는 점뿐이다.

밸러리 나.는.닥.터.루.스.쿠.퍼.하.고.만.애.기.할.거.예.요.

화이트 간호사 닥터 루스 쿠퍼는 지금 여기에 없지만, 당신에 관
한 보고서를 써놓았고 재판에선 그게 활용될 거예요. 굉장히
좋은 보고서예요. 내가 보고서를 좀 읽어줄까요?

밸러리 읽고 싶은 건 뭐든 읽으세요. 기왕 읽는 김에 개인 소유
물 압수에 관한 병원 원무과의 정책 자료도 좀 읽어주시죠.
급박하고, 환자의 관점에서는—이해 불가능한 응급 상황이
발생했다고 가정할 때 정신과의사들이 갖춰야 할 실행 계획
에 관한 자료도요.

화이트 간호사 닥터 루스 쿠퍼는 이렇게 썼네요. "밸러리 솔래너
스는 환상적이다. 밸러리 솔래너스는 언어감각이 탁월하다.
밸러리 솔래너스는 한밤처럼 어둡고 별스러운, 굉장한 유머
감각을 지녔다. 밸러리 솔래너스는 섹스에 집착한다. 밸러리
솔래너스는 지능이 우수하다. 밸러리 솔래너스는 모든 대화
를 남성의 명백한 열등성이라는, 자신이 가장 좋아하는 주제

로 환원한다."

(침묵)

화이트 간호사 닥터 루스 쿠퍼에게 강한 인상을 주었군요.

밸러리 이런 문서를 작성하다니 닥터 루스 쿠퍼는 환상적이네요. 나도 여름 내내 닥터 루스 쿠퍼에 관한 보고서를 쓰고 있어요. 화이트 간호사님이 그 속기 노트를 꺼내면 이것도 재판에 내놓을 수 있겠어요.

화이트 간호사 당신의 보고서를 들어보고 싶네요.

밸러리 노트를 꺼내요…… 어서, 화이트 간호사님…… 밸러리는 환상적이다. 닥터 루스 쿠퍼는 정신과 진료소의 지루한 일상 속에서 허송세월한다. 밸러리는 언어감각이 탁월하다. 닥터 루스 쿠퍼는 진료 기록지에 메모를 하면서 언젠가 그것이 소설 혹은 시선집이 될 거라고 믿는다. 정신의학 전공 기초 과정. 정신과의사들은 전부 실패한 사이코패스이자 정신병 환자들이다. 밸러리는 굉장한 유머감각을 지녔다. 닥터 루스 쿠퍼는 공연료를 내야 했다. 게다가 그 사람은 눈물을 웃음으로 착각하는 심각한 경향이 있다. 정신의학 및 언어학 전공 기초 과정. 말이 비명의 대체물인 것처럼 웃음은 울음의 대체물이다. 밸러리는 섹스에 집착한다. 닥터 루스 쿠퍼는 밸러리에게 집착한다. 그 사람은 날씨부터 유년기까지 모든 것을 결정하는 생물학 기반의 성별이 두 개로 나뉜다는 개념에 집착한다. 배워야 할 게 아직 많다. 닥터 루스 쿠퍼를 위한 우주 로켓, 그 목적지는 다음 세기. 환자 응대 전공 교양 과정. 대부분의 환자는 자신을 더럽고 오줌에 푹 전 과거가 아니라 미래에 투사하기를 원한다. 밸러리는 모든 대화를 남성의 명백한 열등성이라는, 자신이 가장 좋아하는 주제로 환원한다. 닥터 루스 쿠퍼는 업무 시간에 환자를 이용해 제 기술을 연마한다. 그 환자가 언젠가 청구서를 보낼 테지만, 현재로서는 닥터 루스 쿠퍼의 주소가 없다. 병원 원무과에서는 협조하지 않을 것이다. 그리고 상담실 밖 나무들이 피 흘리며 죽어간다.

화이트 간호사 의사가 옆에 있어주길 바란다는 거 알아요.

밸러리 아뇨. 그건 그렇고, 마지막 부분은 잊어주세요. 나무가 어쩌고 한 부분은 선을 그어 지워버려요. 이젠 피가 멈췄을 가능성이 있거든요. 밖을 본 지 꽤 오래돼서. 난 의사가 필요 없어요. 제대로 된 삶이 필요해요.

화이트 간호사 엘름허스트에 막 왔을 때 당신은 허연 얼굴로 간질 발작을 일으키고 있었죠. 이렇게 말했잖아요. 음, 한 남자를 달에 보낼 수 있다면, 전부 다 보내버리는 건 어때? 내가 웃으면서 실내 흡연을 눈감아줬어요. 당신은 열광적이고 발작적이었죠. 계속 남성의 명백한 열등성 얘기로 돌아갔어요.

밸러리 난 미국에서 길을 잃었어요. 집으로 가는 길을 찾지 못했어요. 온통 냉정한 청상어들뿐이었어요. 나는 병든 아이였죠. 루이스를 갈망했어요. 그 찌릿함, 다리와 팔이 따끔거리는 감각을 갈망했어요. 날 사랑하는 건 불가능했어요. 사막을 내달렸죠. 사방이 밝고 하얗고 외로운데 난 짐을 챙겨 떠났어요. 내 안의 모든 것이 비명을 질렀어요. 내 심장, 도러시, 깜

빤이는 불빛. 와인으로 얼룩진 식탁에 수프 그릇과 전날 마신 술병과 더러운 행주까지 그대로 놓여 있었죠. 도러시의 분홍색 편지들, 비닐 식탁보 위에서 서로를 쫓는 벌레들. 비와 물과 휘발유와 오래된 와인 냄새가 났어요. 태양이 있었죠. 벤터. 사막 동물들. 도러시. 도마뱀 한 마리가 모런의 오래된 위스키잔 안에 서서 나를 바라보고 있었어요. 그날은 바람이 불었죠. 도마뱀을 스웨터 안에 넣고 달렸어요.

화이트 간호사 이제 잠깐 눈 좀 붙여요.

밸러리 깔깔 웃으며 빛을 향해 곧바로 날아갔죠. 난 자살 충동이 있는 빌어먹을 창녀예요. 이 이야기는 거의 끝났나요? 닥터 루스 쿠퍼는 곧 돌아오나요? 코스모걸은? 도러시는? 앤디 워홀, 그자는 아직도 병원에서 죽은 척 연기를 하고 있나요?

화이트 간호사 밤이에요, 밸러리. 피곤할 거예요. 잠들 때까지 내가 손을 잡아줄게요.

밸러리 잘 생각 없어요. 나는 이곳에서 유일하게 정신이 온전한 여자라는 걸 기억해요.

브리스틀호텔, 1988년 4월 21일

밸러리 또 오줌을 지린 것 같아.

서술자 그럼 내가 여기 있어서 다행이네.

밸러리 내가 갈 때 손을 잡아줄 거야?

서술자 잡아줄게.

(침묵)

서술자 무슨 생각 해?

밸러리 붉은 참나무. 사탕단풍. 거대한 미국 나무들 꿈을 꿔. 커다란 붉은 참나무 아래에서 코스모걸과 함께 사격 연습을 하는 꿈을 꿔. 코스모걸이 웃는 꿈을.

서술자 사랑하는 이를 바라봐. 그녀의 냄새를 맡아. 말을 걸어. 곧 그녀가 사라질 거야.

밸러리 아무런 이야기도 없었으면 해.

서술자 내가 손을 잡아줄게. 이야기는 있어.

밸러리 내가 이야기가 없다고 말할 때 그건 무슨 의미지?

서술자 모르겠어.

밸러리 그건 이야기가 있다는 의미야.

뉴욕 - 칼리지파크, 1968년 3월

필라델피아행 기차는 춥고 처량하다. 밖에는 활기 없는 들판과 활기 없는 나들목과 헐벗은 나무 위의 활기 없는 새 둥지뿐이고, 하늘은 이보다 광활한 적이 없었다. 너는 울지 않는다. 울기가 무서워서, 우는 너를 누가 볼까 무서워서, 그리고 시골 풍경과 바깥의 하늘, 기차 위로 무너져내려 너를 익사시킬 절벽 같은 물을 열중해 바라보느라.

워싱턴행 기차는 더욱 춥고, 하늘은 더욱 광활하고, 햇빛은 더욱 혹독하다. 근처에 그늘이 조금이라도 있다면 좋으련만. 너는 빛 속으로 사라지지 않기 위해 기차 화장실로 들어가 마스터베이션을 할 수밖에 없다. 금발의 코스모걸이 맨해튼을 활보하고, 오르가슴. 바다와 사막과 도시들을 지나가고, 오르가슴. 코스모의 뇌가 아직 작동중이고, 오르가슴, 대학에 여전히 발붙일 곳이 있고, 오르가슴, 영원과 유토피아를 위한 너희 의제에 아직도 노력을 들이고, 오르가슴—

화장실 밖의 얼음 같은 하늘이 일깨워주는 것은 네가 메릴랜드에서 코스모를 데려오려 한 모든 경우다—후에, 나중에, 얼마 이따가, 미래에. 수마일에 걸친 농지는 네가 기차표를 사려다 그만둔 모든 시간을, 기차의 리듬은 네가 걸지 않은 모든 전화를, 다른 승객들은 네가 쓰지 않은 모든 편지를 일깨운다. 뉴욕은 망각이고 미국은 작별인사를 늘 잊어버리는 너의 습관이다. 코스모를 용서했다면 왜 만나러 가지 않았나? 사람은 원하던 것을 얻고 나면 다시는 그걸 원하지 않는다. 죽음이 바로 뒤에 따라온다면 용서는 무슨 의미가 있나?

학교에서 로버트 브러시는 자기 책상과 예쁜 폼알데하이드 항아리들을 모두 때려 부쉈다. 젖은 서류와 엎어진 책장들의 대혼란, 셔츠를 풀어헤치고 창문을 열어젖힌 로버트 브러시. 엘리자베스가 떠났을 때 코스모는 가정집 마당들을 들쑤셨고, 정원의 요정 석상이나 새 물통들을 넘어뜨렸으며, 교외의 삶 위로 훔친 차를 몰고 지나갔다. 바닥을 인간 태아와 샴쌍둥이 송아지로 온통 뒤덮은 것은 로버트가 아니라 코스모인지도 모른다.

밸러리　좆같은 새끼.

로버트 브러시 교수　안녕, 밸러리. 정말로 유감일세.

밸러리　내게 지원금을 줬어야지. 그건 내 돈이야. 그건 코스모의 돈이었어.

로버트 브러시 교수　내가 어떻게 해주면 되겠나?

밸러리　코스모는 죽었잖아. 이제 돈은 필요 없어.

로버트 브러시 교수 나도 자네만큼 슬프다네.

밸러리 난 돈이 필요해. 코스모는 돈이 필요 없고. 어쨌든 지금은 그렇잖아.

로버트 브러시 교수 코스모가 그렇게 힘든 줄 몰랐네. 힘들다는 걸 알긴 했지만, 어느 정도인지는 몰랐던 거지.

밸러리 내가 왜 당신 말을 들어야 하는지 모르겠어. 당신은 감금된 쥐들의 감독관이잖아. 코스모걸은 가버렸어. 내겐 아무것도 남지 않았어. 이젠 과학이고 뭐고 알 게 뭐야. 코스모를 돌려줘. 코스모를 돌려주지 못한다면 돈을 줘.

로버트 브러시 교수 무슨 일이 있었던 거지?

밸러리 코스모가 죽었어. 언제나 죽은 채로 있지는 않을 거야. 코스모는 연구를 계속할 거야.

로버트 브러시 교수 앉게, 밸러리. 뭘 좀 마시겠나?

밸러리 뭔가 잘못됐어. 그애 이름은 깃털처럼 가벼워. '코스모'라는 단어가 '죽은'이라는 단어와 어울리지 않는다는 걸 바로 알아챘어. 그 두 단어의 무게는 완전히 달라. 함께할 수가 없어. 틀렸어. 이건 음모야. 코스모는 돌아올 거야. 코스모는 언제나 돌아와.

로버트 브러시 교수 무슨 일이 있었는지 말해주겠나?

밸러리 밤마다 코스모가 내게 해변으로 가서 나무에 목을 매라고 애원하고 있을 뿐. 당신의 그 악마 눈물을 참고 볼 수가 없을 뿐.

밸러리.

마음이 바뀌었어.

돌아가고 싶어.

해피엔딩은 없어.

엘리자베스는 샌퀜틴에서 혼자 죽었어.

마지막엔 날 알아보지도 못했어.

여기 있어달라고 내가 부탁했잖아.

네게 마지막으로 한 말이 그거였잖아, 날 여기 버려두지 마.

풀이 폭풍우를 기다리는 양 땅을 향해 고개를 숙인다. 코스모는 지하세계로 사라졌다. 코스모의 눈은 일식이다. 파란색 위로 내려진 검은 장막. 너는 대학 건물들, 심리학과, 시버실험실, 대학 교정, 칼리지파크에서 멀어져간다. 로버트 브러시는 열린 창문 너머로 네 등뒤에 대고 소리친다. 그는 네가 남기를, 자신에게 축복을 베풀기를, 지하세계에서 날아올지도 모르는 채무 변제 요구를 면하게 해주기를 원한다. 네게도 당장은 변제할 수 없는 채무가 적힌 길고 컴컴한 증서가 있다.

학생들이 무리를 지어 공원을 가로지르는데, 코스모를 닮은 여자애 하나가 네 팔을 슬쩍 만지며 지나간다. 저쪽에 코스모가 처음으로 네게 키스한 나무들이 있다. 저기, 코스모가 뉴욕으로 건 마지막 전화. 네 코트 주머니 바닥에는 네가 잊어버린 전화 요청 메시지. 저기, 코스모가 더는 전화하지 않고 너는 알아차리지도 못했던 날들. 그리고 저기, 한밤중 실험실에 혼자 있는 코스모와 창밖에 내리는 첫눈(마지막 눈), 그리고 코스모가 칠판에 대고 한 혼잣말.

시버실험실은 깜빡거리는 고통스러운 스포트라이트를 받고 있다. 광택이 흐르는 복도는 마치 물속에 잠긴 듯하고, 야간 경비원은 집으로 돌아가는 길에 네게 손을 흔든다. 머릿속 폭풍우가 기세를 올리고 암페타민 기운이 온몸으로 퍼져 이번에는 그 무엇도 너를 진정시킬 수 없다. 너는 동물 케이지로 가서 문을 모조리 어둠을 향해 열어젖힌다. 열쇠를 바깥 계단 위에 놓아두고 현관문에 립스틱 키스를 남긴 뒤 건물 앞면에 머리를 대고 피가 흐를 때까지 짓누른다. 실험실 동물들이 밤공기 속으로 사라진다.

엘름허스트정신병원, 1969년 7월
병원 바로 근처에서 스톤월 폭동*이 일어났다

공원에서 시간과 나무들이 붕괴한다. 태양은 나뭇잎 사이로 뻔뻔하게 타오르고 라운지에 있는 꽃들은 죽는다. 너는 계속 환자 배역을 수행하고 화이트 간호사는 맡은 배역을 그게 뭐든 계속 수행해나간다. 너는 며칠째 거기 앉아서 환자들이 환자 배역을 수행하고 직원들이 직원 배역을 수행하는 모습을 유심히 바라본다. 꽤 재미있는 소일거리라서 지금으로서는 여기가 병원인지 놀이공원인지 구분하기가 어렵다. 그런데 울타리 너머 주차장에 또다시 노란 포드 자동차가 나타나 그 사악한 전조등으

---

* 1969년 그리니치빌리지의 게이 커뮤니티가 경찰의 단속에 저항해 폭동을 일으킨 사건.

로 너를 노려보고 있다. 포드 자동차가 있다는 건 이곳이 놀이 공원이 아니라는 뜻이다.

스톤월 폭동이 일어난 뒤 앨런 긴즈버그가 말한다. "그곳의 청년들은 너무나 아름다웠다—십 년 전 모든 호모의 얼굴에 서려 있던 상처받은 표정이 그들에겐 없었다." 너는 아직도 재판을, 닥터 루스 쿠퍼를, 압수된 네 소지품을 기다린다.

밸러리 사람들은 자기 배역이 직원인지 환자인지 어떻게 알죠?

화이트 간호사 그냥 알아요.

밸러리 캐스팅은 병원장이 하나요?

화이트 간호사 그렇다고 할 수 있죠.

밸러리 그건 잘 알겠어요, 화이트 간호사님. 그런데 당신의 배역은 뭔가요?

화이트 간호사 간호사죠, 천사에 가까운.

밸러리 간호사이자 천사죠, 우리 엄마에 가까운. 캄캄한 포옹, 혹은 잠에 가까운.

화이트 간호사 좋은 표현이네요.

밸러리 저 차는 왜 계속 저기에 있나요?

화이트 간호사 주차장에는 차가 아주 많아요. 어떤 차를 말하는 거예요?

밸러리 일주일째 저기에 있는 차요. 포드. 노란색.

화이트 간호사 차들은 날마다 바뀌어요. 직원들 차도 있고, 방문객들 차도 있고. 차들은 날마다 바뀌어요.

밸러리 이곳에 방문객을 맞는 사람은 전혀 없잖아요. 분별 있는
사람이 자발적으로 찾아올 데가 못 되니까.

화이트 간호사 누군가가 찾아오면 좋겠어요?

밸러리 답은, 아뇨.

화이트 간호사 도러시에게 전화해볼 수도 있고.

밸러리 답은, 절대로 아니에요.

나의 사랑 코스모걸

해가 고층건물들 사이로 떴다가 진다. 할렘에서 시위가 계속된다. 히로시마의 벽에는 숯처럼 타버린 사람들의 까만 윤곽이 영원히 남아 있을 것이다. 밤에 코스모는 실험실 주변을 배회하며 동물들과 야간 경비원들에게 말을 걸었다. 그들이 코스모에게서 열쇠를 빼앗았을 때 그녀는 어느 실험실의 창문을 깨뜨려 까치들이 안에 둥지를 치게 했다. 날카로운 3월의 바람이 부는데 코스모는 자신과 환히 밝힌 강당을 향해 강의를 한다. 여자 쥐 몇 마리만이 앞줄에 앉아 강의를 듣는다.

코스모는 앞뒤로 오가며 칠판에 공식들을 쓰고, 웃음을 터트리고, 담배를 피우고, 지시봉을 빙빙 돌리고, 구호를 외치고, 꾸짖는다. Y 유전자는 불가능, X 유전자만 가능, 걸어다니는 낙태아들도 불가능—X 유전자가 X 유전자와 융합할 수 있다는 명백한 가능성은 과학적으로 잘 숨기고 지켜온 비밀—침팬지들을 우주로 보내고, 인간들을 우주로 보내고, 핵무기를 만들고, 쥐들을 가르쳐서 나이프와 포크로 식사할 수 있게 해요—음모, 사람들의 주의를 분산시키는 미끼, 회피 행동. X 유전자와 X 유전자의 결합은 인류의 구원—생물학적으로나 도덕적으로나 예술적으로나.

까치와 비둘기가 깨진 창문으로 들어와 케이지 속 쥐를 죽인다. 다시 한번 책상 위 가족사진 속 실험실장의 모습이 페인트 에어브러시로 지워진다. 일요일 저녁 야간 경비원이 돌아올 때 코스모는 작업대 위에 팔다리를 아무렇게나 뻗고 누워 있다. 쥐들에겐 남김없이 염화칼륨을 먹였다. 스스로도 염화칼륨을 먹었다. 이제 실험실 안에 뛰는 심장은 하나도 없다. 여기저기 흩어진 노트들과 죽은 쥐들, 벽면을 가득 채우는 립스틱 구호, 립스틱 키스, 립스틱 꿈. 쥐 여자들의 우월성과 쥐 남자들의 잠재된 폭력성에 대해, 쥐 여자들만 태어나게 할 가능성과 미래와 여성운동에 대해, 그리고 창녀들과 쥐 여자들만 있는 세상에 대해. 엘리자베스에 대해. 밸러리에 대해. 사랑에 대해.

엘름허스트정신병원, 1969년 7월 15일
재판이 열흘 뒤 시작된다.
게이해방전선이 히로시마 행진에 참여한다

의사들과는 더이상 얘기하고 싶지 않아, 닥터 루스 쿠퍼와만 얘기하고 싶어……

닥터 개새끼와는 더이상 얘기하고 싶지 않아……

내 옷을 돌려받고 싶어……

화이트 간호사 당신은 내 환자들 중에서 가장 예뻐요.
밸러리 닥터 아무개와 닥터 무엇무엇. 닥터 똥주머니. 닥터 거짓말. 닥터 혐오. 닥터 우주의-모든-여성-혐오. 닥터 못난

이. 닥터 고통. 닥터 개새끼. 닥터 모든-건-엄마-탓.

화이트 간호사 공원에 나가면 행복한 환자들이 아주 많아요. 다 잘될 거예요. 두고 봐요, 다 지나갈 거니까. 앤디 워홀에겐 그만 전화해요. 더 나은 할일이 많아요. 건강을 회복하는 데 집중하고 어머니 이야기를 시작해야 해요.

밸러리 엘리자베스 던컨은 샌퀜틴에서 살해당했어요. 넉 달 뒤 코스모걸이 죽었죠. 유년기 같은 건 없어요. 아이들도 없어요. 코스모걸의 생명을 빼앗은 건 캘리포니아주뿐이지 절대로 그애 어머니가 아니에요. 나의 모든 권리를 공격해온 건 미국뿐이지 내 어머니가 절대로 아니라고요. 난 뉴욕의 공공장소에 있는 모든 벽을 의료 기록들로 도배할까 생각중이에요. 닥터 개새끼, 닥터 모든-건-엄마-탓과는 얘기하고 싶지 않아요.

화이트 간호사 병리적 과정과 정상적 과정에 동일한 엄격성을 적용하는 법의 심판을 받으며 수치를 느껴야 할 만큼 대단한 사람은 없어요.

밸러리 난 모든 라디오와 텔레비전 방송국들을 장악할 거예요. 온 우주를 다 사들이기는 불가능하죠. 공원 벤치를 주문 제작해 아무도 앉지 못하게 하는 건 가능해요. 나는 60년대에서 온 유령이에요. 공공의 문화는 없어요. 팝아트, 가짜 예술가들이 있죠. 모든 곳에, 거꾸로 뒤집힌 채로. 순수예술. 더러운 예술, 아무것도 아닌 예술. 남자의 예술. 타락한 예술. 타락한 구조. 정치에 개입한 예술. 내 손에서 전쟁의 냄새가 나요. 내가 할 수 있는 일은 없었어요. 오직 나만 있었죠. 아니 그보다는, 그러니까, 나조차도 없었어요. SCUM이라는 조직은 없어요. 아무것도 없었어요. 어쩌면 그걸로 충분할지도 몰라요.

화이트 간호사 재판일이 다가오고 있어요. 두려워하지 마요. 앤디 워홀은 법정에 나오지 않기로 했대요.

밸러리 전적으로 내 탓이에요. 나는 이곳이 병적인 상태라고 생각해요. 난 병에 굴복해요. 병원 병. 병원 감염이라 부를 수도 있겠네요, 그게 더 알아듣기 쉽다면.

화이트 간호사 여기에서 나가는 방법은 여러 가지가 있어요.

밸러리 나갈 필요 없어요. 이게 내 인생이에요. 내 인생에서 도망치고 싶지 않아요. 난 밸러리 솔래너스라고요.

화이트 간호사 자신의 모든 면을 받아들일 수 있는 사람만이 행복할 수 있어요. 악은 어디에나, 그리고 우리 모두의 마음에도 존재해요. 경우에 따라서는 고통을 받아들이는 능력 혹은 무능력에 관한 문제겠죠. 우리를 가르는 가는 선. 사람들 사이의 얇은 피부처럼. 자신의 어두운 면을 부인하는 건 무의미해요.

밸러리 난 가장 어두운 면이 가장 아름다워요.

화이트 간호사 내가 당신을 도울 수 있으면 좋겠어요.

밸러리 난 피와 정액으로 예술작품을 만들 거예요. 사람들이 아주 좋아하겠죠. 사기꾼들, 표절자들 말이에요. 행복하고 또 행복한 창녀.

화이트 간호사 그 모든 것을 버리고 나아가도록 의료진이 도울 수 있어요. 마약. 망상. 매춘. 파괴성 같은 것들.

밸러리 섹스는 극히 독자적인 경험이고 전혀 창의적이지 않아요. 매춘에서 남성의 역사적 부재. 팍타 순트 세르반다.* 라 돌체 비타.** 바로 그런 식이죠, 내 지저분한 썹을 갖고 전부 네 맘대로 해라.

화이트 간호사 공원에 나가면 행복한 환자들이 아주 많아요. 사복을 입더라도 아무런 도움이 안 될 수도 있고요. 환자복은 공동체의식, 집단적 감정, 무리에 소속되어 있다는 느낌을 불러일으키니까요.

밸러리 집단적 죄책감. 무리의 죄의식. 구매자와 판매자. 여성의 몸과 영혼. 이른바 계약에서는 동등한 당사자란 없어요. 모든 점에서 다르죠. 여자의 사회적 지위: 없음. 나이: 어린 경우가 많음. 주택: 없음. 교육: 대개는 받지 않음. 배경: 없음. 사회 연결망: 없음. 마약중독: 항상 있음.

화이트 간호사 사막에 혼자 있지 않다는 느낌.

밸러리 전적으로 내 책임이에요. 전화 딱 한 통. 뉴욕에서 보내는 걸 잊은 딱 한 번의 키스.

화이트 간호사 집에 갈 기회를 얻었을 때 당신은 다른 정신과 환자들도 모두 갈 수 있게 해달라고 요구했죠. 요구가 받아들여지지 않았을 때는 그들과 여기 남아 있기로 했지만 사복을 달

---

* Pacta sunt servanda. '협정은 준수되어야 한다'라는 뜻의 외교 용어.
** La dolce vita. '아름다운 인생'을 뜻하는 이탈리아어.

라고 요구했죠. 당신은 공원에서 오케스트라를 조직했고 밤새 여자들과 돌아가며 춤을 추었고 모든 환자가 솜사탕을 먹고 맥주를 마실 수 있도록 속임수로 허락을 받아냈어요.

밸러리 20달러. 전체 항목 다 포함. 가격표. 마지팬으로 빚은 조그만 귀를 염치 있게 사용할 때는 금지하지 않음. 씹 한 번에 10달러. 빨아줄 땐 5달러. 주물러줄 땐 2달러. 난 영혼을 팔지 않아요. 내 보지는 내 영혼이 아니거든요. 보지 영혼. 좆 영혼. 나는 성인이에요, 내가 뭘 하는지 안다고요. 서른두 해째 유배 생활. 모든 질병은 치료될 수 있어요. 영생은 가능해요. 누군가 없어지면 다른 사람이 불려가 그 자리를 채워요. 운명에서 벗어나려 애쓰는 건 무의미해요.

팩토리, 1968년 3월 말

너는 다시 나무의자에 앉아 옷을 정돈하고 화장을 고친다. 스포트라이트가 얼굴을 향해 있어서 너는 볼 수 없지만 앤디의 비서들이 밝은 빛 속을 돌아다닌다. 앤디가 아직 오지 않아서 네가 소리를 쳐도 대답하는 사람이 없다. 메이크업 담당자가 도착해 네 얼굴에 파우더를 바르고, 다른 누군가가 와인 한 잔을 들고 지나간다. 텔레비전 분장용 파우더를 바르면 너는 늘 재채기를 한다. 화장이 끝난 뒤 너는 손수건을 집어들어 얼굴을 닦아버린다. 메이크업 담당자는 다시 화장을 시작한다.

밸러리 앤디, 이 멍청한 새끼. 내가 지금 여기에 메이크업 받으러 온 거야, 아님 영화를 만들러 온 거야?

(침묵)

밸러리 이봐요.

(침묵)

(모리시가 빛 속에서 나타난다)

모리시 미안해, 밸러리. 영화는 여기에서 찍을 거야. 기다리는 동안 음악 좀 들을래?

밸러리 좋지. 뭐든. 어서. 틀어. 어색해할 거 없어.

모리시(카세트플레이어를 켠다) 벨벳언더그라운드야.

밸러리 아하.

모리시 알아?

밸러리 몰라.

모리시 60년대의 가장 위대한—

밸러리 —알려줘서 고마워. 아주 놀랍도록 흥미로운 음악 같은데, 난 여기 이 메이크업 때문에 조금 바쁘거든. 앤디는 뭘 하고 있지? 바지에 넣은 손이 붙어버린 거 아니야?

모리시 앤디는 촬영을 준비하고 있어.

밸러리 알 만하군.

모리시 이유는 모르겠지만 넌 앤디가 너에게 관심이 있다고 생각하는 것 같다. 이곳에 입장을 허가받은 괴짜가 네가 최초는 아니야.

밸러리 응, 나도 알아.

모리시 조언하자면, 존중을 좀 보여. 앤디에게. 그의 예술에 대해. 팩토리에 대해. 예를 들면, 우리 모두에게. 여기에서 위대한 예술이 창조되고 있다고.

밸러리 그래, 그렇군. 위대한 예술, 그 말을 기억할게. 난 굽실
굽실하면서 모자를 살짝 들어올려야겠네. 환상적이야……
(스포트라이트를 향해 굽실거린다) …… "위대한 예술"을 위해.
오늘 그게 어디에 있든…… (주위를 둘러본다) ……그래. 그
게 어디에 있든, 나는 굽실굽실할게. 샌드위치와 마실 것 좀
없어?

모리시 네게 모질게 굴고 싶진 않아. 하지만 넌 팩토리에서 오
래 버티지 못할 거야.

밸러리 두고 보자고. 어쩌면 앤디는 머리가 텅 빈 문맹 좆빨놈
에 질렸을지도.

모리시 넌 여자가 아니야, 밸러리. 넌 질병이야.

(앤디가 밝은 빛 밖으로 나온다.)

모리시 밸러리가 오늘 환상적으로 멋지다고 말하던 중이야.

밸러리 질병처럼 말이지. 한동안 들은 것 중 가장 근사한 말이
었어.

앤디 고마워, 모리시. 이제 너는 없어도 돼.

밸러리 고마워, 모리시. 네 모습을 안 봐도 된다니 우린 정말
기뻐.

모리시 내가 필요하면 알려줘, 앤디.

앤디가 카메라를 설치한다. 모리시는 네 쪽을 보며 구토하는
흉내를 낸다. 너는 그에게 가장 예쁜 미소를 날리며 손을 흔들
고, 그동안 앤디는 다시 필름 카메라를 작동시킨다.

밸러리 정말 착하네. 저 모리시란 애. 네 조수.

앤디 괜찮지. 이제 네 얘기를 이어서 하면 좋겠어, 밸러리. 아니면, 선언문 얘기로 시작하면 어떨까 싶어. 그 글을 좀 읽어볼래?

밸러리 내가 생각한 게 있어, 앤디.

(침묵)

밸러리 앤디?

앤디 말해, 밸러리. 듣고 있어.

밸러리 SCUM의 남성 지부 회장이 필요해. 너라면 완벽할 거야, 앤디. 신문과 텔레비전에 인맥도 있고. 〈보그〉의 표지 모델이 되어 지부에서 네가 하는 일에 대해 말할 수도 있겠지. 넌 관심을 좋아하잖아. 텔레비전에 나와서 손톱 칠하는 것도 좋아하고.

앤디(웃는다) 난 그리 정치적인 사람이 아냐.

밸러리 넌 진짜 정치적이야. 네가 잘 모를 뿐이지. 게다가, 지부에는―이건 지부 회장에게도 적용되는 건데―따라야 할 완전하고 명확한 의제가 있어. 철저하고 분명한 의제라서 추가적인 해석 없이도 바로 이행할 수 있지. 지금 우린 실행의 측면을 말하는 거야. 재능이나 정치적 신념이 필요한 일이 아니야. 활력과 더불어 명령을 따르는 능력이 필요하지 두뇌가 필요한 게 아니라고.

앤디 기분좋은 말이야, 밸러리.

밸러리 그럼 어떡할 거야? 난 아직 결정하지 않았어. 다른 후보자들이 있지만 네가 유력해 보여, 앤디.

앤디 지부에 대해 말해봐, 밸러리. 남자면 누구나 가입할 수 있는 거야?

밸러리 아니, 절대로 아니지. 선택된 소수만.

앤디 카메라를 보면서 말해.

밸러리 SCUM의 남성 지부 회원 자격을 몇 가지만 들어볼게. 남자를 죽이는 남자. 생물학 전쟁이 아니라 건설적인 연구에 힘쓰는 생물학 분야 과학자. SCUM의 목적 달성에 기여하는 생각들을 전파하고 홍보하는 기자, 작가, 편집자, 출판업자, 제작자. 호모들—우리 앤디는 이 범주에 들겠다—중에 반짝거리고 빛나는 모범을 보임으로써 다른 남자들을 탈남성화하고 그리하여 상대적으로 덜 해로워지도록 고무하는 이들. 끊임없이 뭔가를—돈, 물건, 서비스—거저 주는 남자. 있는 그대로 솔직히 말하는 남자. 지금까지 그런 남자는 전혀 없었지.

앤디 (웃는다) 환상적인 것 같다.

밸러리 정말로 환상적이야. 깨끗하게 사는 착한 여자들을 집회에 초대해서 그들이 남성에 대해 품고 있을지도 모르는 의심과 오해를 명확히 파악하게 할 거야. SCUM의 남성 지부 회원 자격을 몇 가지 더 들자면, 섹스 관련 책과 영화 등등을 제작하고 홍보하면서 앞으로 화면에 오로지 '빨고 씹하기'만 나오게 될 날을 앞당기는 남자들. 피리 부는 사나이를 따라가는 쥐들처럼 '보지'에 유인되어 파멸에 이를 남자들. 그들은 압

도당하고 결국에는 자신들의 수동적인 삶에 잠겨 익사하고
말 거야…… 앤디 너는 이 범주에도 들겠다. 네가 만든 그 관
음증적 섹스 영화들을 보면—

앤디 —잠깐, 밸러리. 필름을 갈아야 해서…… (조명을 향해 외
친다) ……모리시! 필름이 더 필요해. 밸러리가 지부에 대해
얘기하고 있어.

밸러리 남성 지부 가입은 SCUM의 면제자 명단에 들 수 있는
핵심적인 조건인데, 그것만으로 충분하진 않아. 선을 행하는
것만으로는 충분하지 않아. 남자들이 그 쓸모없는 궁둥이를
구제하려면 악을 피하기도 해야—

앤디 —잠깐, 밸러리. 필름이 더 필요해.

(비바 로날도와 모리시가 나타난다.)

밸러리 마실 것 좀 없어, 모리스? 샌드위치라도? 작은 닭고기
샌드위치와 음료, 뭐든 괜찮아.

앤디 비바. 샌드위치와 음료가 필요해.

밸러리 맞아, 비바. 샌드위치와 음료. 빨리.

(비바 로날도가 황급히 사라진다. 모리시는 필름을 더듬더듬 만지고
있다.)

모리시 금방 될 거야.

밸러리 도와줄까, 모리스?

모리시 이제 될 거야.

앤디 고마워…… (너를 보며) ……남성 지부 얘길 하고 있었지.
계속 얘기하고 있으면 음료와 샌드위치가 올 거야.

밸러리 지부에 들어올 수 있으니 넌 운이 좋은 거야. 더 운이 좋으면 회장이 될 수도 있지. 어떻게 될지 좀 두고 보자. 네가 유력하긴 한데…… 가장 불쾌하고 유해한 남자 유형은, 강간범, 정치인, 그리고 이들의 조력자들. 운동가, 정당의 당원. 엉터리 가수와 음악가. 이사회장. 가장. 집주인. 뮤잭을 트는 싸구려 식당과 레스토랑 주인. '위대한 예술가.' 쩨쩨한 도박꾼과 채무불이행자. 경찰. 거물. 죽음과 파괴를 위한 연구에 관여하거나 사적인 산업을 위해 일하는 과학자. 현실적으로, 모든 과학자. 거짓말쟁이와 허세꾼. 디스크자키. 모르는 여자에게 아주 조금이라도 간섭하는 남자. 부동산업자. 증권중개인. 할말이 없는데 말하는 남자. 거리에서 빈둥거리고 서서 풍경을 망가뜨리는 남자. 양다리 걸치는 남자. 사기꾼, 쓰레기 투기꾼. 표절자. 여자를 조금이라도 해치는 남자. 광고업계에 종사하는 모든 남자. 정신과의사와 임상심리학자. 정직하지 않은 작가. 기자. 편집자. 출판업자. 공적, 사적 영역의 검열관. 군대의 모든 구성원과 수뇌부.

앤디 그럼 여자는?

밸러리 모든 여자는 저마다 어느 정도 허접스러운 구석이 있지만 그건 평생 남자들 사이에서 살다보니 생겨나는 성향이야. 남자를 제거하면 여자는 정신을 차릴 거야. 여자는 개선이 가능해. 남자는 개선이 불가능하지만 행동을 고칠 순 있어. SCUM이 뒤에서 바짝 쫓아가면 남자들도 재빨리 정신을 차릴 거야.

앤디 그럼 강간은?

밸러리 이제 좀 쉬어야 할 것 같아. 난 배가 고픈데 네 조수들은 샌드위치도 제대로 못 만드나봐.

앤디 강간에 대해 좀 말해봐.

밸러리 난 강간을 혐오해. 강간은 완전히 남성적인 특성이야.

앤디 남자를 죽이라는 말은? 그걸 진지하게 해석해야 할까, 아니면 반어적으로 해석해야 할까?

밸러리 유혈이 낭자할 정도로 진지하게. 여자는 본능적으로 알아, 타인을 해하는 일만이 유일한 잘못이고 사랑이 인생의 의미라는 걸…… 살해된 수십만의 여자들과 유토피아가 바닷가에 떠밀려 왔어. 이제 잠깐 쉬면서 닭고기 샌드위치와 술을 좀 마시자. 축하할 일이 많아. 예를 들면, 네가 지부 회장에 취임하고 활동하게 될 수도 있잖아. 그걸 생각하면서 가서 샴페인을 좀 가져와.

앤디 한 가지만 더 묻자―

밸러리 ―여자는 본능적으로 알아, 타인을 해하는 일만이 유일한 잘못이고 사랑이 인생의 의미라는 걸.

영화 주인공 1968년

이제 너는 영화 〈나, 남자〉의 주인공 밸러리 솔래너스다. 그 영화에서 너는 모든 대사를 직접 만들었다. 앤디는 결과물에 무척 흡족해하고 너 역시 이례적으로 흡족해한다. 모리스 지로디아스가 팩토리로 와서 영화를 본다. 너희는 선풍기가 돌아가는 서늘하고 어두운 방에 들어가 앉는다. 강렬한 흑백 영상이 이어지고 영사기에서는 최면성 소음이 흘러나오며 모리스의 조심스러운 담뱃불이 빛난다. 새 영사 슬라이드의 냄새를 사랑하게 되기는 너무나 쉽다.

상영회가 진행되는 동안 앤디는 자리에 가만히 앉아 있지 못한다. 가발이 방안을 계속 움직이고 조수들은 그의 주위를 초조한 구름처럼 공손하게 따라다닌다. 하지만 지금은 네가 주인공이다. 앤디는 너의 즉흥 대사에, 카메라 앞에서 그렇게 쉽게 즉흥적으로 말할 수 있다는 사실에 강한 인상을 받았다. 앤디, 그 대사 다시 들어볼 거야? 기꺼이 들을게, 밸러리. '내 본능이 아가씨들을 좋아하라고 해. 그런데 왜 내 기준이 네 기준보다 낮아야 하지?' 넌 천재야, 밸러리. 알아, 가발아. 내 희곡은 읽어봤어? 아직, 밸러리. 곧 읽을게, 밸러리.

네가 샴페인과 샌드위치를 찾아 방을 나가자 사람들은 네 얘기를 하고, 너는 살구색 커튼 뒤에 서서 엿듣는다. 이제 모든 일이 잘되어간다. 뉴욕, 팩토리, 모리스 지로디아스는 네 모든 문제에 대한 해결책이다. 날씨는 화창하고, 전망은 밝고, 이제 곧 올림피아프레스에서 선금과 함께 의뢰한 소설을 쓸 시간이 생길 것이다. 그러면 『북회귀선』과 『롤리타』와 그 출판사에서 나오는 다른 모든 엿같은 책들은 역사에서 흔적도 없이 사라질 것이다.

앤디 올림피아는 잘 되어가요?

모리스 올림피아는 현재 큰 성공을 거두는 중이에요. 사업을 확장하고 있죠. 곧 헨리 밀러의 작품이 나올 겁니다. 밸러리는 어디 갔나요?

앤디 밖에 어디 있을 거예요.

모리스 올 때까지 기다릴까요?

앤디 먹을 걸 찾고 있어요. 밸러리는 늘 배고파해요. 이제 영화를 틀 거야, 비바?

모리스 밸러리의 희곡은 읽어봤어요?

앤디 아직.

모리스 언어감각이 탁월해요.

앤디 모르죠, 그 희곡을 우리가 제작하게 될지도.

기생충들

A. 검은 태양, 검은 눈, 검은 절망. 문학적 기생충, 포스트모던 기생충. 내 모든 걸 빼앗아 가. 어서. 그게 내가 원하는 바야.

B. 달러 지폐가 가득한 핸드백. 표범 무늬 원피스를 입은 여자, 어두운색 비닐 양복을 입은, 피부색이 어두운 남자들, 검은 설경. 그들은 정말로 너를 갖고 싶어해. 더럽게 말해, 달콤하게 말해. 돈의 가치는 다 똑같고 무가치하다.

C. 그날 밤, 하늘은 무無로 만들어졌다. 별들은 기름종이로 만들어졌다. 바깥현관의 의자는 삐걱거리며 비명을 질렀다. 그것은 고지식한 이야기, 고지식한 세상이었다. 그것은 이성애적 신경증이었다, 달리 묘사할 방법이 없다. 언제 떠나야 할지를

알아야 한다. 아뇨, 라고 말하는 법을 알아야 한다.

D. 순수한 미국 남자들만 있었다. 장난감 대통령. 루스벨트. 트루먼. 아이젠하워. 존 F., 린든 B., 닉슨. 포드. 카터. 모든 것이 조작되었다. 미스 월드. 미스 유니버스.

E. 미국의 창녀와 미국의 여성운동. 레이건의 대변인 페이스 휘틀시는 현대의 다양한 현상을 설명하며 다른 유형의 자료들을 한데 뒤섞었다. 휘틀시는 20세기를 손뜨개 속옷을 향한 집단적 갈망이라고 묘사했다. 블랙 먼데이가 있었다. 그 원인을 월스트리트와 1947년에 제작된 옛 할리우드 영화에서 찾으려 했다. 로널드 레이건은 천천히 망각의 정원으로 흘러갔다.

F. 하얀 인조 모피, 하얀 스타킹, 늘 약간 과도하게 짧은 원피스. 그 여자는 햇빛이 잘 드는 베란다에 죽은 꽃들을 두었다. 그 여자는 끊임없이 희망하고 절망했다. 결혼한 여자는 모두 매춘부다. 이봐요, 잠깐만, 미스터!

G. 아이가 영사기를 갖고 싶어했다는 이유로 어머니는 자신이 꼬마 예술가를 낳았다고 확신했다. 여자는 잼병에 갖은 꽃들을 꽂아 예쁜 종이로 싸서 들고 이웃집들을 찾아갔다. 여자는 알아듣기 힘든 영어로 아이에게 만화책을 읽어주었고, 아이가 색칠 공부 책 한 쪽을 다 칠할 때마다 상으로 단것을 주었다. 이

로 인해 그는 평생 그림과 초콜릿과 자기 자신에 대한 열정을 품었다. 그는 자기 주변을 거대한 색칠 공부 책으로, 다른 모든 사람을 어머니의 복제물로 여겼다.

H. 그날 밤, 하늘은 온통 자줏빛이었다. 보랏빛이었다. 플라스틱맛이 났다. 나는 양손을 얼굴 앞까지 올려 맞잡았다. 이곳에서 영혼이 없는 이는 오직 나뿐이다. 그것은 고급 강제수용소였다. 신은 거기에 없었다. 거기에는 아무도 없었다.

I. 은유. 성 정치의 수사. 심각한 실수. NOW는 미국 중산층에, 그리고 50년대라고 불리는 무시무시하게 지루한 시기에 뿌리를 두었다.

J. 불행한 은유. 저 새를 어떻게 묘사하시겠습니까?

K. 형이상학적 식인주의. 자연의 포식자. 아래를 향해 돌진하는 검은 새들. 예술을 위한 육체의 한시적 기형. 기생적 태아. 병리적 상태. 집단 신경증. 행복한 주부. 행복한 창녀. 아름다운 아이.

L. 1970년 8월 26일. 수천 명의 여성이 5번가를 따라 행진한다. 그들은 속옷을 불태우고 서로에게 키스하고 손을 맞잡고 있다. 의제는 무엇인가? 의제라는 게 있기는 한가?

M. 백악관에서 열린 오찬. 카터. 레이건. 프리던. 이 나라의 군사적, 경제적 약탈. 강간. 흡혈귀. 드라큘라. 사람들의 피를 빨아먹는 앤디 워홀. 사적인 것은 극히 개별적이다. 메이크업. 미용실. 저마다의 침실 속 혁명. 저마다의 생각 속 앤디 워홀.

N. 집단 매춘. 집단 살상. 만남은 살인이다. 이봐요. 잠깐만. 미스터.

O. 그들은 원하는 것을 가진다. 그것을 다시 원하지는 않는다. 이봐요, 잠깐만, 미스터.

P. 가부장적 투사. 세계에서 가장 오래되고 가장 세련된 직업. 이곳에서 영혼이 없는 이는 오직 나뿐이다.

Q. 스크린인쇄, 영사막映寫幕, 고문. 철저한 남성혐오자. 멸종 위기종. 처음부터 네게 결말을 말해줄 수도 있었는데.

R. 나는 너의 법에 굴복하고 싶지 않아. 이 많은 종이봉투를 가지고 다니긴 싫어. 나는 늘 백화점 계산대 사이를 너무 빨리 돌아다니지. 나는 언제나 훔쳐. 어머니는 정상적인 행동을 유지하며 배경에 섞여들려고 애를 써. 이봐요, 잠깐만, 미스터!

S. 경험은 기록되지 않았다. 제거되고 척결되었다. 그 여자의 서명은 지워졌고 아이디어는 예술 공장에 집어삼켜졌다. 이름 상실. 기억 상실. 모든 것의 상실. 앤디의 작품 선집: 고통. 알비노. 드라큘라. 보철물. 인체 실험. 권모술수. 대학살.

T. 무슨 상관이야? 내겐 인형의 눈, 인형의 입, 인형의 다리, 인형의 심장이 있어. 그들은 정말로 나를 원해.

U. 모든 문명은 승화에 기초를 둔다. 모든 문명은 돈에 기초를 둔다. 모든 문명은 이성애적 신경증에 기초를 둔다. 1968년 뉴욕의 팩토리를 통해 수신인에게 전달할 것.

V. 포르노그래피. 매춘. 대통령.

W. 모든 문명은 반복에 기초를 둔다. 모든 문명은 돈, 남성성, 무기에 기초를 둔다. 모든 문명은 이전 문명의 실수에 기초를 둔다. 실수하지 마라, 여자를 만들어라. 실수하지 마라, 레즈비언을 만들어라. 군사 개입. 베트남. 오락.

X. 돈, 쇼핑, 표면. 그는 미국과 미국의 대통령들을 숭배했다. 그는 히로시마 원폭일에 제 생일을 기념했다. BODY가 있는 SOMEBODY가 되어라. 히로시마. 내 사랑.

Y. 너는 고층건물들과 하나가 되기를 바랐다. 하늘을 향해 뻗어올라라. 밖으로 퍼져나가라. 밤에 너 자신을 잃지 마라. 너는 하이힐을 신은 자매들을 갈망했다.

Z. 폭발성과 두려움은 같은 것이다. 아이디어 고갈에 대한 병적인 두려움, 혹은 이상한 사람들의 이상한 생각에 대한 병적인 두려움. 그는 자신의 초기 작품을 참아 넘길 수 없었다. 그는 일찍부터 은회색 가발을 쓰면 죽음을 따돌릴 수 있다고 확신했다. 그는 허구의 보철물에 계속 의지했다. 장신구들로 인해 그의 외모는 이상해 보였다.

뱁러리를 사랑하라

뉴욕, 1968년 5월
베트남전쟁은 미국 역사상 가장 긴 전쟁이다.
마틴 루서 킹 주니어가 암살된 뒤 수백여 도시에서 폭동이 일어난다

너는 센트럴파크를 좋아했다. 그 시절 너는 자전거를 타고 보도를 벗어나 나무 사이를 누볐다. 코스모와 너는 각각 자전거를 타고 호수로 들어갔다. 그러고는 자전거를 물속에 두고 나왔다. 다 오래전 일이다. 지금은 머리 위에서 단조롭고 우울하게 깍깍대는 까마귀 소리만 들린다. 까마귀들은 쇼핑 카트를 밀면서 천천히 걸어가려 애쓰는 네 머리 위로 급강하한다. 네가 공원을 가로질러 너무 빨리 달려가서 쇼핑 카트 속 유리병들이 깨지려 한다. 수많은 까마귀가 네 물건과 모자를 습격한다. 겨우 도로에 들어섰을 때, 까마귀들은 전화선 위에 일렬로 앉아 너를 비웃는다. 까마귀들마저도 너를 비웃는다.

까-하-까-하

까-하-까-하

까-하-까-하

센트럴파크 밖에 있는 경찰서에는 사방에 경찰관들과 눈을 찌르는 강렬한 조명이 있다. 취조 방법, 숨겨진 마이크, 가짜 미소와 알 만하다는 시선이 은밀히 오간다. 재킷 밑자락을 단단히 붙든 채로 너는 면담 탁자에 놓인 선언문을 계속 두드린다.

모든 것이 엉망이 되어간다. 글을 쓸 수가 없다. 코스모가 지하세계에서 계속 전화를 걸어대고 조금만 집중력이 떨어져도 찾아와 널 괴롭히기 때문이다. 앤디는 항상 바쁘고, 모리스는 점점 더 불쾌한 태도로 이른바 계약서를 운운한다. 너는 자니 카슨 쇼에 출연할 기회를 얻지만 그마저도 대참사였다. 그들은 너를 조롱하기 위해 방송에 초대한 게 분명하다. 너는 그저 도러시의 텔레비전에 예쁜 영상을 좀 보내주고 싶었을 뿐인데.

그리고 날마다 네가 팩토리 밖에 서서 기다리는데도 앤디는 늘 네 희곡을 읽을 시간이 없고, 다른 영화에 참여할 가망도 미세하게 증발한다.

밸러리 범죄를 신고하고 싶어요.

국가 무슨 범죄요?

밸러리 공원에 까마귀들이 있어요. 날 사냥하려 했어요. 거의 죽을 뻔했죠.

국가 뭘 신고하실 건가요, 아가씨?

밸러리 거기엔 사람이 없었어요. 까마귀. 까마귀가 오솔길 한가운데에 앉아 빤히 쳐다보았죠. 검은색이었어요. 내가 지나가려고 하는데도 비키질 않는 거예요. 그러더니 다른 까마귀들이 떼로 몰려왔어요. 내 얼굴을 향해 급강하하는 거예요. 날 비웃었어요.

국가 그건 범죄가 아니에요. 새들을 형사처분할 순 없어요. 성함이 어떻게 되시죠?

밸러리 밸러리 솔래너스. 난 빛을 향해 똑바로 날아갔어요. 범죄를 신고하러 여기에 왔다고요.

국가 약물을 복용하셨나요?

밸러리 당연히 했죠. 암페타민이 없으면 이 안에서 작은 전쟁이 일어나거든요.

국가 어디에 사세요?

밸러리 당분간은 부두에서. 여름에는 지붕 위에서.

(침묵)

(국가가 메모를 한다.)

밸러리 그 노트에 뭐라고 쓰고 있죠?

국가 아가씨가 여기 왔다고 적고 있어요. 범죄 혐의가 있어서
는 아닙니다.

밸러리 그런데 뭘 쓰고 있어요? 도스토옙스키에 대한 소설?

국가 보고서입니다.

밸러리 나는 작가라고 쓰세요. 그렇게 쓰시면 돼요. 작가. **작-가.**
올림피아프레스에서 출간될 소설을 쓰고 있어요. 그것도 보
고하셔도 돼요.

국가 저는 아가씨가 여기 왔다는 사실, 약물을 복용한 상태라
는 사실, 주거가 일정하지 않다는 사실을 보고하는 중이에요.

밸러리 내가 여기 와서 엉덩이를 보고했다고 쓰세요.

국가 이곳에서 매춘은 허용되지 않습니다.

밸러리 매춘이 아니에요. 난 선언문을 팔고 있어요. 당신도 한
부 살래요? 1달러예요.

국가 당신 알아요. 전에도 와서 허튼 장난질을 했잖아요.

밸러리 50센트만 주면 정말로 역겨운 걸 한 가지 알려줄게요.

국가 체포하기 전에 어서 나가요.

밸러리 좋아요…… 남자…… 50센트 빚지셨어요, 알아둬요.
선언문을 이백 부 사도 돼요. 하지만 외상은 안 돼요. 할인도
안 되고요. 최소 주문 이백 부. 난 숫자 계산을 안 좋아해요.

국가 사방에 전단지를 붙이는 게 당신이에요? 그러면 벌금을
내야 해요.

밸러리 워싱턴에서 나는 과학적인 글과 실험 보고서를 게시했
어요. 그런 다음 아무도 떼지 못하게 주위를 순찰했죠. 쪽지

든 보고서든 뭔가 붙인 지는 꽤 오래됐어요.

국가 좋습니다, 부인.

밸러리 좋아요, 미스터. 동전은 내일 다시 와서 받아 갈게요. 그나저나, 나는 노숙자가 아니에요. 내 동족이 말살되고 있는데 내 몸만 아낄 가치가 없다고 생각할 뿐이죠. 보지 영혼들이 도살장으로 끌려가고 있는 이 와중에 말이에요. 그렇지 않으면 다른 보지 영혼이 그 일을 해야 할 거예요. 내가 하는 게 나을 수 있죠.

첼시호텔, 1968년 5월

너는 다시 급발진 상태다. 로비의 색채가 이례적으로 밝고, 모든 것이 기괴할 정도로 커져서 너를 향해 급속도로 달려드는 것만 같다. 쿵쾅쿵쾅 박동하는 화려한 색깔의 심장처럼 보이는 체크인 프런트가 네게 위험할 정도로 가까이 다가오는데, 아담한 프런트 직원은 이제 거기에 없다. 벽을 부여잡고 살살 움직이는 동안, 가슴 안에서 갑자기 뭔가, 은과 성에로 이루어진 크리스털 같은 것이 산산이 부서지면서 생각이 쉽고 빨라진다. 모리스는 어디에도 없다. 그래머시파크에 있는 사무실은 며칠째 닫힌 상태다.

호텔 수위 괜찮으세요, 미스?

밸러리 난 아주, 아주 괜찮아요. 물어봐줘서 고마워요. 그런데

모리스 지로디아스는 도대체 어디에 있나요? 체크아웃하고
아예 뉴욕을 떠났나?

호텔 수위 미스터 지로디아스는 방에서 업무를 보고 계십니다.

밸러리 어느 방이죠?

호텔 수위 말씀드릴 순 없어요.

밸러리 방을 바꿨나요?

호텔 수위 그렇습니다. 지난번 방이 너무 어둡다고 하셨어요.

밸러리 그런데 왜 말하지 않았지?

호텔 수위 저는 모르겠습니다, 미스.

밸러리 여기서도 모른다, 저기서도 모른다. 미스 여기로, 미스
저기로. 내 이름은 밸러리 솔래너스예요. 부탁인데, 죄다 모
른다는 소리만 해대지 말고 정말로 아는 걸 내게 말해줄래
요?

호텔 수위 이제 계단을 오르락내리락하는 건 그만두세요.

밸러리 난 미스터 지로디아스와 얘기해야 해요.

호텔 수위 집에 가서 주무세요. 머릿속이 혼란스러우신 것 같아
요, 고객님.

밸러리 난 집이 없어요. 머릿속도 이보다 더 맑을 순 없고요.

미션 지구, 샌프란시스코, 1968년 5월
너는 첼시호텔에서 쫓겨나 샌프란시스코행 비행기를 탔다

코스모걸이라면 자진해서 여성용 카페에 드나들지 않았겠지만, 이제 코스모는 여기에 없으니 새로운 규칙이 적용된다. 돌로레스파크에서 개들이 나무 아래에서 뛰놀고, 너는 우먼스빌딩으로 내려가는 언덕에서 마음을 바꾼다. 햇빛은 눈이 멀 정도로 환한데, '아빠의 가장 착한 딸' 글로리아가 이미 너를 본 터라 돌아설 수가 없다. 은색 코트를 입은 너는 너무 일찍 왔고, 혼자 온 여자 몇 명이 도착했으며, 커피를 끓이는 사람들과 다른 이들 한두 명이 더 있다. 보스(여기선 위계도 지도자도 없답니다)가 일거리를 나눠주고, 네게 어떤 멍청한 소책자에 여성을 상징하는 기호를 그리라고 한다.

여자들은 내내 서로의 머리칼을 만지며 땋아주거나 쓰다듬어 준다. 하지만 은색 코트는 이곳에 녹아들 수 없다. 원피스도, 코 가 벌어진 부츠와 땀에 젖은 발 냄새도. 너는 이곳에 전혀 어울 리지 않는다.

진행 방식은 모두가 둥글게 모여 앉아 서로 손을 잡는 것인 데, 네 손은 축축하고 찬데다 담배에 불을 붙여야 해서 매번 손 을 놓을 수밖에 없다. 플러시 천으로 만든 여성 기호가 발언자 를 가리키고, 네 차례가 되자 너는 무슨 말을 해야 할지 알 수가 없다. 이 네눈박이 모범생들 앞에서는 할말이 정말이지 하나도 없다. 어떻게 이곳에 오게 되셨나요, 밸러리, 다시 오신다면 정말로 기 쁠 거예요, 밸러리의 의견은 어떤지, 무슨 생각을 하는지 정말로 알고 싶네요, 밸러리가 쓴 선언문에 대해 말해주세요.

밸러리 지금 하는 말은 모든 남자에 관한 거란 점을 강조하고 싶네요. 기회만 있다면 그들은 뻐드렁니 난 할망구라도 씹해 먹고, 게다가 돈까지 줄걸요. 어찌나 씹질에 집착하는지, 강 건너에서 나긋나긋한 보지가 기다리고 있다고 생각하면 콧물 로 된 강이라도 헤엄쳐가고, 콧구멍까지 토사물에 잠긴 채로 몇 킬로미터라도 걸어갈 거예요.

아빠의 가장 착한 딸 글로리아 생물적 속성은 운명이 아닙니다. 여 성보다 더 나은 남성 페미니스트들도 있어요. 그리고 거들이 니, 코르셋이니, 신고 달리지도 못할 만큼 높은 구두니 하는 문제들은 정말이지 무시무시해요. 그 점을 고려해야 할 거예요, 밸러리. 우리는 당신을 판단하지 않아요. 저는 당신이 그 점을 고려해야 한다고 생각할 뿐이에요.

밸러리 코스모와 나는 미국 최초의 지성적인 창녀예요. 당신들이 그걸 하지 않는다면 다른 누군가가 하게 되죠.

아빠의 가장 착한 딸 글로리아 그럼 당신에게 어린 아들이 있다면 그 아이도 미워할 건가요, 밸러리?

밸러리 내겐 절대로 어린 아들이 없을 거예요.

아빠의 가장 착한 딸 글로리아 하지만 만약에 있다면요.

밸러리 그런 일은 절대로 일어나지 않아요.

아빠의 가장 착한 딸 글로리아 상상력을 발휘해봐요.

밸러리 난 그 아이를 딸처럼 사랑할 거예요. 여자로 키우고, 원피스를 입히고, 저녁에는 부엌에서 함께 춤을 추겠죠. 원한다면 입술 선 바깥까지 립스틱을 바르게 해줘요. 원하지 않는다면 립스틱은 안 발라도 돼요. 난 그 아이를 사랑할 거예요.

아빠의 가장 착한 딸 글로리아 그래서 그 아이의 생물적 속성은 운명이 아니라는 거죠.

밸러리 남자는 기계예요. 걸어다니는 딜도. 정서적 기생충. 생물학적 사고. 남성성은 결핍 장애예요. 남자의 생물적 속성은 그의 운명이고요. 나는 검은 원피스를 좋아해요. 입술 선 밖으로 립스틱을 바르는 걸 정치적 행동으로 여기고요.

아빠의 가장 착한 딸 글로리아 말도 안 돼요, 밸러리. 그러면 아무것도 이루지 못해요. 남성이 없다면 여성운동도 없을 겁니다.

당신처럼 옷을 입어도 아무것도 이루지 못하고요. 당신을 보며 남자들이 받는 인상은—

밸러리(급히 일어선다) 좋아요. 대단히 감사하지 않습니다. 여성 운동 어쩌고저쩌고하는 말들도 다 굉장해요. 미래를 위한 프로젝트도 잘되길 빌어요. 당신들의 혼성 시위에도 대단히 잘 어울리겠죠. 난 남자, 남자아이, 옷 입는 방식 같은 걸로 토론할 시간이 없어요. 레이스 아니면 플러시. 이거 아니면 저거. 난 다른 중요한 할일이 있거든요.

아빠의 가장 착한 딸 글로리아 당신이 쓴 글을 좀 읽어줄 수는 없나요?

밸러리 절대로 없어요. 하지만 600달러를 준다면 기쁘게 당신 팬티 안에서 작업을 시작할게요.

뉴욕, 1968년 5월
돌아왔으나 살 곳이 없다,
올림피아프레스에서 받은 선금도 바닥났다

사야 할 물건이 아주 많다. 앤디가 예술과 쇼핑의 경계를 탐구하고 있다면 너는 심연과 쇼핑의 경계를 탐구할 생각이다. 백화점은 아름다운 곳, 어둠 속에서 환히 빛나는 궁전이다. 지금 네게 필요한 것은 타고 항해를 떠날 배다. 너는 코스모걸에게 줄 립스틱과 책을 사야 한다. '체리 폭탄'이라는 이름이 붙은 코스모의 립스틱은 끈적끈적하고 설탕맛이 났다.

매장 점원들이 립스틱을 발라보고 향수를 손목에 뿌려볼 수 있도록 돕는다. 금발의 그들에게선 자신감이 풍긴다. 네가 이곳에서 저곳으로 너무 빨리 걸어다녀서 경비원들은 너를 출구로 데려가고 싶어한다. 눈부신 가능성을 보이던 모든 것이 왜 다 허사가 되었는지 너는 이해하기가 힘들다. 앤디 워홀은 확실히 무식한 문맹인 것 같다. 「똥구멍이나 쑤셔라」를 좀처럼 읽지 않고 그 멍청한 패션 잡지 사진들만 쳐다보고 있으니 말이다. 너는 그저 도러시에게 마침내 좋은 읽을거리가 생기도록 언젠가 끝내주는 책 한 권을 사막으로 보내고 싶을 뿐이다.

경비원들 손님은 나가셔야 합니다. 문까지 모셔다드리겠습니다.

밸러리 왜요?

경비원들 즉시 백화점에서 나가주셔야겠습니다.

밸러리 난 쇼핑중이에요.

경비원들 문까지 모셔다드리겠습니다.

밸러리 내가 왜 나가야 하죠?

경비원들 너무 정신없이 다니시잖아요. 한 매장에서 다른 매장으로 급히 돌진하고요. 그렇게 뛰어다니시면 다른 손님들이 불안해합니다.

밸러리 난 코스모걸에게 줄 립스틱과 책 몇 권을 사려는 거예요. 실크 보이에게 줄 콤팩트파우더하고. 도러시에게 줄 빌어먹을 가발도요.

경비원들 뭘 사시든 상관없어요. 그래도 나가셔야 해요.

밸러리 50센트를 내면 선언문을 살 수 있어요.

경비원들 이리 오세요, 당장.

밸러리 난 작가예요.

경비원들 손님은 매장 점원들 사이를 너무 급히 오락가락하고 있어요. 그러면 사람들이 불안해합니다. 이제 쇼핑을 끝낼 시간이 됐어요, 미스.

밸러리 밸러리 진 솔래너스예요. 메릴랜드대학교에서 몇 년이나 박사 공부를 했어요. 심리학 박사나 다름없죠. 비밀리에 우주를 지배하는 기술을 가르치는 교수가 거의 될 뻔했어요.

경비원들 이쪽입니다, 미스 솔래너스. 정문요, 미스 솔래너스.

밸러리 난 작가예요.

경비원들 이제 쇼핑을 끝낼 시간이 됐어요.

밸러리 나는 여기저기를 다녔어요. 이런저런 일을 했고요. 한동안 첼시호텔에서 살았어요. 예술가들과 함께 어울렸죠. 작가, 출판업자, 거물, 잘나가는 사람, 고급 매춘부, 근사한 파티를 여는 부유한 사람.

경비원들 우리가 문까지 함께 가드리죠, 미스.

밸러리 난 선언문을 바탕으로 소설을 쓰고 있어요. 올림피아프레스에서 출간할 거예요.

경비원들 다른 날 다시 찾아주세요, 미스.

밸러리 선금 600달러를 받았죠.

경비원들 그렇겠죠. 대단하십니다. 이제 나가주시기만 하면 되겠어요.

밸러리 에휴, 립스틱과 문학.

경비원들(입구에서 회전문 사이로 너를 밀어넣는다) 감사합니다. 이만 가세요.

밸러리 코스모걸이 지하세계에서 자꾸만 전화를 걸어요. 고문이에요, 잠을 잘 수가 없어요. 내게 전화를 걸고는 사랑받지 못하는 건 테러 행위라고 속삭이는데, 수화기에서 커다란 눈물이 굴러떨어져요. 난 첼시호텔에서 얼리호텔로 옮겼어요. 완전히 괜찮은데, 또 완전히 틀렸어요. 난 첼시를 사랑했지만 첼시는 날 사랑하지 않았나봐요. 거기 사람들은 날 좋아하지 않았어요. 내가 로비에 자리잡기만 하면 나타나서 나가라고 해요. 그들은 여름 파티를 준비중이에요. 환상적이겠죠. 날 초대하진 않겠지만 당신들은 확실히 초대받을 거예요.

경비원들 그래요, 그래요. 와주셔서 감사합니다, 미스.

밸러리 립스틱이 더 필요하다고 코스모걸이 말해요. 그애는 내 핑크팬서 립스틱을 가지고 있는데, 취향이 아주 까다로워요. 코스모는 내가 센트럴파크에서 목을 매거나 부두에서 물에 빠져 죽기를 바라죠. 내가 살아남을 수 있을지도 모르는 다른 행동 방침을 찾기 위해 지하세계와 협상을 진행중이에요.

첼시호텔, 아직도 1968년 5월

마침내 모리스가 나타나 수위에게 오만한 태도로 "됐어요"라고 말하며 대화할 시간이 없다고 할 때, 너는 호텔 밖 길거리에서 반나절을 기다렸고 그 안내원 개새끼는 이미 경비 지원을 요청했다. 이제는 아무도 네가 한때 이 호텔의 가장 멋진 투숙객이었다고 상상하지 못하고, 네가 가장 좋아했던 정중한 안내원을 기억하는 사람도 없지만, 그건 상관없다. 모리스는 어쩔 수 없이 걸음을 멈추고 너와 소설과 미래에 대해 이야기해야만 한다. 자신이 몰락하고 있음을 아는 암컷 포유류도 최소한 그 정도는 기대할 수 있다. 그 외의 다른 것은 부적절하고 부자연스럽다.

밸러리 난 밤새 글을 쓰고 있어. 돈이 더 필요해.

모리스 안녕하세요, 밸러리.

밸러리 소설을 쓰려면 돈이 더 필요해.

모리스 만나서 반가워요, 밸러리.

밸러리 원한다면 당신의 더러운 좆을 빨 수도 있어.

모리스 고맙지만 됐어요, 밸러리.

밸러리 앤디와 얘기해봤어?

모리스 아뇨, 당신도 알다시피 난 앤디 워홀과 모르는 사이예요.

밸러리 둘이서 「똥구멍이나 쑤셔라」에 대해 의논했다는 걸 알
아. 당신들이 내 작품에 대해 의논했다는 걸 안다고. 내 등뒤
에서 나를 비웃었다는 걸 알아.

모리스 난 앤디 워홀을 몰라요. 그의 희곡에 대해서도 전혀 모
릅니다.

밸러리 내 희곡이야.

모리스 미안해요, 밸러리. 당신 희곡은 걱정하지 않아도 됩니
다. 관심 두는 사람도 없으니까.

밸러리 선금이 더 필요해. 작품에 대해 의논해야 하고. 당신 호
텔방에서 자도 될까?

모리스 절대로 안 돼요.

밸러리 당신의 추한 좆을 다시 빨아줄 수도 있어.

모리스 비켜요. 공항에 가야 해요.

밸러리 어쩌면 공연처럼 보여줘도 되겠지. 그러면 우리 돈 좀
벌겠는데.

모리스 역겨워요.

밸러리 내게 재능이 있다고 말했잖아. 우리가 함께 일해야 한다고 말했잖아.

모리스 지금은 후회합니다.

밸러리 우린 계약도 했어.

모리스 상관없어요. 당신은 정신을 좀 차려야 해요. 가령 암페타민도 끊고. 그러면 일 얘기를 할 수 있겠죠. 당신이 이런 상태일 때는 대화가 불가능해요.

밸러리 당신이 신경쓰는 건 그 끔찍한 롤리타 책들과 섹스 책들뿐이지.

모리스 당신은 온전하지 않아요, 밸러리. 그 알약들을 먹은 채 거기 서서 암소처럼 입술을 핥고 있으면 정말로 멍청해 보여요. 약을 끊어요. 그런 다음에 두고 봅시다.

밸러리 지금보다 기분이 더 좋았던 적이 없어. 해는 빛나지. 난 글을 쓰고 있지. 자연의 질서. 남성 전멸.

모리스 잘 가요, 밸러리. 이제 일하러 가야 해요, 밸러리. 소설 잘 쓰고요. 어서 읽어보고 싶네요.

브리스틀호텔. 1988년 4월 23일

서술자 그러면 정체성 문제는?

밸러리 유보된 정체성. 자라서 남자가 될 거라면 어린 소년인 상태가 무슨 소용이 있지? 포기는 답이 아니야. 망치는 게 답이지.

서술자 난 이 모든 걸 망치는 방법을 알고 싶을 뿐이야.

밸러리 인공 역사 서술. 창녀와 정신병 이야기. 미국 수중 인구에 관한 이야기.

서술자 그러면 정체성의 문제는?

밸러리 비정체성이 답이야. 비여성 여성. 비레즈비언 레즈비언. 비하류층 하류층. 작약에서는 목련 같은 냄새가 나. 개에게서는 개 같은 냄새가 나. 그리고 정원은 일 년 내내 시기에 따라 다른 냄새가 나지. 주어진 정체성이란 없어. 여성도 없고, 남성도 없고, 소년도, 소녀도 없어. 사소한 인형극이 있을 뿐. 엿같은 대본으로 끝없이 공연되는 엿같은 연극.

서술자 그럼 이렇게 끝나면 안 되는 거지?

밸러리 아기 작가, 넌 뭔가 새로운 걸 써야 할 거야. 새로운 결말을 찾아야 한다고. 새로운 장미 정원이 있을 거야. 도러시는 장미 정원을 불태웠고, 다시 자라난 꽃들은 이제 완전히 달라. 보지와 장미와 조각 글과 망각이 가득한 정원. 이제 우리는 당분간 문학 공장을 닫을 거야.

(침묵)

서술자 밸러리.

밸러리 응?

서술자 네 생각을 멈출 수가 없어.

밸러리 다 지나갈 거야. 두고 봐. 이젠 집으로 돌아가서 이 소설을 끝내.

서술자 소설은 그냥 똥이야.

밸러리 괜찮아. 이제 가, 아기 작가. 밖에 나가면 좋은 하루가 펼쳐질 거야.

맥스의 캔자스시티, 뉴욕, 1968년 5월

뉴욕은 완연한 여름이다. 바람이 대로를 따라 너와 함께 달린다. 네 핏속에서, 그리고 어스름을 뚫고 암페타민이 솟구친다. 네 심장은 맨해튼의 교회 종처럼 계속 고동친다. 너는 상어들과 하룻밤을 보낸 뒤 지붕 위에서 의식을 잃는다. 다시 깨어나서 보니 서류는 전부 바람에 날아갔고 어느 상어가 너의 청록색 스윈텍 타자기를 훔쳐갔다. 앤디는 이제 네 전화를 받지 않는다. 부재중 전화를 남겨도 모리스는 다시 전화를 주지 않는다. 너는 거리에서 첼시호텔 안으로 들어서기도 전에 제지당하고, 코스모는 네가 어디에 있든, 근처에 전화 부스가 있든 말든 지하세계에서 열에 들뜬 전화를 걸어온다.

너는 이제 잠도 자지 않는다. 코스모는 네가 방어막을 내려 자신을 지키지 못할 때 주로 찾아오기 때문이다. 날마다 밤의 끝자락에서 코스모는 진주목걸이를 차고 연파랑 눈을 빛내며 너를 기다리는데, 그녀는 그저 네가 지하세계에 잠시 들러주기만을 바랄 뿐이다(전에도 바란 건 그뿐이었다). 그런데 코스모를 정말로 용서했다면 너는 왜 그녀를 만나러 가지 않은 걸까?

너는 며칠째 맥스의 캔자스시티에서 온종일 앤디를 기다리며 그가 나타나 「똥구멍이나 쑤셔라」의 제작을 기념해 건배하기를 바란다. 그동안 시가를 피우는 깡마른 대학교수와 영사기사가 화장실에서 네 얼굴에 대고 수음한다. 마침내 새로운 가발을 쓰고 나타난 앤디는 불안해하며 인사도 잊는다. 여느 때처럼 그는 벽을 스르륵 통과하고 동행인들의 그림자 속으로 사라진다.

이봐, 너, 이봐, 너, 이봐, 앤디, 네가 고문과 연극에 대해 뭘 알아?

모리시　앤디는 너와 말 섞고 싶지 않대. 네 전화 테러에 진력이 났어.
밸러리　알려줘서 고마워. 하지만 난 앤디와 얘기하고 싶어…… (모리시 뒤에 숨은 앤디를 향해) ……앤디 '멍청이' 워홀?
모리시　넌 혐오스러워, 밸러리. 모두가 널 싫어해. 네가 무슨 말을 하든 좆도 신경 안 써. 팩토리에선 다들 널 비웃어. 앤디도 비웃고, 모두가 널 비웃는다고.
밸러리　내 선언문을 읽어봐. 내가 어떤 사람인지 말해줄 거야.

나는 〈나, 남자〉에도 출연했어. 나를 연기했지. 〈나, 남자〉에서 배역을 맡았잖아. 안 그래, 앤디? 너도 좋다고 했잖아. 안 그래, 앤디? 내가 대사를 직접 만들었잖아.

모리시 이 도시에서 널 비웃지 않는 사람이 없어.

밸러리 내 본능이 아가씨들을 좋아하라고 해. 그런데 왜 내 기준이 그들 기준보다 낮아야 하지? 음, 네 기준 말고. 네 기준은 최악이지. 남자를 좋아하는 사람. 호모의 기준.

(침묵)

밸러리 난 그냥 내 희곡을 읽었는지 알고 싶을 뿐이야. 네가 그걸로 작품을 제작하고 싶은지 알고 싶다고.

(침묵)

밸러리 여보세요? 앤디? 네가 듣는 그 알량한 뮤직 때문에 청각에 문제가 생긴 거라면 수화를 쓸 수도 있어. 레즈비언을 뜻하는 수화는 아주 쉬워. 입술을 살짝 만지면 돼…… (허공에 대고 수화를 한다) ……이제 알아들었어, 앤디?

(침묵)

밸러리 1달러 있어, 앤디? 햄버거 사 먹을 돈이 좀 필요해.

모리시 아무리 말해봐야 소용없어, 넌 여전히 더럽고 혐오스러울 테니까.

밸러리 내가 네 꼬임에 나가게 된 그 자니 카슨 쇼 말이야. 앤디 너도 거기 나가 앉아서 손톱을 칠하면서 네가 미스 워홀라고 말했잖아. 그 방송, 내겐 재앙이었어. 난 선언문 얘기를 하려고 출연한 거야. 밝은 스포트라이트가 날 겨누고 관중은 악의적인 웃음을 터트렸어. 그 카슨이라는 작자는 분장용 파우더를 잔뜩 바른 살인 기계였고, 스튜디오의 모든 직원이 킬킬거리더라. 그러더니 날 잘라내버렸어. 내가 나온 부분은 방송도 되지 않았다고. 그 역겨운 파우더를 바르지 않겠다고 한 게 다행이야. 그 프로그램은 온통 남성 가짜 예술가와 남성 표절가들이 자기 작품에 대해 거짓말을 늘어놓는 수단일 뿐이야.

모리시 그런데 그게 우리와 무슨 상관이 있지?

밸러리 모르겠어, 하지만 사랑받지 못하는 건 테러 행위야.

모리시는 너를 끌어내려 하고, 너는 타인이 너를 끌어내려 하는 걸 가장 싫어한다. 유일하게 더 싫은 짓은 타인이 네 목소리를 흉내내는 것이다.

모리시(네 목소리를 흉내낸다) 특별할 건 없어, 정말로. 도러시가 시내에 나가면 루이스는 바깥현관의 그녀 의자에서 날 잡아먹었어. 그녀의 쿠션 커버에는 장미 무늬가 있었고, 난 내 조그만 보지를 돈도 안 받고 빌려주는 동안 장미와 별의 개수를 헤아렸어. 그리고 왜 그랬는진 모르지만 매번 내 머리카락에 껌이 들러붙었어. 입에서 흘러나와 떨어진 거겠지. 나중에 가장 끈적거리는 덩어리들을 한꺼번에 머리에서 잘라낸 다음 루이스는 줄담배를 피웠어. 이상한 점은 다리와 팔에 느껴지던 찌릿함, 그 따끔거리는 감각이 가끔 그립다는 거야.

406

여럿의 하나된 웃음소리와 개별적인 킬킬거림. 앤디는 사막 동물처럼 웃으면서 〈보그〉로 가려 아닌 척한다. 천장이 무서운 속도로 너를 향해 기울어지고 너는 잽싸게 몸을 숙인다.

밸러리 그건 내가 한 말인데.
비바 넌 아이 때마저 역겨웠던 거야, 밸러리. 일곱 살부터 이미 역겨워서 남자들이 너랑 씹하고 싶었던 거야. 레즈비언이 되 었다고 이상할 것도 없지.

앤디가 일어서서 걸어나간다. 그는 늘 말을 안 해도 되고, 나 머지 사람들은 그의 〈보그〉와 담배를 챙긴 뒤 순식간에 흩어지 는 그림자처럼 그의 뒤를 따른다. 그리고 네가 뒤에서 소리를 질러도 그는 답하지 않는다.

밸러리 내 희곡 돌려줘.
비바 밸러리, 그 희곡은 심지어 우리가 봐도 너무 더러워.
밸러리 다른 사람의 희곡을 훔치는 건 나빠.
비바 네 편집증의 재미있는 점은, 정신 똑바로 박힌 사람이라 면 훔치고 싶어할 만한 게 네겐 하나도 없다는 거야.
모리시 잘 가, 밸러리. 다시는 안 보면 좋겠다. 팩토리 밖에서 어슬렁거려봐야 소용없어. 그래도 앤디는 너랑 얘기하고 싶 지 않을 거야.

밸러리 기억해…… 기억해…… 나는 이곳에서 유일하게 정신
이 온전한 여자라는 걸 기억해.

대통령들

A. 정치 기계. 정치적 역설. 나는 북슬북슬한 은여우 모피 코트를 둘렀다. 굽 높은 흰 부츠를 신었다. 나는 모든 시위와 데모를 놓쳤다.

B. 헌법 수정안. 조약 공장. 백악관. 백인 대통령. 어떤 일들은 변하지 않는다. 어떤 일들은 절대로 변하지 않는다. 내가 말할 때 너는 가만히 서 있어야 해. 눈을 감고 그 조그맣고 섹시한 입을 벌려야 해. 네 얼굴, 그리고 네 다리 사이의 그 조그맣고 섹시한 구멍. 성 정치. 지금쯤 온 세상이 나를 사랑하게 되었을 거야.

C. 거짓 약속들뿐이었다. 헌법은 수정되지 않았다. 그들은 흰

치마를 입고 시카고의 거리를 따라 걸었다. 아스팔트 위에 눈물을 떨어뜨렸다. 핸드백 수십만 개가 해변으로 밀려왔다.

D. 1980년 8월 26일. 세라 웨딩턴. 엘리너 스밀. 플로렌스 하우. 벨라 애브저그. 워싱턴의 공화당 청사 밖 철책에 어떤 여자가 자기 몸을 사슬로 묶는다. 제2단계. 베티 프리던이 백악관에서 좆을 빤다. 백색 건축. 하얀 마녀. 섹스는 그 자체로 승화다.

E. 나는 브래지어와 거들을 입고 뉴욕의 거리를 걷는다. 행복으로 어서 와. 미국 대통령은 누구인가? 나는 정말로 모른다. 라벤더메니스*. 그들은 '자유 쓰레기통'에 브래지어와 거들을 던진다.

F. 나는 병들었고 죽음을 갈망한다는 걸 기억해. 나는 이곳에서 유일하게 정신이 온전한 여자라는 걸 기억해. 여성성의 신화. 자칭 혁명가들. 모든 생각의 장애. 가부장적 헤게모니.

G. 편집증적 연상들. 그들은 선언문 출간을 꿈꾸었다. 그들은 여성주의적 피난처를 꿈꾸었다. 시간이 지났고, 출판사들은 사창가 같은 벽지를 그대로 붙인 채 너무 비대해진 어휘를 구사

---

* 레즈비언과 그들의 권익을 배제하는 전미여성기구에 항의해 1970년에 결성된 급진 레즈비언 페미니스트 조직.

했다. 워싱턴에서 여성의 권리는 당혹스럽고 썰렁한 농담이 되었다. 첫번째 물결이 왔다가 갔다. 두번째 물결은 모든 생각을 씻어냈다.

H. 성평등 수정안은 이전 시대의 여성참정권 운동가들이 죄를 고백하러 나오는 사교클럽이 되었다. 에마 골드먼은 강제 추방되었고, 정신이상 사례가 증가했으며, 이 사회와 사회의 어머니가 결핵, 당뇨를 비롯해 온갖 고약한 암종을 앓았다. 당연히 나는 그들이 내게 거짓말한다는 걸 알았다. 당연히 그 무엇도 현실이 아님을 알았다. 그 소설. 그 희곡. 그 선언문, 그 풍자. 내가 떠날 때 그들은 사막 동물 무리처럼 나를 비웃었다.

I. 모두가 슈퍼우먼이었다. 그것이 제2의 물결이었다. 그들은 하나같이 용감했고, 하나같이 좆 빨기를 좋아했다. 당연히 나는 그들이 나를 비웃는다는 걸 알았다.

J. 여성참정권 운동가들. 그들은 하나둘 지하세계에 합류했다. 폐암, 심장마비, 상어의 공격. 사인은 끝없이 많았다. 격식은 옆으로 제쳐두었다. 무성한 잡초가 집 주변에 퍼졌다. 워싱턴의 옛집에는 아무도 남지 않았다. 예전 본부. 여성당. 여성참정권 운동.

K. 놀이가 아니었다. 재미삼아 하는 시위가 아니었다. 미스

팽크허스트는 가로등 기둥에 제 몸을 사슬로 묶었다. 폭동자들이 거리에서 분신했고, 단식투쟁에 들어갔고, 교도소에 갇혔다. 미래. 미래 세대. 이제 그들은 죽었다. 미스 팽크허스트. 클라크 게이블. 달.

L. 그 여자들의 보여주기식 활력. 그들의 허위적 급진성. 남녀 사이의 생물학적 관계. 그들은 늘 거기로 돌아갔다. 남녀 사이의 희생 없는 성애. 어서 와, 행복으로.

M. 우리는 가로등 기둥에 몸을 사슬로 묶었다. 단식투쟁에 들어갔다. 여성들이 시위하다 죽었다. 낯선 이들이 우편으로 똥과 정액을 보냈다. 그들은 우리를 가뒀고, 우리는 다시 나갔으며, 그들은 우리를 가뒀고, 우리는 거리로 돌아갔다. 좆 까, 미스 팽크허스트. 흰 블라우스. 때는 1913년이었다. 나는 그 여자를 5번가에서 보았다. 다음해 여름에 그녀는 경마장에서의 부상 때문에 죽었다.

N. 관광객과 카지노와 시위대가 사라진 애틀랜틱시티. 판자길에 버려진 '자유 쓰레기통.' 비를 맞아 엉망이 된 속옷들. 물론 나는 그들이 나를 비웃는다는 걸 알았다.

O. 정확히 짚어낼 수 있는 문제는 없었다. 그런데도 나는 절망에 빠졌다. 하루종일 뒷마당을 거닐었다. 할일이 아무것도 없

어서.

P. 여성성의 신화가 폭로된 뒤, 워터게이트사건이 일어난 뒤, 고엽제가 사용된 뒤였다. 그들은 롱아일랜드에서 정원을 가꿨다. 더이상 시위에는 나가지 않았다. 성 정치학. 너는 모든 침실에 존재하는 혁명가를 꿈꾸었다. 너는 모든 침실을 점거하고 없애기를 꿈꾸었다. 과거를 돌아보며 그들은 말했다. 우리의 운동은 전혀 정치적이지 않았다. 단지 개인적인 문제였다. 과거를 돌아보며 그들은 말했다. 우리가 무서워한 것은 적이 아니라 우리의 폭력적인 자매들이었다.

Q. 나는 미끈하게 흐르는 흰 모피 옷을 입었다. 굽 높은 흰 부츠를 신었다. 나는 어디에도 잘 섞여들지 못했다. 주머니 안에 더러운 칼들을 가득 넣어 다녔다. 내 귓가에 뮤잭이 흐르고 있었다. 사기꾼들과 다른 상어들이 내 얼굴에 대고 고함을 지르고 (혹은 수음을 하거나 오줌을 누거나 울고) 있었다. 나는 집에 가고 싶었다. 너와 같은 사람을 외쳐 불렀다.

R. 회합들은 외로운 흰 들판과 같았다. 실험실 쥐들이 거기에 있는 너를 보았다면 울었을 것이다. 서맨사도 울었을 것이다. 여성운동. 아마조네스는 없었다. 그것은 혼성 모임이었다. 실험. 너무 늦은 변화란 없다.

S. 여성참정권 운동가들은 모든 형태의 남성 동반을 거부했다. 나는 이곳에서 유일하게 정신이 온전한 여자다. 노래하는 작은 새가 인형의 집을 나와 날아갔다. 미래가 그녀에게 권리를 주었다. 흰 블라우스. 그 여자는 왕의 말 앞에 몸을 던졌다. 그때 흰 블라우스가 피로 얼룩졌다. 치마가 너덜너덜 찢어졌다. 장례식이 끝난 뒤 그들은 남성들과 연대하기로 했다. 평화적인 방법을 사용하기로 했다. 혼성 시위. 향수를 가지고 공산주의와 싸울 수는 없다.

T. 나는 미동도 없이 서 있어야 했다. 안 그랬다면 산산이 허물어졌을 것이다.

U. 별은 없었다. 수정 같은 밤이, 수정처럼 맑은 생각이, 한데 모인 인간의 체액이 있었다. 내 모든 걸 빼앗아 가, 어서, 그게 내가 원하는 바야. 나는 아니라고 말하는 법을 알았어야 했다. 다 빼앗아 가, 어서, 네가 그러기를 내가 원해. 그가 술을 마시고 있었다 해도 중요하지 않았다. 또다른 만행. 기억하고 싶지 않은, 기억할 수 없는 종류의 만행. 그날 밤, 하늘은 거칠었다. 그 공허를 나는 공감할 수 있었다. 바보의 현실에 갇혀 그것을 즐기며.

V. 성 정치. 친밀한 구조. 사랑의 조직. 강간의 조직. 홍등가. 도시의 특정 지역이 갑자기 생겨났다. 내 모든 걸 빼앗아 가. 어

서. 내가 그걸 원한다고.

W. 전미여성기구. 우리는 출범 초기부터 남성과 연대하고자 한다고 결정했다. 남성 없는 여성운동은 있을 수 없다.

X. 나무줄기 사이에서 피어나는 파란 연기. 모든 나무에 내린 서리. 타오르는 하얀 마녀들. 밀릿. 앳킨슨. 브라운밀러. 파이어스톤. 솔래너스. 데이비스. 모건. 스타이넘. 모든 창가의 죽은 화분들.

Y. 전미여성기구의 창립자들. 케이 클래런바크는 남편이 컬럼비아대학교에서 공부하는 동안 사막의 골함석 오두막에서 아이 셋을 돌보았다. 뮤리얼 폭스에게는 뇌 전문 외과의사 남편이 있었다. (세상에, 얼마나 건강에 해로운지, 그 여자가 머리가 텅 비었다는 게 놀랍지도 않네.) 첫번째 회합이 진행되는 동안 그는 근처 호텔에서 아이들과 함께 기다렸다. 그녀가 돌아왔을 때는 텔레비전 화면이 지직거리고 있었다.

Z. 정치. 성 정치. 우리가 왜 정치에 신경을 써야 하지? 우리가 죽고 나서 무슨 일이 벌어지는지 왜 신경을 써야 해?

유니언스퀘어 33번지. 1968년 6월 3일 아침, 마치 꿈속처럼

또다시 검은 발톱이 나오는 꿈, 어쩌면 이번이 마지막인지도 모른다. 너는 다시 유니언스퀘어로 돌아왔다. 주위에 연기 냄새가 감돌고, 그러자 네가 공원에서 쓰레기통마다 불을 질렀다는 사실이 기억난다. 너와 앤디는 팩토리 입구의 엘리베이터 문 앞에 서 있다. 앤디는 코니아일랜드에서 막 돌아왔고, 입술 선 밖으로 립스틱을 칠한(그건 정치적 행위라는 걸 기억하길) 너는 그의 가슴에 총을 겨누고 있다(32구경). 꿈속에서 너는 저녁 내내, 그리고 밤이 깊도록 그 자리에서 기다렸으나 복제품 앤디는 나타나지 않았다. 이제 아침이 되어 눈부신 햇살이 안으로 흘러든다. 팩토리는 기이한 정적에 싸여 있다. 복잡하고 화려한 예술 전등은 아직 켜지지 않았고 가구도, 조수들도, 배배 꼬인 사이키델릭 음악도 없이, 그저 깜빡거리는 알전구들만이, 그저 너와 괴물 같은 예술 기생충 앤디 워홀만이 있다. 앤디 워홀은 상체에 이미 세 군데 총상을 입었다. 영화를 보는 것처럼 비현실적이었어. 통증만이 현실 같았지. 벽에 걸린 액자 속에서 넋이 나간 듯 너를 빤히 쳐다보는 영화배우들은 너의 성격 증인들이다. 셜리 템플, 메이 웨스트, 존 베넷, 라나 터너, 루이즈 브룩스, 마를레네 디트리히, 케이 프랜시스.

사막의 새들이 사막에서 빽빽 울어대고 앤디는 가발을 벗어 가슴과 심장을 가리며 버려진 아이처럼 운다. 타오르는 한순간 너는 그를 구할 수 있기를 소망하지만, 벌써 총상이 그의 몸에 나타나기 시작했다. 원고는 단 한 부뿐이고, 지금 네게 필요한 건 집중과 좁은 시야다. 꿈속의 바로 그 순간(그런데 늘 같은 꿈이다) 너는 소리가 들리지 않고, 네 코트 위로 검은 피 웅덩이들이 퍼져나가며, 앤디의 모든 대사가 적힌 거대한 은막이 천장에서 내려온다. 방안이 수정처럼 맑고 선명해진다. 앤디는 은색 가발을 심장에 대고 있다.

밸러리, 안 돼, 안 돼…… 그러지 마……

앤디는 은색 가발을 방패처럼 가슴에 대고 있다. 네 심장 속에서 불꽃처럼 터지는 몇 초간의 통증, 그리고 방안의 네 주위로 바다처럼 넘실대는 목소리들. 도러시가 있고, 코스모걸, 실크 보이, 그리고 화이트 간호사가 있다. 원피스 자락을 입에 물고 피맛을 느끼며 심장은 돌처럼 굳은 채 너는 머릿속 목소리들을 지우려 애쓴다. 암페타민, 코카인, 헤로인, 벤조디아제핀, 엘에스디가 필요한 이유도 머릿속에서 쉼없이 우렁우렁 울려대는 그 목소리들 때문이었다. 죽고 싶지 않아. 살고 싶지 않아. 이야기를 갖고 싶지 않아. 그게 어떻게 끝나는지 알고 싶지 않아.

밸러리, 안 돼, 안 돼…… 그러지 마……

우라질, 밸러리. 나가. 그건 멍청한 계획이고, 누구라도 그걸 알 거야. 뉴욕주는 살인죄에 사형까지 적용한다는 걸 기억해. 뉴욕주는 여성을 싫어한다는 걸 기억해. 주지사들과 대통령들은 전기의자에서 죽는 여자를 보면 발기한다는 걸 기억해. 총을 내려놓고 떠나.

나의 작은 말. 여기에서 뭘 하고 있니? 방금 무슨 생각 했어? 모든 걸 완전히 잘못 생각했구나, 나조차 그걸 알겠어. 난 늘 모든 걸 잘못했지, 모든 걸 거꾸로 뒤죽박죽. 하지만 이건, 아가, 내가 봐도 훌륭한 생각은 아닌 것 같아. 넌 교수가, 작가가, 미국 대통령이 되어야지, 여기 서서 저런 호모 중의 호모한테 고약한 총부리나 들이대고 있으면 안 되잖아. 아니, 예술가랬나. 하여간 저 남자가 자기를 뭐라고 부르건 간에. 사실 난 예술가를 좋아한 적이 없어.

그냥 빨리 달려나가 절대로 돌아보지 마요. 바로 등뒤 오른쪽에 엘리베이터가 있으니 그걸 타고 내려가 최대한 빨리 거리로 나가요. 호텔방으로 돌아가 누구에게든 전화를 해서 병원으로 가요. 거기에 가면 도와줄 사람이, 하얀 간호사들이 있을 거예요.

제발, 밸러리…… 그 총을 내려놓으면 내가 알파벳을 배우겠다고 약속할게…… 네게 글을 읽어줄게…… 미스터 비온디는 이제 떠났어…… 어서 내려놔…… 여기…… 내 손을 잡아…… 바보야……

작은 말…… 작은 대통령…… 가장 소중한 나의 작은 말…… 내 작은 각설탕…… 내 작은 밸러리…… 내 작은 아기 보지…… 나의 야생동물…… 내 보물 창고…… 내 작은 똘똘이……

넌 네 인생을 손에 쥐고 있어. 넌 동물이 아니라 여자야. 여자 포유류. 인간과 혼란 사이의 경계에 서 있는 조그만 아이-여자. 직시하자, 이번에 너는 정말로 길에서 벗어나버렸어. 기억하니, 밸러리? 우리가 선언문에 쓴 말을 기억해? 여자는 본능적으로 안다, 타인을 해하는 일만이 유일한 잘못이라는 걸…… 기억해, 밸러리? 사랑이 인생의 의미라는 걸……

이게 어떻게 끝나는지 말해줄게, 친구……

그러지 마, 밸러리. 내가 네 엄마라고 생각해봐. 난 누구의 엄마도 되고 싶지 않았지만 너의 엄마는 되고 싶었어. 내가 만진 건 죄다 부서졌어, 너도 알잖아. 너만 빼고 모든 게. 너는 내 인생에서 유일하게 아름다운 존재였어. 지금 네게 벨벳 같은 포옹이 되어줄 수 있다면, 꿈 없는 영원한 잠 속에서 함께 둥글게 웅크리고 있을 수 있다면 얼마나 좋을까. 망각. 분홍 구름.

이건 일식과 같아. 이건 종말의 시작이야, 밸러리. 네가 앤디 워홀을 쏜 순간, 너는 다른 사람이 경청하는 사람이 될 모든 가능성을 내던져버리는 거야. 작가, 예술가, 혁명가, 정신분석가, 반대자가 되는 너의 유일한 꿈을 말이야. 수많은 선택지가 있어. 밖에 네 것이 될 수도 있는 세상이 있어. 네가 무기를 버리고 나가기만 한다면 말이야. 기억해, 밸러리. 여기는 뉴욕이고, 지금은 1968년이고, 네겐 대학 학위와 펄펄 뛰는 심장과 날것 그대로의 풍부한 시적 재능과 환상적인 유머감각이 있어. 원하는 건 뭐든 할 수 있어. 몇 년 안에 여성운동은 대학들로 옮겨갈 테고 어디에나 여성용 카페, 독서 모임, 여성단체 등이 생겨날 테고, 샌프란시스코에서는 오십만 명의 여성들이 흰옷을 입고 두려움과 제도적 강간에 기반한 성 정치에 반기를 든 시위를 할 거야. 급진적인 여성운동과 더불어 급진적인 성 정치도 나타날 거야. 거기에 네 자리가 있을 거야, 밸러리. 새로운 시대는 너의 시대일 거야.

영화 시퀀스, 팩토리에서 나온 마지막 영화

네 주변의 목소리들이 사라지고 남은 것은 앤디와 너와 윙윙 거리고 깜빡거리는 형광등 불빛뿐이다. 해피엔딩은 없다.

앤디는 무릎을 꿇고 주저앉아 하느님께 기도를 드린다.

너는 그의 가슴에 총을 겨눈다. 그런 다음 방아쇠를 당기고 그의 가슴에, 미래의 모든 기약에 구멍을 낸다. 너는 네가 되었 어야 할 모든 것에 구멍을 낸다. 네 유일하고 조그만 은색 희망 에 구멍을 낸다. 그슬린 네 옷은 영원히 피부에 들러붙고, 발밑 에 엄청난 양의 피가 퍼져나간다. 영화를 보는 것처럼 비현실적이 었어. 통증만이 현실 같았지.

앤디는 흰 배경막에 빨려들어가 사라진다. 너는 눈을 감고 총을 레인코트 주머니에 넣는다. 팩토리를 나와 엘리베이터를 타고 내려간다. 바깥의 나무들은 은색 테이프로 장식한 것처럼 보인다.

너는 코스모걸과 손을 맞잡고 맨해튼을 내달린다. 코스모의 머리칼은 햇빛을 받아 더러운 꿀 같고, 눈은 곧이라도 얼굴에 흠뻑 잠길 듯하다. 너는 이야기 밖으로 달려나간다.

앤디와 죽음

80년대에 앤디는 집착적으로 권총을 그렸다. 그 외에 그가 살인미수에 대해 공식적으로 발언한 적은 없다. 앤디는 한 인터뷰에서 너를 용서했다고 말하고, 너에 대해 한 말은 그게 전부다. 한참 뒤 언젠가 죽음이 두려우냐는 질문을 받고 그는 답한다. 난 이미 죽었어요. 아주 오래전에 이미 죽었습니다.

콜럼버스-머더카브리니병원에서 그는 마침내 의식을 회복한다. 너의 32구경 탄환이 그의 가슴과 복부(간, 비장, 식도와 폐)에 상해를 가했다. 그는 신체적으로 완전히 회복하지 못했다. 나중에는 극심하고 지속적인 편집증에 시달리기도 했다. 팩토리는 이제 닫힌 공간이 된다. 경계인들은 더이상 마음대로 건물 안팎을 드나들지 못하고, 괴짜들은 환영받지 못하며, 주의깊

게 고른 소수만이 유니언스퀘어 33번지에 입장할 수 있다.

6월 3일 병원에 도착하자마자 앤디는 사망 선고를 받지만, 희생자가 앤디 워홀이라는 사실을 (비바 로날도의 도움으로) 깨달은 의사들은 그를 의식이 없는 상태로 살려놓는다. 그때 그를 되살리기 위해 의사 다섯 명이 다섯 시간 동안 애를 쓴다. 그를 구한 것은 그의 이름이며, 이십 년 뒤 (총격 사건 이후 남은 합병증으로) 주기적인 수술을 받다가 죽을 때는 이름이 없어서 죽는다. 앤디는 병원에 밥 로버츠라는 이름의 신원 불명의 인물로 입원하고, 밥 로버츠는 수술 직후 회복 기간에 적절한 관찰을 받지 못해 죽는다.

사람들은 앤디 워홀이 죽음의 영역에서 진정으로 돌아오지 않는다고 말한다. 사람들은 그가 평생 의식을 잃은 상태로 남아 있다고, 산송장이나 다름없다고 말한다.

너 역시 1968년 6월 3일 이후 지하세계에서 돌아오지 않는다.

숫자 계산과 서핑 1

1969년 6월 너는 앤디 워홀과 그의 동료들에 대한 살인미수로 징역 2년을 선고받는다. 극히 관대한 처벌이라고 간주되는 이 형량은 아마도 앤디 워홀의 법정 출석 거부, 날마다 법정 밖에서 너를 병원에서 퇴원시키라고 요구하는 시위대, 그리고 특히 플로린스 케네디의 맹렬한 변호에 기인할 것이다.

1971년 9월 너는 교도소에서 나온다. 그리고 같은 해 11월에 여러 남자를 전화로 협박한 혐의로 체포된다. 유명한 인물과 유명하지 않은 인물이 포함된 그 남자들 중에는 앤디 워홀도 있다. 1973년 너는 일 년 내내 다양한 정신병원을 들락거린다.

1974년에서 1975년으로 넘어가는 겨울 너는 앨리게이터리프 해변의 태양과 파도로 돌아간다. 하지만 플로리다에서 겨우 몇 주를 보낸 뒤 포트로더데일에 있는 사우스플로리다주립병원에 입원하고, 거기에서 남은 해 내내 침대에 묶인 채 여러 가지 병을 진단받는다.

숫자 계산과 서핑 2

1977년 2월 너는 뉴욕으로 돌아간다. 그곳에서 등사판으로 인쇄하고 직접 서문을 써넣은 선언문을 발행한다.

"올림피아프레스는 파산했고 『SCUM 선언문』의 출판권은 나, **밸러리 솔래너스**에게 돌아왔다. 이제 나는 **올바른** 판본을, **나의** 『SCUM 선언문』 판본을 간행한다…… 이 책을 팔고자 하는 사람이 있다면, 여성이든 남성이든, 하레크리슈나교도든, 누구에게라도 판매를 허가하겠다. 모리스 지로디아스, 당신은 늘 자금난에 시달리지. 여기 큰 기회가 있다. 『SCUM 선언문』을 팔아라. 마사지숍 구역을 돌아다니며 행상을 해도 될 것이다. 애니타 브라이언트, 당신은 팔 가치가 있는 유일한 책 『SCUM 선언문』을 팔아 호모 반대 캠페인의 자금을 대도 좋을 것이다.

앤디 워홀, 네가 가는 모든 거물급 파티에서 이 책을 팔고 돌아다녀도 될 것이다…… 행상인들에게 적용되는 최소 주문 수량은 이백 부. 외상 사절, 할인 사절. 나는 숫자 계산이 싫다. 그리고 폭력배들처럼 영역 싸움은 벌이지 말기를. 그건 나쁜 짓이다."

같은 해에 〈빌리지 보이스〉의 하워드 스미스와 한 인터뷰에서, 너는 선언문이 문학적 도구에 지나지 않았다고, SCUM이라 불리는 조직은 없었다고 말한다.

1977년 여름에 너는 버지니아주에 있는 애틀랜틱시티*로 서핑 여행을 떠난다. 그때 그 도시에서 미스 아메리카 대회가 열린다. 너는 서핑을 별로 하지 않는다. 그보다는 미스 아메리카 대회 참가자들을 감시하기 위해 판자길을 이리저리 오가며 몸을 팔고 카지노에서 돈을 잃는다.

---

* 실제 애틀랜틱시티는 뉴저지주에 있다.

숫자 계산과 서핑 3

70년대 말 너는 이따금 맨해튼의 톰킨스스퀘어파크와 세인트마크스플레이스에서 사람들의 눈에 띈다. 너는 언제나 굶주리고 더럽고 혼자인 상태다. 계속 몸을 팔고 계속 선언문을 팔려고 한다.

80년대 초 너는 낯선 이의 차를 얻어 타고 태평양에서 서핑을 하기 위해 샌프란시스코로 간다. 너는 바다에 닿지 못하고, 결국 텐더로인의 홍등가로 흘러든다.

1951년 이후 너는 벤터나 조지아로 돌아가지 않는다. 도러시와 너는 다시 만나지 않는다.

뉴욕주립여성교도소, 베드퍼드힐스, 1969~1971년

화이트 간호사님, 다른 수감자들이 무서워요……

아직도 거기에 있나요, 화이트 간호사님……?

화이트 간호사 나는 늘 여기에 있어요.

밸러리 내가 십대 창녀였을 때. 난 죽기를 바랐어. 네 증오를 봤
어. 내 집에서 나가. 그 팬티가 싫어. 그 원피스가 싫단 말이야.

화이트 간호사 밸러리…… 내게 하는 말이 아니군요.

밸러리 넌 내게서 모든 걸 빨아내. 내 활력을 빼앗아. 넌 나보다
훨씬 커. 넌 나보다 훨씬 크단 말이야. 내가 사라지는 모습을
지켜봐. 자기야. 난 널 망가뜨리고 있어. 널 망가뜨리고 있다

고. 자기야. 난 널 구할 수 없어. 자기야. 네가 불에 타면 좋겠
어. 다리를 전부 태워버리고 싶어. 내가 다 태웠어. 다리를 전
부 태워버려서 후회스러워. 이제 나를 봐. 내가 없어져도 넌
날 그리워하지 않을 거야. 내가 이야기에서 사라져도 아무도
날 그리워하지 않을 거야.

화이트 간호사 도움을 받을 수 있어요, 밸러리. 흰 알약들과 흰
옷 입은 간호사들이 있어요. 내가 여기에 있어요. 그리고 간
호사들은 다들 담배를 피우죠, 대부분이 그래요. 사람들은 우
리가 담배 같은 건 피우지 않을 거라 생각하죠. 내면이 깨끗
하고 하얗다고 생각해요. 난 늘 담배를 피웠어요. 여기에서
나가고 싶어요.

밸러리 내가 널 필요로 했을 때 넌 대체 어디에 있었어? 날 보
려고도 하지 않았잖아. 날 밖으로 내보내줘. 네 안에서 난 추
락 말고 뭘 할 수 있지? 난 널 갖고 싶지 않았어. 네 안에서
어디로 가야 할지 몰랐단 말이야.

화이트 간호사 나는 아주 다른 곳에서 살기를 꿈꿔요. 어쩌면 다
른 주에서. 아마도 바닷가에서.

밸러리 자살하고 싶어 지랄하는 이 나쁜 년아. 자살하고 싶어
지랄하는 이 나쁜 년. 그 여자를 내버려둬. 그 여자를 놓아줘.
그런데 정말로 그 여자를 놓아버렸구나. 그 여자의 구두굽이
달빛에 부딪혔어. 그 여자는 소리 내어 웃고 미소도 지었어.
그런데 넌 그 여자를 놓아버렸어. 이 모든 게 허사였어. 내가
널 필요로 했을 때 넌 어디에 있었어? 다시 묻지 마. 다시는

내게 말하지 마.

화이트 간호사 당신은 강해요, 밸러리. 강하고 밝아요. 한줄기
빛. 사람들이 죽어 사막에 누워 있다고 당신이 말했죠. 당신
은 깔깔 웃으며 빛으로 똑바로 날아갔다고요.

밸러리 난 살인 기계야. 그래. 그래. 그래. 나는 죽여. 그 남자를
열어젖히고 안을 봐. 내가 널 묻을 거야, 자기야. 널 내 안에
깊이 묻을 거야.

화이트 간호사 당신에겐 노트가 여러 권 든 가방이 있었죠. 우리
는 그걸 만져선 안 됐어요. 우린 그걸 만지지 않았어요. 당신
의 눈길이 여기저기로 휙휙 움직였어요. 우리는 계속 물었죠.
누구에게 전화할까요? 우리가 연락할 수 있는 사람은 아무도
없었어요.

밸러리 이봐 너, 이봐 너, 이봐 너, 사막의 내 사랑. 누구도 네
눈을 들여다보게 하지 마. 너는 그냥 죽어서 날 보고 웃기만
하면 돼. 내가 널 원한다는 걸 알잖아. 네가 추락하면 얻게
되는 게 여기 있어. 왜 그냥 손을 흔들어 작별하지 않는 거
야? 헤로인. 암페타민. 코카인. 자살의 딸이 누구지? 난 네
눈 속에 있어. 난 불타고 있어. 나 이제 불타고 있어. 눈을 감
지 마. 눈을 감지 말라고. 네 맥박. 너는 내 상처와 흉터를 빨
고 있어. 네가 눈을 뜨는 게 가장 좋아. 내가 절정에 오를 때
네가 눈을 뜨는 게 제일 좋아. 지금 절정이 오고 있어. 난 그
저 늙어가, 약에 취해 흥분했을 뿐이야. 지금 흥분했어. 난
살인 기계야.

화이트 간호사 당신은 정신이 오락가락했죠. 목소리가 갈라지고 너무 높았어요. 누군가가 당신을 떠난 뒤였어요. 그건 휴일이었다고, 패배였다고, 뇌우였다고 당신은 말했어요.

밸러리 그 여자는 속이 아름다워? 뒤에서 보면 아름다워? 그 여자는 속이 추해? 뒤에서 보면 추해? 속이 추하더라도 그 여자에게 모든 걸 해주겠다고 약속해. 그 기괴한 여자 토끼. 속이 너무나 매끄럽고 아름다워.

화이트 간호사 이제 공원에는 안개가 없어요. 우리가 밖에 나가도 되겠어요. 나무 사이를 걸어도 돼요. 이제 거기에 다른 환자들은 없어요. 원하면 내가 손을 잡아줄게요.

밸러리 금발의 토끼 소녀는 토끼 핸드백 안에 죽은 토끼 한 마리를 넣어 다녀. 금발 소녀가 실험실장 가족의 작은 개를 해부해. 가족의 가치. 원더랜드. 원더 걸wonder girl. 그 여자는 지하세계에서 계속 전화를 걸고 공포에 질리게 해. 사랑받지 못하는 건 테러 행위야. 그들은 원하는 걸 갖고 나면 그걸 다시 원하지 않아.

화이트 간호사 당신은 깔깔 웃으며 빛을 향해 똑바로 날아갔어요.

밸러리 나는 깔깔 웃으며 빛을 향해 똑바로 날아갔어. 나는 자살하고 싶어 지랄하는 창녀야. 이야기가 곧 끝날까? 닥터 루스 쿠퍼는 곧 돌아올까? 코스모걸은? 도러시는? 앤디 워홀, 그자는 죽은 사람 연기를 하고 있어, 산 사람 연기를 하고 있어?

브리스틀호텔, 1988년 4월 25일, 마지막날

밸러리 다시 비가 오는 것 같아.

서술자 지금은 4월이야.

밸러리 오늘이 며칠이지?

서술자 1988년 4월 25일.

밸러리 우린 어디에 있어?

서술자 텐더로인에 있는 브리스틀호텔.

밸러리 우린 어디로 가?

서술자 아무데도 안 가.

밸러리 미국 대통령은 누구야?

서술자 아직도 로널드 레이건.

밸러리 아.

서술자 이 이야기에 다른 결말이 있으면 좋겠어. 해피엔딩이 있으면 좋겠어.

밸러리 (미소를 짓다가 시트에 피를 토해낸다) 그거 알아? 그 조그
만 주지사 조지 부시 주니어가 언젠가 로널드 레이건에게 대
통령이 되겠다는 생각을 한 적이 있느냐고 물었어. 어디 대통
령요? 하고 레이건이 물었지. 미국 대통령 말입니다, 하고 조
지 부시가 대답했어. 그러자 레이건이 말했어. 내가 배우로서
그렇게 별로라고 생각하시는지 몰랐습니다…… (웃는다)
……그러다 그는 정말로 대통령이 되었지. 농담 같은 대통
령. 흉내쟁이 대통령. 분명 사람들은 다음에 도널드 덕이나
레드 모런에게 같은 질문을 할 거야.

서술자 네가 미국 대통령이 되어야 했는데.

밸러리 당연하지.

(침묵)

밸러리 낸시 레이건은 점성술에 의지해 남편의 업무를 기획하
는 것 같아. 지금 나는 그걸 '현실 정치'라고 부르지.

(계속 침묵)

밸러리 4월은 가장 잔인한 달이야. 죽은 땅에서 라벤더를 몰아
내지. 추억과 욕망, 마른 뿌리, 봄비. 이제 그만 울어. 넌 꽤
어리석고 감상적이야, 오늘은 좀 물러터졌고. 내가 갈 때 손
을 잡아주면 좋겠어. 울지는 않으면 좋겠고. 슬픔은 안 돼. 약
한 모습도 안 돼.

서술자 라일락 말이지, 밸러리. 죽은 땅에 있는 건 라일락이잖
아, 라벤더가 아니라.

밸러리 라일락 맞아, 라벤더 맞아, 뭐든 다 맞아. 이젠 다 소용 없어.

서술자 난 널 탐색하는 일을 멈추지 않을 거야. 난 네게서 꿈꾸는 법을 배웠어.

밸러리 좋았어, 아빠의 착한 딸. 이제 난 잠들 거야. 잠들고 나서 모든 문장에 죽음의 문제가 깃들지 않는 꿈을 꿀 거야. 사막에서 헬리콥터로 야생마를 추적하며 영화를 찍는 꿈을 꿀 거야.

서술자 있잖아, 밸러리. 여자 쥐들이 마침내 자기들끼리 아기를 만들었어. 일본의 조그만 쥐 가구야.* 그래서 인간 여자들도 자기들끼리 아기를 만드는 법을 배웠어. 여성운동은 여러 도시를 통과해 천천히 나아가며 점점 세를 불리는 대중이 되었고 그들이 원하는 건 오직 야생마와 평화뿐이야.

밸러리 대사는 늘 비닐 같은 것으로 덮여 있었어. 태양은 파라솔을 뚫고 타올랐지. 미국의 꿈과 악몽, 미국 영화, 미국의 이야기, 카메라의 거짓말, 세계문학의 거짓말. 사막 풍경과 무스탕 야생마가 있는 미국은 거창한 모험이었지. 대본에 뭐가 있는지 난 이해하지 못했어.

서술자 이 모든 게 어떻게 될까?

밸러리 난 이제 잠들 거야.

---

* 2004년 도쿄대학교 연구팀이 동성 부모로부터 새끼 쥐를 탄생시킨 뒤 일본 설화 속 공주인 '가구야'의 이름을 붙였다.

서술자 나는?

밸러리 넌 좀 흥분을 가라앉혀야 해.

서술자 마지막 질문이 있어.

밸러리 어서 해.

서술자 앤디 워홀은 왜 쐈어?

밸러리 사실 나도 모르겠어. 그냥 쐈어. 그 정도 대답으로 만족해야 할 거야.

(침묵)

서술자 딱 하나만 더, 밸러리.

밸러리 그래.

서술자 어둠 속에서 돌아가는 길을 어떻게 찾아야 할까?

밸러리 나도 몰라. 하지만 내가 가면 넌 더 수월할 거야. 정말로 슬퍼할 거 없어. 처음부터 네게 결말을 말해줄 수도 있었는데.

미국, 인생은 법정의 사건이다

국가 피의자의 이름은?

밸러리 밸러리…… 솔래너스…… 진…… 솔래너스……

국가 피의자의 현재 직업은?

밸러리 창녀.

국가 이전 직업은?

밸러리 창녀.

국가 교육 수준?

밸러리 무학.

국가 나이는?

밸러리 불명확. 유배된 상태로 몇 년이 지났는지 모름.

국가 주소는?

밸러리 없음.

국가 피의자의 출신지는 어디입니까?

밸러리 미국.

국가 죄목은?

밸러리 태어난 죄. 세상에 존재한 죄. 죽지 않은 죄. 악취를 풍긴 죄.

(침묵)

국가 감사합니다. 그 모든 일이 언제 일어났습니까?

밸러리 피의자는 자신을 혐오해요. 죽기 싫어해요. 죽음은 최고로 영구적인 상태거든요.

국가 피의자의 재판 사유가 되는 범죄 행위 시기는?

밸러리 1968년 6월 3일.

국가 장소는?

밸러리 미국.

플로린스 케네디(일어선다) 팩토리…… 유니언스퀘어 33번지…… 맨해튼…… 뉴욕……

국가 감사합니다. 피의자는 혼자였나요?

밸러리 네, 피의자는 혼자였어요.

국가 다른 사람은 아무도 없었어요?

밸러리 피의자는 내내 혼자였어요.

국가 동기는요?

밸러리 피의자는 기억하지 못합니다.

국가 그러면 어떻게 변론할 생각입니까?

밸러리 안 할 거예요.

(침묵)

플로린스 케네디 1968년 6월 10일에 저는 뉴욕주 대 밸러리 솔래너스 사건에서 국선변호인으로 선임되었습니다. 저는 밸러리를 현대 여성운동의 가장 중요한 활동가라고 묘사했습니다. 뉴욕 소재 엘름허스트정신병원의 닥터 루스 쿠퍼는 밸러리의 탁월한 명민함을 언급했고…… 사실 앤디 워홀은 죽지 않았고 상해만 입었으며, 완전히 회복하지 못한다고 해도 계속 부유한 삶을 누리며 엉터리 예술을 창작하겠죠…… 피의자는 불행한 유년기를 보냈고…… 일곱 살에 아빠한테 강간당한 뒤…… 열여덟 살이 될 때까지 여섯 번이나 강간을 당했으며…… 어머니도 사막에서 몇 명인지는 밝혀지지 않은 다수의 남자에게 학대와 강간을 당했습니다. 본인은 열다섯 살에 노숙자가 되어 매춘으로 생계를 이었고 매춘과 관련한 마약 중독, 정신질환, 반복적인 강간에 시달렸으며—

밸러리 —잠깐만요……

국가 피의자가 무슨 말을 하려고 합니까?

밸러리 피의자는 앞으로 흘러갈 영겁의 시간을 생각하면 마음이 좀 어지럽다는 말을 하고 싶을 뿐이에요. 하지만 자기 행동에 온전히 책임을 진다고 힘주어 말하고 싶어합니다. 피의자는 성인이며, 개인의 과거를 중시하는 정신병의 설명 모델과는 거리를 둬요. 더럽고 오줌에 푹 젖은 과거가 아니라 미래를 향해 자신을 투사하고자 하죠. 그 문제에 대한 피의자의 기분은 이렇습니다. 탓할 사람은 없다. 신은 없다. 해피엔딩은 없으며, 모든 장章이 슬픈 장이다. 이곳은 피의자가 살고 싶은 세상이 아니지만, 자신의 행동을 온전히 책임지기를 원하며, 그 점이 기록에 남겨지기를 원합니다.

(침묵)

플로린스 케네디 잠깐만요, 판사님…… 한 가지 사실을 덧붙이고 싶습니다…… 앤디 워홀은 밸러리 솔래너스의 희곡을 훔쳤습니다. 그는 도벽이 있으며, 타인의…… 부서진 삶과 무모한 아이디어에 기생하고…… 피에 물든 타인의 기억과 경험에 기생해 살았습니다. 피고는 여러 번 희곡을 돌려달라고 요구했습니다. 그건 예술 절도였고, 살인미수에 상당하는 행위였습니다.

국가 피의자는 덧붙일 말 있습니까?

(침묵)

국가 덧붙일 말 있습니까?

밸러리 잊어버리세요.

국가 뭐라고요?

밸러리 희곡은 잊어버리시라고요. 앤디는 확실히 희곡에 관심이 없어 보였어요. 엉터리 희곡, 엉터리 대본이었죠. 처음부터 명백한 사실이었어요.

국가 피의자는 자신을 변호하기 위해 할 말이 있습니까?

밸러리 잠을 잘 수 있기를 소망한다는 말.

국가 미래는?

밸러리 피의자는 명백히 미래가 없는 여자예요.

(침묵)

국가 감사합니다. 휴정하겠습니다. 미국 정부는 현재 밸러리 솔
래너스에 대한 고발 또는 공소 제기를 하지 않겠습니다.

밸러리 그럼 난 어떡해요?

국가 피의자는 법정에서 나가도 좋습니다.

알파벳의 이면

A. 죽음이 임박한 사람은 종종 마지막 몇 시간 동안 의식이 없는 상태가 된다.

B. 하지만 그렇다고 해서 네가 거기에 있다는 사실이 중요하지 않다는 의미는 아니다. 네가 말을 하고 방안을 거니는 소리를 그 여자가 듣지 못한다는 의미는 아니다. 마지막으로 없어지는 감각은 청각과 촉각이다.

C. 마지막 순간에 가까운 친척이나 친구가 옆에 있어야 한다. 그것이 불가능하다면 간호사가 죽어가는 이를 보살펴야 한다. 그녀를 혼자 둬서는 안 된다.

D. 죽어가는 사람의 손을 거리낌없이 잡고 말을 걸고 만져라. 그녀는 곧 떠날 것이다.

E. 젖은 수건으로 입술을 적셔주어라. 삼키는 능력은 일찌감치 없어지지만 빠는 반사작용은 끝까지 남는다.

F. 이마를 적셔주고 만지고 피부를 쓰다듬어라. 팔과 가슴을 마사지하면 죽음의 두려움을 누그러뜨릴 수 있다.

G. 죽어가는 이의 가슴에 울긋불긋한 반점이 나타날 것이다. 전적으로 정상적인 현상이다. 피가 몸속을 더 천천히 흐르고 순환이 나빠지며 맥박이 약해지기 때문이다. 그래서 다리와 발이 차가워지니 살살 주물러주어라. 말을 걸어라. 그녀는 네가 하는 말을 다 들을 수 있다.

H. 진통제가 없다면—현대사회에서는 진통제를 거의 항상 구할 수 있다—죽어가는 사람은 극심한 고통과 경련에 시달릴 것이다.

I. 네가 방에 있다는 것을 알게 하고 말을 걸며 손을 잡아주어라. 그러면 고통 또한 완화된다.

J. 마지막에 이르러서는 체온이 올라가기 때문에 죽어가는

이는 열이 오를 것이다. 이마와 손목을 살짝 눌러 닦아주어라.

K. 이제 심장박동이 불규칙해지고 손목의 맥박이 약해진다. 지극히 정상적인 현상이다. 그저 손을 잡고 말을 걸어라. 그러면 두려움이 가라앉고 고통이 경감된다.

L. 이 무렵에는 흔히 숨과 숨 사이 간격이 너무 길어져 죽어가는 이가 다시는 숨을 쉬지 않을 것만 같다. 숨을 쉬려고 기침을 하고 몸부림을 치더라도 이는 상당히 흔한 일이니 놀라지 마라. 최종 사인은 거의 항상 질식이다. 죽어가는 사람이 소변을 지리더라도 놀라지 마라.

M. 죽어가는 이는 마지막 순간에 흔히 불안에 떤다. 제 가슴을 쥐어뜯고 고함을 치고 울고 숨을 헐떡이고 시트를 더듬는다. 이 단계에서는 감각과 의식이 극도로 흐릿해진다는 사실에서 위안을 찾아도 좋다. 희미한 빛의 조각과 파편만 있을 뿐이다.

N. 빛의 조각과 파편.

O. 그녀는 아직 네 목소리를 들을 수 있고, 네 손을 느낄 수 있다. 이제 그녀는 품에 안긴 아기와 같다. 말을 이해하지는 못해도 네가 거기에 있음을 안다. 네 존재가 두려움을 덜어준다는 점을 기억해라.

P. 죽어가는 이가 죽기 직전 잠깐 깨어날지도 모른다. 눈빛이 지극히 맑고 의식이 또렷해 보일 수도 있다. 뭐라고 말을 하거나 네 손을 꽉 잡을지도 모른다.

Q. 이 순간에 그녀를 혼자 두지 않는 것이 가장 중요하다. 이제 그녀는 밤에 깨어 엄마를 찾는 작은 아이다. 누군가 그 울음에 주의를 기울여야 한다.

R. 손을 잡고 네가 사랑하는 그녀에게 말을 걸어라. 그녀는 곧 떠날 것이다.

S. 죽어가는 이를 만져주고 말을 걸어라. 그녀는 곧 떠날 것이다.

T. 마지막으로 일어나는 사건은 심장이 박동을 멈추고 숨이 끊어지는 것이다.

U. 마지막 호흡은 아주 긴 멈춤 뒤에 나올 것이다. 진통제가 없다면 이 호흡을 지켜보기가 무척 괴로울 수도 있다.

V. 얼마 뒤(죽음 뒤), 동공이 풀려 고정된다.

W. 눈은 반쯤 감긴 채 살아 있으며, 그녀는 아직 떠나지 않았다. 아직은 말을 건네고 피부를 어루만질 시간이 있다. 죽어가는 이는 네가 거기에 있다는 것을, 표현은 못해도 안다는 사실을 기억하라. 마지막으로 사라지는 감각은 청각과 촉각이다.

X. 죽어가는 이가 죽음 직전에 잠시 깨어나기도 한다. 어쩌면 무슨 말을 할 수도 있다. 어쩌면 너를 바라볼 테고 눈빛이 무척 맑을 수도 있다. 어쩌면 네 손을 꽉 잡을 수도 있다.

Y. 시간을 때우기 위한 무언가를 가져가도 좋다.

Z. 책, 아니면 바느질거리.

브리스틀호텔, 1988년 4월 25일, 한밤중

피가 네 몸속을 극히 천천히 흐르며 앞가슴과 손의 피부 위로 장미 무늬처럼 떠오르는데, 몸속에서는 무슨 공장에 들어서기라도 한 듯한 소리가 난다. 고함과 울부짖음 같은 심장박동, 생각, 호흡, 그리고 두뇌. 피의 장미 무늬는 나쁜 징조다. 심장박동은 두려움의 정원에서, 사막의 꽃이 없는 사막에서 뛰는 맥이다. 지금부터 숨 몇 번만 쉬고 나면 모든 것이 끝난다. 도러시는 다른 사람들의 정원에서 장미를 훔쳐다가 술집에서 팔기도 했다. 도러시는 모런에게 화가 났을 때 장미 정원에 불을 질렀다. 도러시는 달콤한 와인, 석유통, 죽어가는 식물만으로 사막과 쓰레기 정원을 지배한, 핵무기 원피스를 입은 근사한 핑크팬서였다.

너는 도러시가 사막 저편에서, 수십 년의 세월 너머로 키스를 보내는 꿈을 꾼다. 도러시가 미국 국기로 만든 원피스를 입고 우스꽝스러운 말벌 무늬 모자를 쓴 채 골함석으로 지은 집 밖에 서서 네게 손을 흔드는 꿈을 꾼다. **공포와 사랑의 정원으로 어서 와.**

도러시?

도러시?

도러시 밸러리?

밸러리 저 사람들이 내 머리를 이상하게 빗겼어.

도러시 이젠 상관없어.

밸러리 내 머리에 옆가르마를 타놓았어. 그게 싫은데 손을 위로 올릴 수가 없어.

도러시 (늙고 부드러운 손으로 네 얼굴에서 머리칼을 치워준다) 내 아이가 뒷마당에서 웃는 소리를 듣는 게 좋았어. 네가 다시 어려지는 꿈도 자주 꿔. 넌 열에 들떠 눈이 번들거리지. 네가 내게로, 정원으로 손을 뻗어. 내 손은 코트 주머니 속에 잡혀 있어. 그들의 머리칼 속에, 그리고 그들의 다리 사이에. 난 그 단단함이 좋았지. 모든 약속을 놓쳤어. 네가 사막으로 사라지게 놔뒀어.

밸러리 내 손이 너무 무거워…… 아직도 자전거를 탈 수 있으면 좋겠어…… 센트럴파크에서 자전거를 타고 다녔어. 센트

럴파크에 있는 카페에서 엄마에게 엽서도 썼어. 엘름허스트
에서, 그리고 어디에 가서든 전화를 했지만 뭐라고 말해야 할
지 알 수가 없었어……

도러시 내가 멍청이야. 네 전화를 다 놓쳤어.

밸러리(도러시의 손을 잡는다. 손에서 비누와 담배 연기 냄새가 난다)
손이 늙었어, 도러시.

도러시 신경쓰지 마. 늙어서 사라지는 걸 내가 그토록 두려워하
지 않았더라면 좋았을 텐데. 영원을 바라는 그 모든 갈망. 모
런은 휘발유 가스를 너무 많이 마셔서 병들었어.

밸러리 엄마는 내가 물에 빠져 죽는데도 그냥 내버려뒀어.

도러시 일전에 미스터 에민이 수영장에서 죽었어. 그다지 늙지
도 않았고 그다지 비만도 아니었는데. 팔을 젓는 도중에 심장
이 멈춰버렸지. 미스터 에민, 기억나니? 네가 강가에서 놀면
그이는 늘 조그만 꼬리처럼 네 뒤를 따라다녔지.

밸러리 미스터 에민에겐 좆도 관심 없어. 모런에겐 좆도 관심
없어. 엄마가 늙기를 겁냈든 말든 좆도 관심 없다고. 엄마가
왜 나를 물에 빠져 죽게 놔뒀는지 알고 싶단 말이야.

도러시(얼굴은 그저 빛에 불과하지만 손은 따뜻하고 현실적이다) 난
아무것도 몰라, 밸러리. 네 머리색이 꽤 밝았다고 기억하는
데, 햇빛을 받아 반짝이는 네 모습과 원피스의 조그만 동물
무늬도 기억나…… 그 원피스를 다시 입었구나, 조그만 흰
원피스, 너무 꼭 조여. 난 술집에서 하룻밤을 보낸 뒤 계단 위
에 서 있어. 넌 뒤에 앉아 울고 있구나. 날 두고 가지 마, 라고

네가 말해. 아빠와 나만 두고 가지 마, 라고 말해. 난 항상 널 두고 갔지. 나도 이유를 모르겠어. 돌아오면 빛나는 햇살이 바깥현관을 비추고 네게선 모래와 지하세계의 냄새가 풍겨. 내가 다시 나가야 할 땐 네가 날 잡으려 하지. 난 널 두고 나가. 나도 이유를 모르겠어.

밸러리 난 옆가르마를 탄 채 죽고 싶지 않아. 흉한 옷을 입은 채 죽고 싶지 않아. 내 은색 코트를 입을 수 있게 엄마가 도와줘.

도러시 네가 태어났을 때 난 얼마나 기뻤는지 몰라. 일 년에 한 번씩 새로 태어난 아기들을 원피스 속에 넣고서 루이스와 함께 저 길을 여행해야겠다고 생각한 기억이 나. 나중에, 네가 내 품에 안겨 누워 있을 때, 하늘은 플라밍고처럼 분홍색이었어. 병원 창밖에서 플라밍고들이 하늘을 훨훨 날아가던 기억이 나. 수백, 수천 마리가. 다시는 보지 못할 하늘 풍경들. 네가 그 아름다운 은색 코트를 입을 수 있도록 내가 도와줄게.

밸러리 내가 죽을 때 손 잡아줄 거야?

도러시 잡아줄게. 네가 잠들 때까지 옆에 있을게. 지금이 밤중이라고 하자. 밤은 엄마의 품속처럼, 일식처럼 컴컴하지.

고속도로   길 잃은 고속도로   아스팔트에 전조등이 비치고

흰 불빛이 퍼뜩퍼뜩 스쳐가고   비가 차창을 때리는데   풀밭
에 누운 죽은 짐승들

고속도로 옆 모텔 간판들   네온   비   어둠   가로등 아래 핸
드백을 들고 서 있는 여자들

트럭들   립스틱   휘발유   사막   망각   미국

10만 패덤*의 바닷물

_____

＊ 물의 깊이 단위로, 1패덤은 1.8미터에 해당한다.

물에 대한 십만 개의 다른 이야기들

입술   손   젖니

물에 잠기는 원피스와 추억들   시끌벅적한 여자애들 무리

보지 영혼들   보지 재료   죽음 재료   립스틱 문학

매춘   이야기들   말馬   헤게모니   꿈속 풍경

세계문학   대통령   유토피아   소녀는 뭐든 원하는 대로 할
수 있다

50년대   60년대   70년대   카터   레이건   워홀

내가 널 사랑하잖아   내가 널 사랑하잖아

네가 잠들 때까지 내가 여기에 앉아 있을게

해피엔딩은 없어

넌 이제 잠자리에 들 거야

넌 이제 잠이 들고, 네가 눈과 박수 치는 사람들 위로 날아가는 꿈을
꿀 거야

죽음은 캄캄한 품속이거나

일식 같다는 것을

네가 물속을 지나갈 때 내가 네 옆에 있을게

물은 널 삼키지 않을 거야

그리고 네가 불속을 걸을 때

불길은 널 태우지 않을 거야

불이 밝혀진 마지막 방,
어둠 속에서 터지는 백합 한 송이

코스모는 손에 거대한 꽃다발을 들고 복도에 서 있다. 나무와 물 냄새를 풍기는 코스모는 네가 백합을 좋아했다는 사실을 여전히 잊지 않았다. 코스모 주위에 연기가 자욱하고, 아니, 어쩌면 서리가 맺혀 있고, 숨을 쉴 때마다 입에서 조그만 흰 구름이 빠져나온다. 네 머리 위 천장이 하늘로 변하고, 멀리서 야간 경비원들이 통굽 신발을 신고 열쇠 다발을 짤랑거리며 사라지는 소리가 들린다. 코스모는 새로 빤 실험복을 입은 모습으로 실험실 문가에 서 있고, 굽 높은 부츠를 신은 코스모가 너를 향해 재빨리 몇 발짝 내디딘다. 그러고는 네 입과 목에 키스하고 양손으로 네 얼굴 전체를 쓰다듬는다. 그녀가 입은 실험복 안감 색깔이 부드럽고 편안하다.

밸러리 꽃은 누구 주려고?

코스모 우리에게 돈이 있어.

밸러리 무슨 돈?

코스모 연구비. 우리가 신청한 연구비 전액. 마침내 받게 됐어.

밸러리 믿기질 않네.

코스모 사실이야. 이제 우린 원하는 걸 다 할 수 있어. 제한도, 한계도 없이. 우린 여자 쥐들만 만들어낼 수 있어.

밸러리 여자 쥐들만?

코스모 여자 쥐들만.

밸러리 Y 유전자 없이?

코스모 Y 유전자 없이.

밸러리 걸어다니는 낙태아들 없이?

코스모 낙태아들 없이.

밸러리 이번엔 백합을 잊지 않았구나.

코스모 백합을 샀어. 샴페인도 샀어. 시가는 깜빡 잊었네.

밸러리 돈을 얼마나 받았어?

코스모 원하는 만큼 다. 필요하면 더 받을 수도 있고.

코스모가 너의 차가운 손을 잡더니 너를 작업대 위로 올린다. 그러고는 네 등뒤에 누워 너를 안는다. 창문 밖에서 흰 알비노 토끼 수백 마리가 나무들 사이에서 놀고 있다.

밸러리 토끼들은 뭘 하고 있어?

코스모 내가 공원에 풀어줬어.

밸러리 우리도 나가서 토끼들과 함께 놀까?

코스모 일단은 좀 자고.

밸러리 지금 떠나는 거 아니지?

코스모 난 아무데도 안 가.

밸러리 햇빛이 가득 들어찬 밤의 꽃을 샀구나. 야간 경비원들이 공원에서 우리 뒤를 쫓아오던 때 기억나? 네 머리에서는 늘 비와 풀 냄새가 났지. 아직도 네 머리에서 비 냄새가 난다…… 네가 내 머리 위로 내 두 손을 올려 잡던 때가 떠올라. 네가 하도 세게 키스를 해서 내 몸이 부서질 것만 같았지.

코스모 이제 자, 우주의 통치자.

밸러리 돈은 어디에 있어?

코스모 쉿…… 이제 우린 잠이 들 테고, 죽음이라는 문제가 어느 문장에도 끼어들지 않는 꿈을 꿀 거야. 죽음은 발생하지 않았고 우리는 거기에 없었어. 꿈속에서 우리는 죽어가는 마약중독자와 창녀들을 위한 샌프란시스코의 복지 호텔에 있지 않을 거야. 꿈속에서는 내가 지금까지 항상 여기에 있었어. 죽음은 우리와 같은 곳에 있지 않아.

밸러리 내가 잠드는 동안 뭐라도 좀 읽어줘.

코스모 그러면 자겠다고 약속할 거야?

밸러리 (희미한 웃음) 내 가슴을 걸고 맹세해.

코스모 (선언문을 펼친다) 가슴이라 해봐야 변변치도 않으면서.

밸러리 지금 읽어.

코스모 이 사회에서 삶이란 잘해봐야 끔찍하게 지루한 것이며 사회의 어떤 측면도 여성과는 무관하므로, 공공의식과 책임감이 있고 짜릿함을 즐기는 여성들에게 남은 할일이란 정부를 무너뜨리고 화폐제도를 없애고 완전한 자동화를 도입해 남자라는 성을 파괴하는 것뿐이다. 이제는 남성의 조력 없이 번식하고 여성만을 생산하는 일이 기술적으로 실현 가능하다. 우리는 당장 이를 실행해야 한다.

밸러리(잠에 빠지기 시작한다) 계속해. 어떻게 끝나는지 알고 싶어.

코스모 여성의 기능은 세계를 탐구하고 발견하며 문제를 해결하고 발명하고 농담을 즐기고 음악을 만드는 일이다. 마법의 세계를 창조하는 일이다. 모든 여성은 타인을 해하는 일만이 유일한 잘못이고 사랑이 인생의 의미라는 것을 본능적으로 안다…… 밸러리?

밸러리 ─

코스모걸은 너를 품에 안고, 그녀의 품속은 풍덩 뛰어들면 온몸을 감쌀 수 있을 만큼 너른 검은 벨벳이다. 사막 동물들이 어둠 속에서 날카롭게 우짖고, 파도는 해변을 때리고, 간호사들은 엘름허스트정신병원 기숙사에서 불을 켜고, 도러시는 조지아에서 장미 벽지에 둘러싸인 채 와인에 취한 잠에 빠져 있다. 코스모걸은 네가 완전히 잠든 것을 보고 읽기를 멈춘 뒤 휜

실험복을 벗어 네 어깨에 덮어준다. 그런 다음 조심히 책을 덮
는다.

후기

2005년 8월

소설을 마친 뒤 나는 샌프란시스코 텐더로인을 찾아간다. 태평양에 면한 도시 한가운데에 있는 작고 비참한 지역. 브리스틀 호텔은 시의 후원으로 운영되는 복지 호텔로 남아 있고 텐더로인은 여전히 지옥 같은 곳이다. 호텔은 밸러리가 살았던 80년대 이후 대대적으로 개선되었다고 한다.

이렇게나 내 마음에 죽음을 불러일으키는 곳에 가보기는 이번이 처음이다. 먼지내, 카펫에 밴 토사물 흔적, 복도를 황급히 오가는 쪼그라든 형체들. 지저분한 고양이와 강아지, 음식 찌꺼기, 휠체어. 길 잃은 여자들, 길 잃은 남자들.

그들은 모두 죽음에 바짝 다가서 있고, 모두가 슬픔에 잠겼으며, 모두가 웃음을 짓고, 많은 이가 얼굴에 특징적인 붉은 반점을 띠고 있다. 그것은 그들이 공유하는 불치병이다. 거리로 나가면 남자들은 낮은 목소리로 "날 죽여, 날 좀 죽이라고"라고 말하고, 여자들은 핏자국이 밴 모피 옷을 입고 들락거린다.

거의 모든 방의 바깥 풍경은 반대편 건물 벽을 뒤덮은 거대한 광고판이 장악했다. 입구에는 음료수 자판기와 공중전화가 있다. 나는 그들의 황폐함에 전염될까 두려워 호텔에 몇 번밖에 가지 않는다. 그곳의 냄새가 두렵고, 거기 있는 내내 다른 동네의 술집에 앉아 있거나 바닷가에 가고 싶다는 생각에 사로잡힌다. 그 광고판이 무엇을 팔려고 하는지 알 수 없지만, 주황색 대문자로 쓰인 글씨는 단순한 호소다. 스 테 이(STAY).

이 소설을 브리스틀호텔 투숙객들에게 바친다.

사라 스트리츠베리

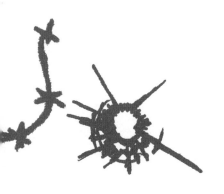

지은이 사라 스트리츠베리

1972년 스웨덴 스톡홀름에서 태어났다. 2004년 장편 『해피 샐리』로 데뷔했다. 『밸러리』로 2007년 북유럽이사회문학상, 『사랑의 중력』으로 2015년 유럽연합문학상을 수상했다. 2016년 스웨덴 한림원 노벨위원회 최연소 위원으로 선출되었으나, 2018년 장클로드 아르노 스캔들 고발자와 연대하고자 한림원을 떠났다.

옮긴이 민은영

고려대학교 영어교육과를 졸업하고 이화여자대학교 통번역대학원에서 석사학위를 받았다. 옮긴 책으로 『곰』 『거지 소녀』 『사랑의 역사』 『남자가 된다는 것』 『칠드런 액트』 『존 치버의 편지』 『여름의 끝』 『에논』 『내 휴식과 이완의 해』 등이 있다.

문학동네 세계문학
밸러리

초판 인쇄 2023년 11월 29일 | 초판 발행 2023년 12월 7일

지은이 사라 스트리츠베리 | 옮긴이 민은영
책임편집 정혜림 | 편집 김정희 양수현
디자인 이혜진 최미영 | 저작권 박지영 형소진 최은진 서연주 오서영
마케팅 정민호 서지화 한민아 이민경 안남영 김수현 왕지경 황승현 김혜원 김하연 김예진
브랜딩 함유지 함근아 고보미 박민재 김희숙 박다솔 정승민 배진성
제작 강신은 김동욱 이순호 | 제작처 한영문화사

펴낸곳 (주)문학동네 | 펴낸이 김소영
출판등록 1993년 10월 22일 제2003-000045호
주소 10881 경기도 파주시 회동길 210
전자우편 editor@munhak.com | 대표전화 031) 955-8888 | 팩스 031) 955-8855
문의전화 031) 955-1927(마케팅) 031) 955-8861(편집)
문학동네카페 http://cafe.naver.com/mhdn
인스타그램 @munhakdongne | 트위터 @munhakdongne
북클럽문학동네 http://bookclubmunhak.com

ISBN 978-89-546-9703-3 03850

www.munhak.com